論語

全球中華文化產業發展協會
理事長 湯坤山敬題

YouTube頻道
官方網站
致良出版社
https://www.jlbooks.com.tw

出版緣起

徐銀樹

一九八八年甫自日本留學歸國後，和日商人士到臺中出差，住宿的飯店抽屜裡除了擺放一般常見的《聖經》，還有一本由行政院文化建設委員會印行的《論語》，頓感驚喜的同時，也讓我愛不釋手，而後有幸獲得飯店贈送，至今依然印象深刻。一九九四年起擔任京都商務旅館的總經理，客房內只擺放《聖經》一書至今，但《論語》之事，一直縈繞在我心頭。二〇〇四年起至二〇一七年，擔任臺北市、全國旅館公會理事長期間，多次向有關單位反映，希望能編列預算印製《論語》，贈送臺灣各大飯店，讓東方文化的寶典《論語》能夠比擬西方文化的《聖經》，共同豐富臺灣的旅館業內涵，為旅遊人士營造出親切、乾淨以外的另一種文化饗宴。

藉由許多場合與旅館業界先進探討《論語》在飯店的文化推廣效益，得到相當正面的肯定與回響，唯獨在出版費用及如何獲得臺灣旅館的協助擺放遇到了阻力，這些問題也時常在我腦海裡迴盪不去。原本遙遙無期的計畫，在一次因緣際會之下，認識了專門出版日語教科書的致良出版社艾天喜社長，表達願意盡己所能協助製作一本符合時代需求，可以隨時隨地利用手機下載、觀看、聆聽由老師真人發音的《論語》全文，對於艾社長為這本《影音版 論語》的付出，不僅讓臺灣旅館業者深受其惠，也幫助國人有效落實中華文化的深耕與推廣，實在令人銘感五內、欽佩無已。

除致良出版社外，這本書的出版也要感謝此次共襄盛舉攜手成就本書的旅館業先進，使印製成本的負擔能大大減輕，不僅彰顯出臺灣旅館文化的底蘊與水平，讓臺灣「有朋自遠方來，不亦樂乎（朋あり遠方より来たるまた楽しからずや）」（出自《論語》〈學而第一〉第一章）的價值超越了中國大陸與日本，更無遠弗屆地發揮了旅館人最核心的態度與精神。

中華民國觀光產業國際行銷協會榮譽理事長

二〇二四年元旦

目錄

線上影音檔說明

掃描即可聆聽音檔
（可調整播放速度）

掃描即可觀賞影片

掃描下載全書音檔

學而第一

(一)

子曰❶：「學而時習之，不亦說❷乎？有朋自遠方來，不亦樂乎？人不知而不慍❸，不亦君子❹乎？」

【譯文】孔子說：「學習之後仍不忘時時反覆復習踐行，這不是件可喜的事嗎？有朋友從遠方來探望我，這不是件令人高興的事嗎？別人不知道我的才學能力也不感到生氣，這樣不就是個品德高尚的人了嗎？」

【章旨】本章乃勸人勤學進德。

【註釋】❶子：有兩種用法，一為古時對男子的美稱，一為學生對老師的尊稱。在《論語》裡則是孔子弟子對孔子的專用尊稱。❷說：同悅，欣喜之意。❸慍：生氣，怨怒。❹君子：指有修養、品德高尚的人。

(二)

有子❶曰：「其為人也孝弟❷，而好犯上❸者鮮❹矣。不好犯上，而好作亂者，未之有也。君子務本❺，本立而道生❻。孝弟也者，其為仁❼之本與❽？」

【譯文】有子說：「他為人能夠孝順父母，友愛兄弟，卻喜歡冒犯兄長或者上司的，實在很少。不喜歡冒犯兄長，卻喜歡擾亂社會秩序的人，從來都沒有。有品德修養的人凡事講求根本，根本建立穩固了仁道自然產生。孝順父母，友愛兄弟，這兩件事大概是實行仁道的根本吧！」

【章旨】本章記述孝悌為仁之本。

【註釋】❶有子：即有若，字子有，又字子若。魯國人，為孔子學生，小孔子四十三歲。在《論語》中，除孔子外其他人都稱名或字，惟獨曾子與有子既不稱名也不稱字，故程頤以為《論語》極可能為曾子和有子的學生所作。❷孝弟：弟，古同悌。即孝順兄長，友愛兄弟。❸犯上：冒犯頂撞長輩或上司。❹鮮：稀少。❺務本：務，致力於。此句謂講求根本的道理。❻道生：道指仁道，自然之天理。❼為仁：實行仁道。❽與：同歟，語尾助詞。

(三)

子曰：「巧言令色❶，鮮矣仁！」

【譯文】孔子說：「善於說動聽的話，經常以和悅的臉色來逢迎別人的人，多半缺乏仁道的修養。」

▲有若（子有）

【章旨】本章乃教人注重品德修養，不要專務外表的修飾。

【註釋】❶巧言令色：巧言，善於說動聽的話。令色，謂以和悅的臉色來逢迎他人。

(四)

曾子❶曰：「吾日三省吾身❷：為人謀❸，而不忠❹乎？與朋友交，而不信❺乎？傳❻，不習❼乎？」

【譯文】曾子說：「我每天都用三件事來檢討自己，那就是為別人謀劃事情是否有不盡心去做的情形？和朋友交往是否有不誠實守信的地方？老師所傳授的課業是否還沒溫習呢？」

【章旨】記述曾子善於省身慎行。

【註釋】❶曾子：名參，字子輿，魯國南武城（今山東省費縣）人。小孔子四十六歲。與父曾點先後求學於孔子。事親至孝。初仕於莒（在今山東省莒縣），後為齊國相、楚令尹、晉國上卿。曾撰述《大學》，作《孝經》，以其學傳子思，子思再傳孟子。❷三省吾身：以三件事來檢討自己是否有過失。省，省視，省察。❸謀：謀畫，策畫。❹忠：盡心做事。❺信：誠實守信。❻傳：老師所傳授的課業。❼習：溫習，復習。

▲曾參（子輿）

(五)

子曰：「道❶千乘之國❷，敬事❸而信，節用❹而愛人，使民以時❺。」

【譯文】領導治理擁有千輛兵車的大諸侯國，凡事一定要謹慎，對人民要有信用，節省各項財用不做無謂浪費，並且要愛護人民，徵用人民服公役時須配合農時。」

【章旨】記述治大國之道。

【註釋】❶道：古同導，領導、統率之意。❷千乘之國：乘，古時用四匹馬拉的兵車，為計算軍隊的單位。一乘，有甲士三人，步卒七十二人。千乘之國，即擁有千輛兵車的諸侯國。❸敬事：謹慎細心地行事。❹節用：節省各項費用，不浪費公帑。❺使民以時：配合農時徵用人民服公役。

▲ 兩人乘坐的戰車（漢代畫像磚）

(六)

子曰：「弟子❶入則孝，出則弟❷，謹而信，汎愛眾❸，而親仁❹。行有餘力，則以學文❺。」

【譯文】孔子說：「為人弟為人子的人，在家要孝順父母，出外要恭敬兄長，行事須謹慎而誠實守信，廣泛地愛護眾人，並親近有仁德的人。能夠將這些事一一實踐之後，還有剩餘時間再去學習書本上的知識。」

【章旨】記述弟子應以修德為本，有餘力才用心求學。

【註釋】❶弟子：指為人弟為人子的人。❷弟：古同悌。❸汎愛眾：廣泛地親愛眾人。❹親仁：親近有仁德的人。❺行有餘力，則以學文：謂於實踐孝、弟、謹、信、汎眾愛、親仁等事之後，再以剩餘時間吸收書上的知識。

(七)

子夏❶曰：「賢賢易色❷，事父母能竭❸其力，事君能致其身❹，與朋友交，言而有信，雖曰未學，吾必謂之學矣。」

【譯文】子夏說：「能以敬重賢人的心來代替愛好女色的心，侍奉父母能竭盡心力，侍奉君王能奉獻其身，克盡職責，與朋友交往，說的話都很守信用，像這樣的人雖然自謙說沒有讀過什麼書，我也要說他很有學問哩。」

【章旨】記述務本的重要。

【註釋】❶夏：姓卜，名商，字子夏，衛國人，小孔子四十四歲。在孔門中以詩文著稱。孔子死後，乃執教於西河（今黃河之西，陝西省華陰、白水、澄城一帶）之上。❷賢賢易色：第一個「賢」字作動詞用，敬重之意。第二個「賢」字作名詞用，指有才德的人。易，交換、替代。色，指女色。此句謂以敬重賢人的心代替喜愛美色的心。❸竭：竭盡，盡力。❹致其身：奉獻其身於職守。

▲卜商（子夏）

(八)

子曰：「君子不重❶則不威❷，學則不固❸。主忠信❹，無友不如己者❺，過則勿憚❻改。」

【譯文】孔子說：「有品德修養的人若不保持莊重，就會失去威嚴，所學得的知識也不能牢固。要存心仁厚，忠誠信實，不要結交品德不如自己的人，有了過錯要盡力改正，不要因為怕被責罵而不敢承認。」

【章旨】記述君子修身之道。

【註釋】❶不重：輕浮、不莊重之意。❷不威：沒有威嚴。❸不固：不能穩固。❹主忠信：《廣雅．釋詁三》：「主，守也。」主忠信，內心忠誠信實。毛奇齡和江聲都以為主忠信以下，應為另一章。❺無友不如己者：友，結交。謂不要結交品德不如自己的人。❻憚：畏懼。

(九)

曾子曰：「慎終❶追遠❷，民德歸厚❸矣。」

【譯文】曾子說：「謹慎地為父母親人料理喪事，對於死去的先人，每逢年節忌日不忘依時祭祀膜拜，如此則民風自然趨於純樸仁厚了。」

【章旨】記述喪禮之重要，教人毋忘祖德。

【註釋】❶慎終：謹慎地為父母親長辦理喪事。❷追遠：謂親人雖已去世久遠，仍不忘按時祭祀膜拜。❸歸厚：趨於純樸仁厚。

(十)

子禽❶問於子貢❷曰：「夫子至於是邦也，必聞其政❸，求之與？抑與之與❹？」子貢曰：「夫子溫、良、恭、儉、讓❺以得之。夫子之求之也，其諸❻異乎人之求之與！」

【譯文】子禽問子貢說：「老師每到一個國家，必定過問或參與這個國家的政事，他是自己去求得的呢？還是這個國家的君臣主動告訴他的呢？」子貢說：「老師是以溫和、善良、恭敬、儉樸、謙讓的態度而獲得的。老師獲得這些資料的方法，恐怕和一般人取得的方法不同吧！」

【章旨】記述孔子具有賢德，故執政者多願與談論政事。

【註釋】❶子禽：姓陳，名亢，字子禽。陳國人，為孔子學生之一，小孔子四十歲。《漢書》及《皇侃義疏》皆謂陳子禽和陳亢為兩人，而錢穆《論語新解》則謂陳亢為孔廟另一先賢原亢。❷子貢：複姓端木，名賜，字子貢（一作子贛），衛國人。為孔子學生，小孔子三十一歲。以善於言辭辯論著名，曾為魯相、衛相。孔子極器重他，端木賜對孔子亦敬愛如父。孔子去世，曾築廬墓旁，獨居三年。❸必聞其政：必定參與或過問該國政事。❹求之與？抑與之與：第一及第三個「與」字皆同歟，為語尾疑問助詞。抑，反語詞，或、還是之意。兩句謂是孔子向該國求得的呢，還是該國君臣主動提供給他的。❺溫良恭儉讓：溫和、善良、恭敬、儉樸、謙讓。❻其諸：語助詞，猶言恐怕、或許。

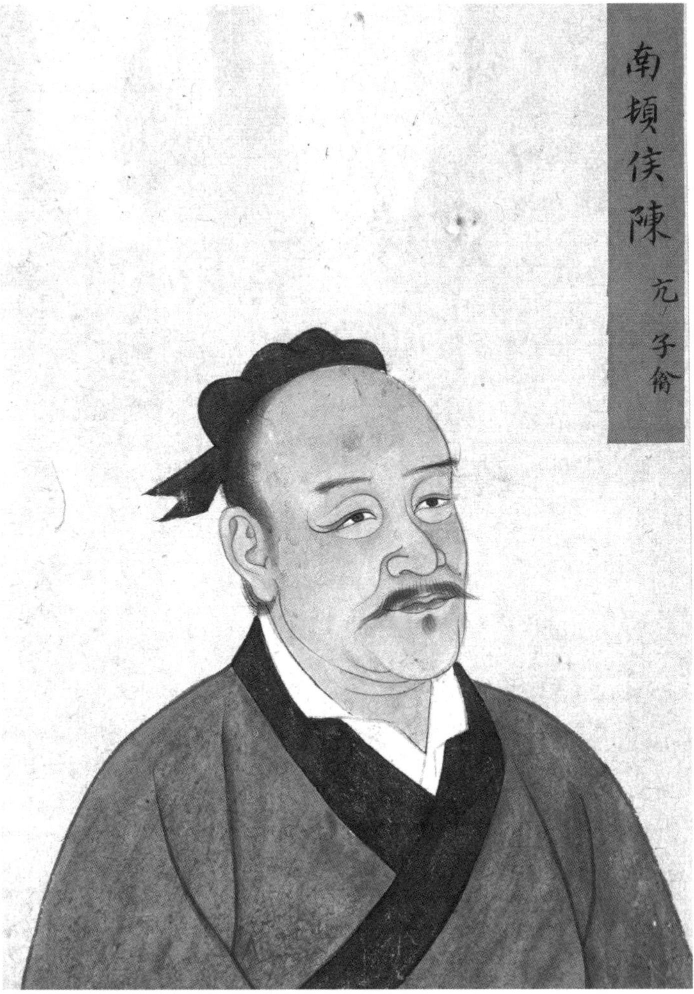

▲陳亢（子禽）

(十一)

子曰：「父在觀其志❶，父沒觀其行❷。三年無改於父之道❸，可謂孝矣。」

【譯文】孔子說：「父親在世時只須觀察他的志向，父親去世後則須觀察他的行事作為。三年間仍持續他父親生前的志業而不改變者，就可以說是孝順了。」

【章旨】記述人子事父之道。

【註釋】❶觀其志：謂父親在世時一切由父親作主，人子不得擅作主張，故只須觀察他的志向。❷觀其行：謂父親死後兒子承繼家業，可自行作主，故須觀察其行為。❸父之道：謂父親生前的志業。

(十二)

有子曰：「禮之用❶，和為貴❷；先王之道❸，斯為美❹，小大由之。有所不行❺，知和而和❻，不以禮節之❼，亦不可行也。」

【譯文】有子說：「禮節的應用，以從容合於節度最為重要。古代聖王制作禮儀的根本道理，優點就在於此，不論大事或小事都須從此處出發。但也有行不通的時候，如知道平和的可貴而凡事只求從容不迫，卻不以禮來節制，即無法行得通。」

【章旨】記述禮以和為貴。

【註釋】❶禮：言行舉止的法則。❷和為貴：和，平和、從容不迫。謂以從容合於節度為最重要。❸先王：指制作禮儀的古代聖王。❹斯：即此。❺有所不行：謂雖然如此但亦有行不通的時候。❻知和而和：謂只顧以從容不迫的態度來處事。❼節：節制。

(十三)

有子曰：「信❶近於義❷，言可復❸也；恭近於禮，遠❹恥辱也。因不失其親❺，亦可宗❻也。」

【譯文】有子說：「與人約定承諾能接近於義，則所說的話即可實踐。行事恭敬能接近於禮，則可避免遭人恥笑侮辱。親近那些不失為可親近的人，這樣的人其言行也可做為別人的表率了。」

【章旨】記述信與義、恭與禮的不同。但行事近於義禮，亦可為人宗法。

【註釋】❶信：約定承諾。❷義：合宜。謂應做的事。❸復：踐履。《集注》：「復，踐言也。言約信而合其義，則言必可踐矣。」❹遠：作動詞用，遠離之意。❺因不失其親：朱注：「因，猶依也。」謂依靠、親近他所應親近的人。❻宗：宗法，效法。

(十四)

子曰：「君子食無求飽❶，居無求安❷，敏❸於事而慎於言，就有道而正焉❹；可謂好學也已。」

【譯文】孔子說：「有品德的人在飲食方面不會講求美味佳餚，在居住方面不會講求安逸舒適，做事勤奮且言語謹慎，並親近有道德學養的人以改正自己的缺點，這樣可以算是好學的人了。」

【章旨】記述君子應謹言慎行。

【註釋】❶食無求飽：謂不講求美味佳餚。❷居無求安：謂居住不講求安逸舒適。❸敏：勤快，敏捷。❹就有道而正焉：就，親近。正，端正、改正。謂親近有道德學養的人而改正自己的缺失。

(十五)

子貢曰：「貧而無諂❶，富而無驕❷，何如？」子曰：「可也。未若貧而樂❸，富而好禮❹者也。」

子貢曰：「詩云：『如切如磋，如琢如磨❺。』其斯之謂與❻？」

子曰：「賜❼也，始可與言詩已矣！告諸往❽而知來❾者。」

【譯文】子貢說：「雖然貧困卻不露出悲悽可憐的諂媚態度，雖然富貴卻不露出氣勢凌人的傲慢態度。這種人怎麼樣呢？」孔子說：「很好，但還不如雖然貧困卻能安逸自在，樂於行道，雖然富貴卻能遵守禮制，不驕縱傲慢的人。」

子貢說：「《詩經》上說：『就好像研磨骨角玉石的匠人，不斷地切磋琢磨，直到骨角玉石變得光滑為止。』老師的意思大概就是如此吧？」

孔子說：「像端木賜這樣的人，我可以開始和他談論詩了！我告訴他一件事，他就可以悟出一些道理來。」

【章旨】記述貧富之道，並勉勵子貢當安貧樂道。

▲端木賜（子貢）

【註釋】❶貧而無諂：諂，諂媚、奉承。謂雖貧困卻不因而露出逢迎諂媚的姿態。❷富而無驕：驕，驕傲，輕視他人。謂雖富貴卻不因而顯現出驕傲的姿態。❸貧而樂：謂雖貧困卻能安逸自在。即安貧樂道。《古文論語》作「貧而樂道」。❹富而好禮：雖富貴卻仍遵守禮制，並不因而揮霍驕恣傲慢。❺如切如磋，如琢如磨：出自《詩經．衛風．淇奧篇》。研磨骨角叫切，研磨象牙叫磋，研製玉器叫琢，研製石頭叫磨。謂研究學問須不斷地求精求進。❻與：同歟。語尾疑問助詞。❼賜：即子貢。❽往：謂孔子已說過之事。❾來：謂孔子尚未說的事。

(十六)

子曰：「不患❶人之不己知❷，患不知人❸也。」

【譯文】孔子說：「不要擔心別人不知道你的品德才學，應該擔心的是不知道別人是否具有才學品德。」

【章旨】教人勿嚴於責人。

【註釋】❶患：擔心，憂慮。❷不己知：不知道自己具有才學品德。❸不知人：不知道別人具有才學品德否。有才學品德者即親近之，沒有才學品德又差則遠離之。

為政第二

(一)

子曰：「為政以德❶，譬如北辰❷，居其所❸，而眾星共❹之。」

【譯文】孔子說：「用道德來教化治理人民。就好比北極星高掛在天體的中央，靜留原處，而日月星辰都圍繞著它運轉。」

【章旨】記述為政之道重在以德化人。

【註釋】❶為政以德：以道德來教化治理人民。❷北辰：即北極星。❸居其所：謂靜留原地不動。❹共：古同拱，環繞之意。

(二)

子曰：「詩三百❶，一言以蔽❷之，曰思無邪❸。」

【譯文】孔子說：「《詩經》雖然有三百篇之多，但其內容用一句話即可涵蓋之，就是『思無邪』。」

【章旨】記述《詩經》的要旨即在思無邪。

【註釋】❶詩三百：詩，指《詩經》。《詩經》共三〇五篇，或說有三一一篇，此處係取其整數而言。❷蔽：概括，涵蓋。❸思無邪：思，發語詞，無義。此句原是《詩經．魯頌．駉篇》的一句。謂詩三百篇都是以懲惡勸善為目的，而陶冶人的性情使歸於純正無邪。

(三)

子曰：「道之以政❶，齊之以刑❷，民免而無恥❸；道之以德，齊之以禮，有恥且格❹。」

【譯文】孔子說：「以法律禁令來領導管理人民，以苛酷刑罰來懲罰不遵守法令者使其畏服，雖能使人民避免刑罰，人民卻缺乏羞恥心。若以道德來領導管理人民，以禮儀制度使人民歸於整齊劃一，則人民不僅有羞恥心，而且知道犯錯應該改進。」

【章旨】記述為政之道。

【註釋】❶道之以政：道，古同導。政，指法律禁令。謂以法律禁令來領導管理人民。❷齊之以刑：齊，使之整齊劃一。謂以刑罰使不遵守法律禁令者畏服。❸民免而無恥：謂人民雖能避免刑罰卻缺乏羞恥心。❹有恥且格：格，改正、改革。謂人民有羞恥心而且知道犯錯應該改進。

(四)

子曰：「吾十有五而志於學❶；三十而立❷；四十而不惑❸；五十而知天命❹；六十而耳順❺；七十而從心所欲，不踰矩❻。」

【譯文】孔子說：「我十五歲即立志學禮，三十歲即能以所學奠立下根基，到四十歲時即能通曉事理而不為邪說異端所迷惑，五十歲時即能透悟天地化育萬物、生生不息的道理，六十歲即能洞悉別人的言語，無論毀譽皆能怡然接納，七十歲時凡事都能隨心所欲地去做，卻不至於踰越法度之外。」

【章旨】為孔子自述治學進德的歷程。

【註釋】❶吾十有五而志於學：有，同又。志，心之所向。邢昺說：「言成童之歲，識慮方明，於是乃志於學也。」❷而立：能以所學奠立基礎。❸不惑：心有主見，不為邪說異端所迷惑。❹知天命：透悟天地自然化育萬物、生生不息的道理。❺耳順：鄭玄注：「聞其言而知其微旨也。」亦即對別人說的話都能深入瞭解並接納之，即使別人有意毀謗貶損自己也不以為意。❻不踰矩：踰，超越。矩，畫方形的器具。謂不超越法度之外。

(五)

孟懿子❶問孝。子曰：「無違❷。」樊遲❸御❹，子告之曰：「孟孫❺問孝於我，我對曰，『無違。』」樊遲曰：「何謂也？」子曰：「生，事之以禮❻。死，葬之以禮❼，祭之以禮❽。」

【譯文】孟懿子問孔子有關孝道之事，孔子說：「不要違背禮。」有一次，樊遲為孔子駕駛馬車，孔子告訴他：「孟懿子曾問我有關孝道的事，我對他說：『不要違背禮。』」樊遲說：「這是什麼意思？」孔子說：「父母在世時，須以禮來事奉他們。父母死後，須以禮來埋葬他們，並且須依禮來祭祀他們。」

【章旨】記述孝道之本在於盡禮。

【註釋】❶孟懿子：魯國大夫，姓仲孫，名何忌，諡懿，因諱殺君之罪，故改姓為孟，又作孟孫。據《左傳》記載，孟懿子為孔子學生，但《史記．仲尼弟子列傳》裡卻無孟懿子。❷無違：不要違背禮制。或謂不要違背父母的意思。俞樾說：「孟懿子問孝，子曰無違，此正是教懿子從親之令。」但朱熹以為「無違，謂不背於理。」❸樊遲：即樊須，字子遲，魯國人。孔子學生，小孔子三十六歲，曾事於魯卿孟孫氏。❹御：駕駛馬車。

❺孟孫：指孟懿子。❻生事之以禮：謂冬溫夏清、晨昏定省等，凡事以禮行之。❼死喪之以禮：謂為備棺槨衣衾而斂之，為卜宅兆而安厝之等，凡事都須依禮而行。❽祭之以禮：謂春秋祭祀，供奉鮮果表達哀戚追念等，均須依禮而行。

(六)

孟武伯❶問孝。子曰：「父母唯其疾之憂❷。」

【譯文】孟武伯向孔子請教孝道，孔子說：「父母最擔憂的就是子女的健康，深怕子女生病。」

【章旨】記述孔子告孟武伯盡孝的方法。

【註釋】❶孟武伯：姓仲孫，名彘，即孟懿子之子。武乃其謚號，為孔子學生。❷父母唯其疾之憂：其，指子女。馬融說：「言孝子不妄為非，唯疾病然後使父母憂耳。」

▲言偃（子游）

(七)

子游❶問孝。子曰：「今之孝者，是謂能養❷。至於犬馬，皆能有養。不敬，何以別❸乎？」

【譯文】子游問有關孝道的事情。孔子說：「現在人所謂的孝，只是能夠供養父母而已。就好像供養狗或馬這些牲畜一樣。如果沒有恭敬體順之心，那麼和供養牲畜有何差別呢？」

【章旨】記述孔子告子游侍奉父母須出於誠敬。

【註釋】❶子游：姓言，名偃，為孔子學生。《史記．仲尼弟子列傳》說他是吳國人，而《孔子家語》則說他是魯國人。習於禮，長於文學。曾為武城（今山東費縣西南）宰。❷能養：謂只知道供養父母衣食，卻不知恭敬體順。❸別：區別，差別。

(八)

子夏問孝。子曰：「色難❶。有事，弟子服其勞，有酒食❷，先生饌❸，曾❹是以為孝乎？」

【譯文】子夏問孔子有關孝道的事。孔子說：「要人子以和顏悅色的態度侍奉父母是很難的。有事情的時候，為人弟、為人子者即主動幫忙代勞，有酒菜食物時就請父兄們先吃，這都是為人子弟者應做的事，怎能算是孝順呢？」

【章旨】記述孔子告子夏侍奉父母須以和顏悅色相待。

【註釋】❶色難：謂要人子以和顏悅色的態度侍奉父母很難。❷酒食：酒菜食物。❸先生饌：先生，指先我而生、年紀比我長者，即父兄。饌，吃食。❹曾：即「乃」。

(九)

子曰：「吾與回言❶終日，不違❷如愚。退而省其私❸，亦足以發❹，回也，不愚！」

【譯文】孔子說：「我和顏回談論一整天，但是他一點意見也沒有，一直恭順地聽我談話，就像個白痴一樣。然而等他退離後，我觀察他自修或與人談論的情形，都頗能闡發我所教導的道理。可見顏回並不笨啊！」

【章旨】記述孔子讚美顏淵穎悟聰慧。

▲孔子與顏回

【註釋】❶回：指顏回，字子淵，又稱顏淵。魯國人，小孔子三十歲。與父無繇同是孔子的學生。淡泊名利，聞一知十，是孔子最鍾愛、最得意的學生，後世稱為復聖。❷不違：謂凡事順承，沒有絲毫意見。❸退而省其私：待其退離後再觀察其自修的情形。孔安國說：「察其退還與二三子說繹道義。」❹發：闡發，發揚。

(十)

子曰：「視其所以❶，觀其所由❷，察其所安❸，人焉廋哉❹！人焉廋哉！」

【譯文】孔子說：「觀察他所表現的言行舉止，再觀察他做這件事的原因動機，及他做了這件事後心理是否覺得安適，經過如此徹底的觀察後，一個人的行為就無從掩飾了。」

【章旨】記述觀人之術。

【註釋】❶視其所以：觀察其所表現的言行舉止。❷觀其所由：觀察其所以表現該行為舉止的原因動機。❸察其所安：觀察其表現該行為舉止後的心理狀況。❹人焉廋哉：廋，隱匿。謂經過如此徹底觀察後，一個人的行為即無法隱藏掩飾了。

(十一)

子曰：「溫故❶而知新❷，可以為師矣。」

【譯文】孔子說：「能夠溫習以前所學過的事物，並不斷地追求新的知識，像這樣的人就可以做為人師了。」

【章旨】記述治學重在溫故知新。

【註釋】❶溫故：溫習以前所學過的事物。❷知新：謂從舊事物中悟出新道理。亦可解作不斷地追求新知識。

(十二)

子曰：「君子不器❶。」

【譯文】孔子說：「君子不像器具一樣只有一種固定的用途，他是具有多方面的才藝。」

【章旨】記述君子才德兼備，具有多方面的才藝。

【註釋】❶不器：器，即器具。不器，不像器具般只有一種固定用途，意即君子具有多方面的才藝，能隨機應變。

（十三）

子貢問君子。子曰：「先行其言❶，而後從之❷。」

【譯文】子貢問孔子怎樣的人才能算是君子。孔子說：「君子在還未說之前一定先親自去做，等事情做好之後再發表言論。」

【章旨】記述言行一致方為君。

【註釋】❶先行其言：在未說之前先親自去做。❷而後從之：事情完成之後再發表言論。

（十四）

子曰：「君子周而不比❶，小人比而不周。」

【譯文】孔子說：「有仁德的君子待人忠厚，一視同仁，而不朋比阿黨，偏袒少數人。心地狹隘的小人則只知朋比營私，而不知廣泛地愛人。」

【章旨】記述君子與小人之別。

【註釋】❶周而不比：周和比皆有親密之意。孔安國說：「忠信為周，阿黨為比。」王引之《經義述聞》謂：「以義合者周也，以利合者比也。」周亦可解作普遍、一視同仁。

(十五)

子曰：「學而不思則罔❶，思而不學則殆❷。」

【譯文】孔子說：「若一味學習而不加以思索，則終究罔然無知，而不能明瞭其中的道理。若一味思索而不知多方面去學習，則所思索的事物無理論根據，終究是危疑難有定論」

【章旨】記述學思並重的道理。

【註釋】❶罔：謬妄，無知。❷殆：危疑不安。

(十六)

子曰：「攻❶乎異端❷，斯害也已❸。」

【譯文】孔子說：「一味地鑽研邪說異端，而不求正道，這對個人而言是莫大的危害啊！」

【章旨】記述治學須求根本。

【註釋】❶攻：鑽研，專攻。❷異端：指楊墨等各家學說。一說以素隱行怪為異端。皇侃《論語義疏》謂：「異端，謂雜書也。言人若不學六籍正典而雜學於諸子百家，此則為愛之深。」劉寶楠《論語正義》則謂：「《中庸》記云，子曰：『素隱行怪，後世有術焉；吾弗為之矣。』素隱行怪，正是小道異端者之所為；至後世有述，而其害何可勝言，夫子故弗為以絕之也。」❸斯害也已：也已，語尾助詞。謂此危害甚大。

(十七)

子曰：「由❶，誨女知之乎❷？知之為知之，不知為不知，是知也。」

【譯文】孔子說：「仲由啊！我教導你的道理，你都知道了嗎？知道的就說知道，不知道的就說不知道，這才是求知的根本啊！」

【章旨】教人為學須務實，不可馬虎。

【註釋】❶由：指子路。姓仲，名由，字子路，一字季路。魯國卞城（今山東泗水縣東）人，小孔子九歲。個性好勇鬥狠，剛猛不馴。在入門受教之前常侮辱孔子，後終被孔子感化，成為孔子門生。哀公十五年，因反對迎立蒯聵，與蒯聵之將石乞作戰，戰敗被剁為肉醬。

❷誨女知之乎：誨，教誨，教導。女，古同汝，即「你」。乎，語尾疑問助詞。一作感嘆詞，謂我來教你求知的道理吧。

▲仲由（子路／季路）

(六)

子張❶學干祿❷。子曰：「多聞闕疑❸，慎言其餘，則寡尤❹；多見闕殆❺，慎行其餘，則寡悔。言寡尤，行寡悔，祿在其中矣！」

【譯文】子張向孔子請教如何求取祿位。孔子說：「多聽別人說的話，把有疑問的先擱置一邊不管，其他沒有疑問的話也要謹慎地說，如此即可減少過失。多看別人做的事，把可疑的先擱置一邊不管，其他沒有疑問的事也要謹慎地去做，如此即可減少懊悔。說話少有過失，行事少有懊悔，祿位自然就在其中了。」

【章旨】記述謹言慎行為求取祿位的根本。

【註釋】❶子張：複姓顓孫，名師，字子張，魯國人。在《孟子》、《左傳》中稱為琴張，因善於彈琴，故以此稱之。為孔子學生，小孔子四十八歲。為人才高志遠，口直心快。❷干祿：干，追求，謀求。祿，即祿位。❸闕疑：闕，通缺，謂把有疑問的擱置一旁。❹寡尤：鮮少過失。❺闕殆：殆，危疑。謂把可疑、有危險性的先擱置一旁。

▲顓孫師（子張）

(十九)

哀公問曰❶：「何為則民服❷？」孔子對曰❸：「舉直錯諸枉❹，則民服；舉枉錯諸直，則民不服。」

【譯文】哀公問孔子說：「如何才能使人民信服呢？」孔子回答說：「舉用正直的人來管理邪枉不正的人，則人民自然信服。舉用邪枉不正的人來管理正直的人，則人民自然不服。」

【章旨】記述孔子告哀公治國之道。

【註釋】❶哀公：魯國國君，姓姬，名蔣，謚號哀。❷民服：使人民信服。❸孔子對曰：古時君主問臣民，臣民回答皆稱「對曰」。❹舉直錯諸枉：舉，舉用。直，正直的人。錯，此處通措，安置之意。諸，之於。枉，邪曲不正的人。此句謂舉用正直的人安置在邪枉不正的人上面。

(二〇)

季康子❶問：「使民敬忠以勸❷，如之何？」子曰：「臨之以莊❸，則敬；孝慈❹，則忠；舉善而教不能❺，則勸。」

【譯文】季康子問：「想要使人民恭敬、忠心而又勤勉奮發，應該如何做呢？」孔子說：「以嚴肅莊重的態度來治理人民，則人民自然對你恭敬。孝順父母，慈愛民眾，則人民自然對你忠心。舉用賢能的人來教導能力較差的人，則人民自然勤勉奮發。」

【章旨】本章乃孔子告訴季康子為政之道。

【註釋】❶季康子：魯國卿大夫，姓季孫，名肥，諡康。子是尊稱詞。❷敬忠以勸：恭敬、忠心而又勤勉奮發。❸臨之以莊：上對下稱之為臨。謂以嚴肅莊重的態度來治理人民。❹孝慈：孝順父母，慈愛民眾。❺舉善而教不能：舉用賢能的人來教導才能較差的人。

(二一)

或❶謂孔子曰：「子奚❷不為政？」子曰：「書云❸：『孝乎惟孝，友于兄弟❹。』施於有政，是亦為政，奚其為為政❺？」

【譯文】有人對孔子說：「你為什麼不出來做官從政呢？」孔子說：「《書經》上說：『孝順父母，友愛兄弟。』把這種孝友的道理推廣到當政者身上，也是一種從政的方式，為什麼一定要做官才算是從政呢？」

【章旨】記述孝友之道與為政之道相通。

【註釋】❶或：某人。❷奚：如何，為什麼。❸書：指《尚書》。唐孔穎達說：「尚者，上也。言此上代以來之書，故曰尚書。」又分《今文尚書》與《古文尚書》兩種版本。❹孝乎惟孝，友于兄弟：言孝順父母，友愛兄弟。或說出自偽《古文尚書．周書．君陳篇》，但此篇中僅有「惟孝友于兄弟」句。❺奚其為為政：言為什麼一定要居官才算是從政。

(三)

子曰：「人而無信，不知其可也。大車無輗❶，小車無軏❷，其何以行之哉？」

【譯文】孔子說：「一個人如果說話沒有信用，不知道他如何立身處世。就好像大車沒有輗，小車沒有軏一樣，要怎麼行駛呢？」

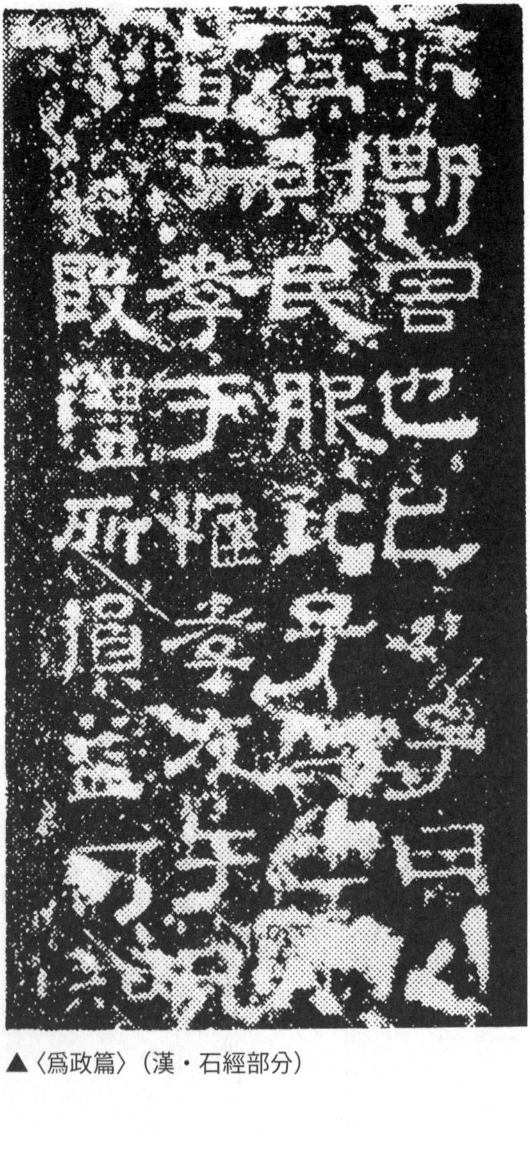

▲〈爲政篇〉(漢・石經部分)

【章旨】記述信的重要。

【註釋】❶輗：大車（指牛車）車轅前端連接車衡的橫木。❷軏：小車（指古獵車、戰車等輕便車）車轅前端與車衡連接的橫木。輗和軏都是用來保持車輛平衡的關鍵，缺乏這兩塊木頭，車輛即無法行駛。

(三)

子張問：「十世可知也❶？」子曰：「殷因❷於夏禮，所損益❸可知也。周因於殷禮，所損益可知也。其或繼周者，雖百世可知也。」

【譯文】子張問孔子：「自此以後十代間的事可以預知嗎？」孔子說：「商朝的典制是因襲夏朝的禮制而來，其間所減少或增加的，我們可以知道有哪些。周朝的典制是因襲商朝的禮制而來，其間所減少或增加的，我們也可以知道有哪些。而將來可能繼承周朝的，雖然經過百代我們也可以推測出來。」

【章旨】記述由禮制的損益可推知政事。

【註釋】❶十世可知也：古代帝王易姓受命叫一世。也，通耶，疑問助詞。此句謂自此以後十代

間的事可以預知嗎。❷因：因襲，沿襲。❸損益：損，減少。益，增加。

(四)

子曰：「非其鬼❶而祭之，諂❷也。見義不為❸，無勇也。」

【譯文】孔子說：「不是自己的祖先卻去祭拜祂，就是諂媚；遇到自己應當做的事卻不去做，就是懦弱！」

【章旨】本章乃勉人祭必躬親，見義勇為，而不可媚神求福。

【註釋】❶非其鬼：不是自己的祖先。鄭玄說：「人神曰鬼。非其祖考而祭之者，是諂求福。」❷諂：諂媚。❸見義不為：遇到自己應當做的事卻不去做。

八佾第三

(一)

孔子謂季氏❶八佾❷舞於庭：「是可忍也❸，孰❹不可忍也？」

【譯文】孔子對季桓子在家廟中用八佾樂舞這件事批評說：「如果這件事可以忍受的話，那麼還有什麼不可以忍受的呢？」

【章旨】記述孔子譴責季氏僭越君臣之禮。

【註釋】❶季氏：指魯國大夫季桓子。❷八佾：佾，舞蹈行列。古代天子樂舞以八人為一列，共八列六十四人，各執樂器舞於祖廟。諸侯六佾，卿大夫四佾，士二佾。季桓子以卿大夫身分竟用八佾舞於庭，是僭越禮制。❸是可忍：是即此。謂這件事可以忍受。❹孰：何者。

(二)

三家者❶以雍徹❷。子曰：「『相維辟公，天子穆穆❸。』奚取於三家之堂❹？」

【譯文】魯國大夫仲孫、叔孫、季孫三家僭用天子禮制，在祭祀完畢撤去祭品時竟歌詠雍詩。孔子批評說：「『天子祭祀宗廟時，四方諸侯及二王之後都前來助祭，天子的容貌顯得那麼的莊嚴肅穆。』這樣的盛景在三家的廟堂裡怎能見到呢？」

【章旨】本章乃諷刺三桓僭越君臣之禮。

【註釋】❶三家：指魯國大夫仲孫（後改稱孟孫）、叔孫、季孫三個家族。三家都是魯桓公後代，故又稱三桓。文公死後，三桓勢力日增，掌握了魯國政權，魯公大權旁落，因此三桓才敢僭用天子禮樂。❷雍徹：〈雍〉是《詩經．周頌》的一篇。徹通撤，指祭祀完畢後撤去祭品。古禮，天子宗廟祭祀撤去祭品時須歌雍詩以娛神。❸相維辟公，天子穆穆：為雍詩中的兩句。相，協助。維，發語詞。辟，指諸侯。公，指二王後代，即夏朝後裔杞、殷朝後裔宋。穆穆，形容天子容貌之莊嚴肅穆。此兩句謂天子祭祖時，諸侯及二王之後都來協助。❹堂：家廟的正廳。

(三)

子曰：「人而不仁❶，如禮何❷？人而不仁，如樂何？」

【譯文】孔子說：「一個人如果沒有仁愛的心，那麼禮制又能對他起什麼作用呢？一個人如果沒有仁愛的心，那麼和諧的樂音又能對他起什麼作用呢？」

【章旨】記述仁為禮樂之本。

【註釋】❶不仁：沒有仁愛之心。❷如：奈何。

(四)

林放❶問禮之本。子曰：「大哉❷問！禮，與其奢❸也，寧儉；喪，與其易❹也，寧戚❺。」

【譯文】林放向孔子請教禮的根本。孔子說：「你問得很好！關於禮，與其著重排場，過於奢侈浪費，不如節儉一點的好。關於喪事，與其著重繁文縟節，而毫無哀痛之意，不如只表現出內心的哀戚。」

【章旨】記述禮的本義。

【註釋】❶林放：字子立，魯國人，為孔子學生。❷大哉：讚美之詞。❸奢侈：謂注重排場，大肆鋪張。❹易：周備。謂注重繁文縟節。❺戚：哀痛。

(五)

子曰：「夷狄❶之有君，不如諸夏❷之亡也。」

【譯文】孔子說：「未開化的蠻夷國家還有君王的存在，不像各諸侯國這樣僭越叛亂，心中根本沒有君王的存在。」

【章旨】本章乃諷刺各諸侯國之僭越悖禮。

【註釋】❶ 夷狄：指蠻夷之邦。古代對邊遠未開化民族，在東邊者稱夷，北邊稱狄，西邊稱戎，南邊稱蠻。❷ 諸夏：夏指中國。諸夏，謂中國境內各諸侯國。

(六)

季氏旅於泰山❶。子謂冉有❷曰：「女弗能救與❸？」對曰：「不能。」子曰：「嗚呼！曾謂❹泰山不如林放乎？」

【譯文】季桓子要祭泰山，孔子對冉有說：「你難道不能勸阻他嗎？」冉有回答說：「不能。」孔子說：「唉！難道說泰山的神明還不如林放那樣懂得禮節嗎？」

【章旨】本章乃諷刺季氏借越禮制祭祀泰山。

【註釋】❶ 旅於泰山：旅，祭名。古代天子祭天下名山大川，諸侯祭國內山川，而大夫只能祭家廟。季桓子祭於泰山是僭越禮制。❷ 冉有：即冉求，字子有，魯國人。為孔子學生，小孔子二十九歲。個性謙和，多才多藝，尤擅政事，曾為季氏家臣。❸ 女弗能救與：女，古同汝。救，勸阻。與，古同歟，語尾疑問助詞。此句謂你難道不能勸阻嗎。❹ 曾謂：猶言難道。

▲冉求（子有）

(七)

子曰：「君子無所爭，必也射乎❶！揖讓而升❷，下而飲❸。其爭也君子。」

【譯文】孔子說：「君子是不會與人相爭的，如果有的話，只有在射箭比賽的時候。但即使在此時，他仍然與對方互相揖讓而後升堂，射畢後相互作揖才走下堂，而且比賽結束時勝者要請敗者升堂喝罰酒；雖然是在競爭中但仍保持著君子的風度。」

【章旨】記述君子之爭必以禮讓。

【註釋】❶必也射乎：謂只有在射箭比賽時才有競爭。古代射禮分為大射、賓射、燕射、鄉射四種，此處指大射而言。❷揖讓而升：與賽兩人並進，彼此三次揖讓示敬後才升堂較技。❸下而飲：射畢作揖下堂，待眾與賽者皆射畢，勝者請敗者升堂喝罰酒。

（八）

子夏問曰：「『巧笑倩兮，美目盼兮，素以為絢兮❶』，何謂也？」子曰：「繪事後素❷。」曰：「禮後乎❸？」子曰：「起予者商也❹，始可與言詩已矣。」

【譯文】子夏問孔子說：「『巧笑倩兮，美目盼兮，素以為絢兮』，這三句話是什麼意思呢？」孔子說：「繪畫時先打好底色，再塗上五彩的顏色。」子夏說：「是說一個人須先有誠信之心，而後著重禮節嗎？」孔子說：「卜商頗能闡述我的意思，像這樣我才可以和他討論詩啊！」

【章旨】記述禮之本在質而不在繁文縟節。

【註釋】❶「巧笑倩兮」三句：前兩句出自《詩經．衛風．碩人篇》，第三句則為逸詩。倩，口頰含笑的樣子。盼，眼波流轉。素，細白的絹繒。絢，繽紛的色彩。此三句謂美人嫵媚的笑容，連口頰都含著笑意，一雙明媚的眼睛，秋波流轉，若再打些粉底會顯得更為豔麗。❷繪事後素：繪畫時先打好底色，再塗上五彩的顏色。❸禮後乎：謂人須先有誠信之心，而後著重禮節。❹起予者商：起，啟發，闡述。商，即子夏，名卜商。謂能闡發我的意思的人為卜商。

(九)

子曰：「夏禮，吾能言之，杞❶不足徵❷也。殷禮，吾能言之，宋❸不足徵也。文獻❹不足故也。足，則吾能徵之矣。」

【譯文】孔子說：「夏朝的禮制，我還能說個大概，可惜杞國留下來的文獻猶不足以考證實情。商朝的禮制，我還能說個大概，可惜宋國留下來的文獻猶不足以考證詳情。這都是因為文獻不足的緣故，如果文獻充足，那麼我就能藉它們考證出實情了。」

【章旨】記述夏、商兩朝既未留下充足的典籍又無遺賢，故孔子無法驗證當時之禮制。

【註釋】❶杞：古國名。地在今河南省杞縣。周武王滅殷後封夏朝後裔東樓公於此，後為楚所滅。❷徵：驗證。❸宋：古國名。地在今河南省商邱縣。周武王封殷紂王後裔武庚於此。成王時，武庚叛亂，周公平定亂事後，封微子開於宋。❹文獻：文，指典籍文章。獻，指耆宿賢達。

(十) 子曰：「禘❶自既灌❷而往者，吾不欲觀之❸矣。」

【譯文】孔子說：「舉行五年一次的禘祭時，從以鬱鬯灑地迎神之後的節目，我就不想再看下去了。」

【章旨】本章譏刺魯國的禘祭不合乎禮制。

【註釋】❶禘：祭名。古代王者每五年於祖廟舉行一次大祭，稱為禘。❷灌：祭時用鬱鬯（祭酒名）灑地以迎神，稱為灌。❸吾不欲觀之：是說魯國禘祭不合乎禮制，故孔子不欲觀看。

(十一) 或問「禘」之說。子曰：「不知也❶。知其說者之於天下也，其如示諸斯❷乎？」指其掌❸。

【譯文】有人問孔子有關禘祭之事。孔子說：「我不知道，如果有人知道禘祭的真義，那麼他治理天下豈不是像看這個一樣嗎？」說著，就指著自己的手掌。

【章旨】本章以禘祭之禮早為人遺忘諷喻為政者。

【註釋】❶不知也：並非真的不知，而是不願深入說明，故以不知來推託。❷示諸斯：示同視。諸，之於。斯，即此，指手掌。❸指其掌：謂其易如反掌。

(十二)

祭(ㄐㄧˋ)如(ㄖㄨˊ)在(ㄗㄞˋ)❶，祭(ㄐㄧˋ)神(ㄕㄣˊ)如(ㄖㄨˊ)神(ㄕㄣˊ)在(ㄗㄞˋ)❷。子(ㄗˇ)曰(ㄩㄝ)：「吾(ㄨˊ)不(ㄅㄨˋ)與(ㄩˋ)❸祭(ㄐㄧˋ)，如(ㄖㄨˊ)不(ㄅㄨˋ)祭(ㄐㄧˋ)。」

【譯文】祭祀祖先時的態度，就好像祖先正在享用般恭敬，祭祀諸神明時的態度，就好像諸神明正在享用般虔敬。孔子說：「假如我未參與祭典，即使有人代我祭祀，我也覺得好像沒祭祀一樣。」

【章旨】記述祭祀須出自內心的誠敬。

【註釋】❶祭如在：祭祀祖先時就好像祖先正在享用般恭敬。❷祭神如神在：祭祀諸神明時就好像諸神正在享用般虔敬。❸與：參與。

(十三)

王孫賈❶問曰：「『與其媚於奧，寧媚於竈❷。』何謂也？」子曰：「不然。獲罪於天，無所禱也❸。」

【譯文】王孫賈問孔子說：「『與其取悅於奧處的神明，不如取悅於竈神。』這句話是什麼意思呢？」孔子說：「我不以為如此。一個人如果不能順應天理而行，得罪於天，那麼即使禱求諸神明相助也無濟於事。」

【章旨】記述人應順應常道，不宜投機取巧，求媚於人。

【註釋】❶王孫賈：衛國大夫，掌理衛國軍事。❷與其媚於奧，寧媚於竈：媚，取悅於人。奧，屋內西南隅。竈，即竈神，古人祭竈神設位於竈陘，祭畢更設饌於奧以迎尸（古時祭祀用人扮飾的神像）。《太平御覽．五百二十九》下鄭注：「宗廟及五祀之神皆祭於奧；室西南隅之奧也。夫竈，老婦之祭。」即謂奧雖尊卻非祭之主，竈雖卑賤卻為主事者。比喻取悅於君主不如阿附權臣。❸獲罪於天，無所禱也：謂不順天理而行，獲罪於天，即使禱求奧、竈諸神也無濟於事。若順天理而行，又何必求媚於人。

(十四)

子曰：「周監於二代❶，郁郁❷乎文❸哉！吾從周。」

【譯文】孔子說：「周朝的禮樂制度是根據夏、商兩朝的制度而加以增修，因此一切文物制度都顯得更為完備，我決定遵從周朝的典制而行。」

【章旨】本章乃讚美周朝能保存夏、商兩朝的典制。

【註釋】❶周監於二代：監，視察。二代，指夏、商兩朝。謂周朝以夏、商兩朝的禮制為依據而加以增修。❷郁郁：文采美盛貌。❸文：指禮樂制度。

(十五)

子入大廟❶，每事問。或曰：「孰❷謂鄹人之子❸知禮乎？入大廟，每事問。」子聞之曰：「是禮也❹！」

【譯文】孔子進入太廟助祭時，每件事情都要發問。有人批評說：「誰說那個鄹邑的年輕人懂得禮，他一進入太廟，每件事情都要問。」孔子聽到這些話就說：「凡事恭敬謹慎，這樣才合乎禮啊！」

▲ 7000 年前的攲器

【章旨】記述孔子對於禮制的慎重。

【註釋】❶大廟：大，古通太。太廟指魯國始祖周公廟。❷孰：即誰。❸鄹人之子：鄹，魯國邑名，即今山東省曲阜縣。孔子生於此，父叔梁紇曾任鄹邑大夫。稱孔子為鄹人之子帶有輕蔑之意。❹是禮也：謂祭祀時凡事皆須恭敬謹慎才合乎禮。

(十六)

子曰：「射不主皮❶，為力不同科❷，古之道也。」

【譯文】孔子說：「比賽射箭，只須中的即可，不必要貫穿箭靶的皮革，因為各人體力不同，故不能以貫穿箭靶來決定勝負，這是自古以來就有的道理啊！」

【章旨】本章闡述射禮的本義。

【註釋】❶射不主皮：謂射禮著重品德，只須中的即可，不一定要貫穿箭靶。❷力不同科：科，等級。謂各人體力不同，故不能以是否貫穿箭靶來決定勝負。

(十七)

子貢欲去告朔❶之餼羊❷。子曰：「賜❸也！爾愛其羊，我愛其禮❹。」

【譯文】子貢想要廢除告朔之禮中供奉牲羊的禮節。孔子說：「賜啊！你愛惜這些牲羊，我卻愛惜這種禮制啊！」

【章旨】記述孔子告誡子貢不可廢棄禮制。

【註釋】❶告朔：朔，每月初一。古時天子於每年冬，頒告來年每月之朔日於諸侯，諸侯藏之於祖廟，每月初一則以牲羊告廟，請而頒行。劉臺拱的《論語駢枝》說：「告朔是天子頒告來歲十二月之朔於諸侯，餼羊則待天子告朔之使者用之。周自幽王之後不復告朔，而魯之有司尚循例供此餼羊，故子貢欲去之。」❷餼羊：未煮熟的祭祀用牲羊。❸賜：即子貢，名端木賜。❹愛其禮：謂雖然政令不行，告朔形同具文，但亦不可因吝惜財物而廢棄大禮。

(十八)

子曰：「事君盡禮，人以為諂❶也。」

【譯文】孔子說：「侍奉君王能曲盡人臣應有的禮節者，一般人反而說他諂媚君王。」

【章旨】本章乃諷刺當時的臣子多目無君上。

【註釋】❶諂：諂媚，阿諛。

(十九)

定公❶問：「君使臣，臣事君，如之何？」孔子對曰：「君使臣以禮，臣事君以忠。」

【譯文】定公問孔子說：「君王差使臣子，臣子侍奉君王，是否有一定的原則呢？」孔子回答說：「君王差使臣子須合乎禮，臣子侍奉君王須懷忠誠。」

【章旨】記述孔子告魯定公君臣之道。

【註釋】❶定公：魯國國君，姓姬，名宋，謚定。孔子出任魯國司寇，大約是在定公九年至十二年間。

㈢

子曰：「關雎❶，樂而不淫❷，哀而不傷❸。」

【譯文】孔子說：「〈關雎〉這篇詩描述得真是恰到好處啊！雖然歌詠男女間的歡愛卻不失於淫蕩不正，雖表現哀憐之情卻不失於過度悲傷。」

【章旨】本章乃讚美〈關雎〉這篇詩的純樸無邪。

【註釋】❶關雎：《詩經．國風．周南篇》之首篇。❷樂而不淫：雖然歌詠男女間的歡愛卻不失於淫蕩不正。❸哀而不傷：雖表現出哀憐之情卻不失於過度悲傷。

▲宰予（子我）

(三)

哀公問社❶於宰我❷。宰我對曰：「夏后氏以松，殷人以柏，周人以栗❸。曰：『使民戰栗❹。』」子聞之曰：「成事不說❺，遂事不諫❻，既往不咎❼。」

【譯文】哀公問宰我有關社樹的事。宰我回答說：「夏朝的人用松樹，殷朝的人用柏樹，周朝的人則用栗樹。其意義在使人民戒慎恐懼。」孔子聽到此事後就說：「過去的事就不要再解釋了，已完成的事就不要再勸諫了，過往的事也不必再追究了。」

【章旨】記述孔子譴責宰我失言。

【註釋】❶社：古代建國立社，必祭祀地神，並種植適宜當地之樹為地主。❷宰我：名予，字子我，魯國人。為孔子學生，善於言辭。❸「夏后氏以松」三句：夏后氏即夏朝。古代國名多繫以氏。夏都安邑（今山西省解縣東北），其野宜植松；殷都亳（今河南省商邱縣），其野宜植柏；周都鎬（今陝西省長安縣東南），其野宜植栗。❹使民戰栗：栗，古通慄。戰慄，即戰兢恐懼。❺成事：既成之事，過去之事。❻遂事：即成事。完成之事。❼咎：追究責任。

▲管夷吾（仲）

㈢

子曰：「管仲❶之器小哉❷！」或曰：「管仲儉乎？」曰：「管氏有三歸❸，官事不攝❹，焉得儉？」「然則管仲知禮乎？」曰：「邦君❺樹塞門❻，管氏亦樹塞門。邦君為兩君之好❼有反坫❽，管氏亦有反坫。管氏而知禮，孰不知禮？」

【譯文】孔子說：「管仲的器量太褊狹了！」有人問孔子說：「管仲節儉嗎？」孔子說：「管仲有三處公館，而且各處的事務都有專人管理，彼此不相兼攝，怎能說他節儉呢？」「那麼管仲懂得禮嗎？」孔子說：「國君在門外設屏風以蔽隔內外，管仲也在自家門外設屏風以蔽隔內外；國君為了兩國的友好關係而擺下宴席，在正堂兩邊設有放置酒杯的土臺，管仲宴客時也設有這種土臺。如果說管仲懂得禮制，那麼還有誰不懂禮制呢？」

【章旨】記述管仲器量狹小，生活奢華而不知禮。

【註釋】❶管仲：字仲，名夷吾，春秋齊國潁上（今安徽省阜陽縣東南）人。年少時，家境貧困，經鮑叔牙推薦而出任桓公相。他通貨積財，富國強兵；尊周室，攘戎狄，九合諸侯，一匡天下，使齊桓公稱霸諸侯。❷器小：器量狹小。❸三歸：包咸說：「三歸，娶三姓女。」朱熹說：「三歸，臺名。」俞樾《群經平議》說：「家有三處。」猶言有三處公館。此三種說法以俞樾所說較恰當。❹攝：兼管。❺邦君：一國之君。❻樹塞門：《爾雅．釋宮》：「屏謂之樹。」塞，蔽阻。謂設屏風於門以遮蔽內外。這是屬於諸侯的禮制。❼兩君之好：兩國通好的宴會。❽反坫：反即返。坫，用以放置酒杯的土臺。古時兩君相會，主人酌酒進賓，飲畢，置空爵（酒杯）於坫上，稱為反坫。

（三）

子語❶魯大師❷樂，曰：「樂其可知也。始作❸，翕如❹也。從之❺，純如❻也，皦如❼也，繹如❽也，以成❾。」

【譯文】孔子告訴魯國樂官有關樂理之事，他說：「音樂其實是很容易明白的。剛開始演奏時，各種樂音相和而起，樂聲揚開後，就變得和諧純一，節奏分明，持續不絕，直到最後一氣呵成。」

【章旨】記述孔子與魯太師論樂。

【註釋】❶語：作動詞解，即告訴。❷大師：樂官名。❸始作：開始演奏。❹翕如：翕，和合。如，語尾助詞，無義。❺從：此處同縱，放任之意。❻純如：和諧純一的樣子。❼皦如：節奏分明的樣子。❽繹如：持續不斷的樣子。❾成：完成，終了。

▲孔子學樂（出自《孔子世家圖》）

(二四)

儀封人❶請見，曰：「君子❷之至於斯也，吾未嘗不得見也。」從者❸見之。出曰：「二三子❹何患於喪❺乎？天下之無道也久矣，天將以夫子為木鐸❻。」

【譯文】儀地的邊界守官求見孔子說：「凡是有賢德的人來到此地，我沒有不去拜訪求見的。」隨從孔子出遊的學生引他入見。這位邊界守官出來時說：「你們何必擔憂你們的老師失去官位呢？天下混亂無道已經很久了，上天將要以你們的老師為木鐸來警惕教化世人啊！」

【章旨】記述儀封人之讚美孔子。

【註釋】❶儀封人：儀，衛國都邑名，在今河南省蘭封縣。封人，古官名，掌封疆（邊界）之官。❷君子：有賢德的人。❸從者：隨從孔子出遊的學生。❹二三子：指孔子學生。猶言諸位。❺喪：失位丟官。❻木鐸：一種金口木舌的鈴。鄭玄：「木鐸，施政教時所振者。言天將命夫子使制作法度以號令於天下也。」

(二五)子謂韶❶：盡美矣，又盡善也。謂武❷：盡美矣，未盡善❸也。

【譯文】孔子批評舜帝時的韶樂說：「曲調十分完美，而且十分柔和高雅。」批評周武王時的舞樂，則說：「曲調十分完美，可惜不夠柔和高雅。」

【章旨】記述孔子評論韶武兩種舞樂的得失。

【註釋】❶韶：即韶樂。舜時的舞樂。《漢書．禮樂志》：「韶，紹也，言能紹堯之道也。」❷武：周武王時的舞樂。❸未盡善：謂武王以武力誅伐暴君取得天下，樂章中難免殺伐之氣。又舜因揖讓取得天下，武王則以爭逐取得天下，故未盡完善。

(二六)子曰：「居上不寬❶，為禮不敬，臨喪❷不哀，吾何以觀之哉？」

【譯文】孔子說：「位居高官對待下屬卻不夠寬厚，行禮時缺乏恭敬之心，遇到別人辦理喪事一點也不感到哀戚，像這樣的人我要從那裡找出他的優點呢？」

【章旨】記述為政者須修己以服人。

【註釋】❶寬：寬厚，不刻薄。❷臨喪：遇到別人辦理喪事。

里仁第四

(一)

子曰：「里仁為美❶。擇不處❷仁，焉得知❸？」

【譯文】孔子說：「要居住在風俗仁厚的地方才好。若不選擇風俗仁厚的地方居住，怎能算是聰明呢？」

【章旨】記述居住環境的重要。

【註釋】❶里仁為美：里，作動詞解，居處。美，良善。鄭玄注：「里者，民之所居也。居於仁者之里，是為善也。」❷處：居住。❸焉得知：焉，猶言怎麼。知同智。意即怎能算是聰明呢。

(二)

子曰：「不仁者，不可以久處約❶，不可以長處樂❷。仁者安仁❸；知者利仁。」

【譯文】孔子說：「一個沒有仁德的人，不能長久處在貧窮困苦的環境中，也不能長久處於富貴安樂的環境中。有仁德的人能夠安於仁道而行仁，聰明有智慧的人則知行仁對自己有利而行仁。」

【章旨】記述人不可失去仁厚的本心。

【註釋】❶久處約：約，簡約、窮困。謂長久處於貧困的環境。❷長處樂：樂，富貴安樂。謂長久處於富貴安樂的環境。❸安仁：安於行仁。❹知者利仁：知同智。利仁，知道行仁有利於己而行仁。《禮記．表記》：「仁者安仁，知者利仁，畏罪者強仁。」

(三)

子(ㄗˇ)曰(ㄩㄝ)：「唯(ㄨㄟˊ)仁(ㄖㄣˊ)者(ㄓㄜˇ)，能(ㄋㄥˊ)好(ㄏㄠˋ)人(ㄖㄣˊ)❶，能(ㄋㄥˊ)惡(ㄨˋ)人(ㄖㄣˊ)❷。」

【譯文】孔子說：「唯有仁德的人，能夠大公無私地喜愛那些值得喜愛的人，厭惡那些應當厭惡的人。」

【章旨】記述唯有仁德的人能公正無私地對待別人。

【註釋】❶好人：喜愛值得喜愛的人。好，當動詞用。❷惡人：厭惡應當厭惡的人。即謂有仁德者不僅行事公正無私，且善於辨別是非善惡。

(四)

子曰：「苟❶志❷於仁矣，無惡❸也。」

【譯文】孔子說：「如果下定決心踐行仁道，自然就不會做壞事了。」

【章旨】本章乃勉人努力行仁。

【註釋】❶苟：如果。❷志：心之所之。即決心從事。❸惡：壞事。

(五)

子曰：「富與貴，是人之所欲也，不以其道得之，不處❶也。貧與賤，是人之所惡❷也，不以其道得之，不去❸也。君子去仁❹，惡乎成名❺？君子無終食之間❻違仁，造次❼必於是，顛沛❽必於是。」

【譯文】孔子說：「富和貴是人人所喜歡的，但若不是以正當的方式，雖然取得富貴也不願去享受。貧和賤是人人所厭惡的，但若不是以正當的方式，雖然置身貧賤也不願逃避。一個君子如果違背了仁道，怎能成為君子呢？而且君子絕不會在一頓飯這樣短促的時間內違背仁道，雖然在倉促急遽的時候也能堅持自己的原則，即使在流離困頓的時候也能堅持自己的原則。」

【章旨】記述君子須以仁為本。

【註釋】❶不以其道得之，不處也：之，指富貴。謂雖喜歡富貴，但若不以正道取得亦不願享受。❷惡：厭惡。❸不以其道得之，不去也：之，指貧賤。謂雖置身貧賤也不願逃避。❹去仁：遠離、違背仁道。❺惡乎成名：惡，怎麼。乎，語助詞。謂怎能成為君子呢。❻終食之間：一頓飯之間。比喻極短促的時間。❼造次：倉促急遽之時。❽顛沛：流離困頓，無所依恃。

(六)

子曰：「我未見好仁者，惡不仁者。好仁者，無以尚之❶；惡不仁者，其為仁矣，不使不仁者加乎其身。有能一日用其力於仁矣乎？我未見力不足者。蓋❷有之矣，我未之見也。」

【譯文】孔子說：「我沒有見過真正喜好仁道的人，厭惡不仁的人。喜好仁道的人，天下沒有任何事物可動搖他；厭惡不仁的人，在實行仁道時，不會讓不仁的事物加在自己身上。有誰肯花一天的功夫致力於仁道呢？我沒有看過因為力量不夠而不能實行仁道的。或許有這種情形，但我從來沒看過啊！」

【章旨】本章乃勉人努力行仁。

【註釋】❶無以尚之：尚，加也。謂其心好仁故天下無任何事物可動搖他。❷蓋：疑問詞，或許之意。

(七)

子曰：「人之過也，各於其黨❶。觀過❷，斯知仁矣❸。」

【譯文】孔子說：「每個人所犯的過失，各有其類別。所以只要觀察他所犯的過失，就知道他是否具有仁德。」

【章旨】記述從一個人所犯的過失即可知其是否有仁心。

【註釋】❶黨：等類。程子說：「人之過也，各於其類，君子常失於厚，小人常失於薄，君子過於愛人，小人過於忍。」❷觀過：觀察其所犯的過失。❸斯知仁矣：斯，即此。知仁，謂知其仁或不仁。一說仁為「人」之誤。陸采《冶城客論》：「斯知仁矣，仁是人字，與宰我問井有仁焉之仁皆以字音致誤。」

(八)

子曰：「朝❶聞道，夕死可矣！」

【譯文】孔子說：「如果能在早晨悟得事物的真理，那麼即使在當天晚上死去也了無遺憾！」

【章旨】本章乃勉人勤於求道。

【註釋】❶朝聞道：朝，早晨。聞道，聞知事物當然的道理。亦可解作聞知做人之道。

(九)

子曰：「士❶志於道❷，而恥惡衣惡食者❸，未足與議❹也！」

【譯文】孔子說：「一個讀書人如果專心致力求道，卻以穿著粗劣的衣服，吃粗茶淡飯為恥辱的話，就沒有必要與他談論道理了。」

【章旨】記述求道必須專心致志

【註釋】❶士：指一般讀書人。❷道：指事物當然之理。❸恥惡衣惡食：恥，以之為恥辱。惡衣惡食，謂生活貧困，衣食粗劣。❹議：談論。

(十)

子曰：「君子之於天下也，無適也，無莫也❶，義之與比❷。」

【譯文】孔子說：「一個有仁德的君子對於天下的事物，沒有什麼特別偏厚的，也沒有什麼特別鄙薄的，凡事皆以義理為依據。」

【章旨】記述君子行事皆須合於義。

【註釋】❶無適也，無莫也：皇侃《論語義疏》引范寧的說法謂：「適莫猶厚薄也。君子與人，無有偏頗厚薄，唯仁義是親也。」朱熹則謂：「適，專主也；莫，不肯也。」謝良佐：「適，可也；莫，不可也；於無可無不可之中，有義存焉。」又適亦可作「當然」解。以上諸說，以范寧的說法較為人採納。❷義之與比：比，親近。謂凡事要以義理為依據。

(十一)

子曰：「君子懷德❶，小人懷土❷。君子懷刑❸，小人懷惠❹。」

【譯文】孔子說：「有仁德的君子時刻思慮著如何增進自己的德業，而小人則時刻思慮著如何增加自己的產業。有仁德的君子時刻思慮著自己的行事是否會觸犯刑法，而小人則時刻思慮著自己是否可從他人身上獲得利益。」

【章旨】記述君子與小人居心的不同。

【註釋】❶懷德：謂時刻思慮如何增進自己的德業。❷懷土：土，田產。謂時刻思慮如何增加自己的產業。❸懷刑：謂時刻思慮自己的行事是否會觸犯刑法。❹懷惠：謂時刻思慮自己是否可從他人處獲得利益。

(十二)

子曰：「放於利❶而行，多怨。」

【譯文】孔子說：「凡事以利益為前提，一味追逐利益，必然招來許多怨恨。」

【章旨】本章乃告誡人不可見利忘義。

【註釋】❶放於利：放，縱逐。謂追逐利益，凡事以利益為前提。

(十三)

子曰：「能以禮讓❶為國❷乎，何有❸？不能以禮讓為國，如禮何？」

【譯文】孔子說：「若能以禮讓來治理國政，那麼還有什麼困難的呢？若不能以禮讓來治理國政，那麼光談禮又有何用呢？」

【章旨】記述執政者須以禮讓治國。

【註釋】❶禮讓：禮主敬則行為合宜，讓主和則上下無爭。劉寶楠《論語正義》說：「讓者禮之實也，禮者讓之文也。」❷為國：治理國政。❸何有：即何難之有，有何困難之意。

（十四）

子曰：「不患無位❶，患所以立❷。不患莫己知❸，求為可知也❹。」

【譯文】孔子說：「一個人不必擔憂沒有好的職位，要擔憂的是自己沒有足以勝任高職位的才能。不要擔憂別人不知道自己的才德，要擔憂的是如何使別人知道自己的才德。」

【章旨】記述人只要勤於進德修業，名位自然隨之而來。

【註釋】❶位：祿位，名位。❷患所以立：擔憂自己沒有足以勝任高職位的才能。❸莫己知：即莫知己；不知道自己的才德。❹可知：可讓別人知道的才德。

（十五）

子曰：「參乎❶！吾道一以貫之❷。」曾子曰：「唯❸。」子出，門人❹問曰：「何謂也？」曾子曰：「夫子之道，忠恕❺而已矣❻！」

【譯文】孔子說：「參啊！我所傳授的道理其實用簡單一句話就可概括了。」曾子應說：「是的。」孔子出去後，其他學生都來問曾子說：「老師剛剛說的話是什麼意思呢？」曾子說：「老師平日傳授給我們的道理，其實只是要我們盡自己的心意與推己及人罷了。」

【章旨】記述孔子之道簡言之即忠恕二字。

【註釋】❶參：即曾參，字子輿，為孔子學生。❷一以貫之：貫：貫通。謂以簡單一句話就可概括。❸唯：應諾之辭。猶言是。❹門人：即學生。指孔子的學生。❺忠恕：盡己之心謂忠，推己及人謂恕。❻而已矣：語尾助詞，猶言罷了。

(十六)

子曰：「君子喻❶於義❷，小人喻於利。」

【譯文】孔子說：「君子明瞭什麼是自己所應當做的事，而小人只明瞭做什麼事對自己有利。」

【章旨】記述君子與小人之別。

【註釋】❶喻：明瞭。❷義：事之合宜者。即所應為之事。

(十七)

子曰：「見賢思齊❶焉❷，見不賢而內自省❸也。」

【譯文】孔子說：「看到有品德才學的人就應該向他看齊，看到品德不良的人就應該自我反省是否有與他相同的缺點。」

【章旨】本章勉人隨時注意修己反省。

【註釋】❶見賢思齊：賢，有品德才學的人。齊，看齊、與之相等。謂見有品德才學的人就應向他看齊。❷焉：語尾助詞，無義。❸內自省：內心自我反省是否有與其相同的缺點。

(六)

子曰：「事父母，幾諫❶，見志❷不從，又敬不違❸，勞而不怨❹。」

【譯文】孔子說：「侍奉父母時，若父母有過錯，應以和悅的臉色、委婉的言辭來規勸。如果父母不肯接納，仍要和平日一樣恭敬，不可違背他們的意思，雖然為此憂心操勞也不因此埋怨他們。」

【章旨】記述侍奉父母之道。

【註釋】❶幾諫：幾，隱微。幾諫，謂以和顏悅色、委婉言辭來規勸。❷志：心意。❸敬不違：恭敬而不違背他們的意思。❹勞而不怨：勞，憂心操勞。此句謂憂心操勞但不因此埋怨。

(十九)

子曰：「父母在，不遠遊。遊必有方❶。」

【譯文】孔子說：「父母在世的時候，最好不要出遠門。即使有事必須出遠門，也一定要先將行程、目的地告知父母。」

【章旨】記述人子之道。

【註釋】❶遊必有方：方，一定的去向。謂出外遠遊一定事先將行程、目的地告知父母，以免父母擔憂。朱熹說：「如已告云之東，即不敢更適西，欲親必知己之所在而無憂，召己則必至而無失也。」

(二十)

子曰：「三年無改於父之道，可謂孝矣。」

【章旨】本章與〈學而篇〉第十一章重覆。陳鱣《論語古訓》說：「漢石經亦有此章，當是弟子各記所聞。」即謂由於孔子學生分別記述所聞，以致發生這種錯誤。但亦有可能是脫簡。

▲ 杏壇（孔子講學處）

(二)

子曰：「父母之年，不可不知也；一則以喜，❶一則以懼。❷」

【譯文】孔子說：「父母的年齡，做子女的不可以不知道，一方面為知道父母的長壽而高興，一方面為知道父母的衰老而憂懼。」

【章旨】記述人子須時刻關愛父母的健康。

【註釋】❶一則以喜：謂因父母的長壽而高興。❷一則以懼：謂因父母的衰老而憂懼，並更加照顧。

(三)

子曰：「古者言之不出，❶恥躬之不逮也。❷」

【譯文】孔子說：「古人不隨便亂說話，是因為若自己不能做到是很可恥的。」

【章旨】本章乃勉人須言行一致。

【註釋】❶古者言之不出：古者，泛指古人。言之不出，謂不隨便亂說話。❷恥躬之不逮：躬，自身。逮，及、達到之意。謂以自身不能做到為恥。

㈢ 子曰：「以約❶失之者，鮮矣！」

【譯文】孔子說：「因為言行謹慎，有所約束節制而犯錯的，可以說很少。」

【章旨】本章乃教人言行謹慎。

【註釋】❶約：儉約。有約束節制之意。

㈣ 子曰：「君子❶欲訥於言❷，而敏於行❸。」

【譯文】孔子說：「一個人應當言語謹慎而行動敏捷。」

【章旨】記述君子慎於言詞而重實踐。

【註釋】❶君子：此處泛指一般人而言。❷訥於言：訥，木訥、遲頓。謂言語謹慎而遲頓。❸敏於行：行動敏捷迅速。謂勇於實踐。

(二五)子曰：「德❶不孤，必有鄰❷。」

【譯文】孔子說：「有品德修養的人絕不會孤單，一定有很多人願意親近他，追隨他。」

【章旨】記述有品德者必受人愛戴。

【註釋】❶德：指有品德修養的人。❷鄰：親近。

(二六)子游曰：「事君數❶，斯辱矣。朋友數，斯疏❷矣。」

【譯文】子游說：「侍奉君上若頻頻勸諫數落，容易為自己招來侮辱。與朋友交往若頻頻勸諫數落，容易使自己被疏遠。」

【章旨】記述事君交友之道。

【註釋】❶數：頻繁，屢次。亦可解作數落、責難。劉寶楠《經義說略》：「(數)當訓為數君友之過。《漢書》〈項籍傳〉、〈陳餘傳〉、〈司馬相如傳下〉、〈主父偃傳〉注並云：『數，責也。』《國策・秦策》注：『數讓，責讓也。』皆數其過之義。〈儒行〉：『其過失可微辨而不可面數也』，謂不可面相責讓也。」❷疏：疏遠。

公冶長第五

(一)

子謂公治長❶：「可妻❷也。雖在縲絏❸之中，非其罪也。」以其子妻❹之。

【譯文】孔子評公治長這個人說：「可以把女兒嫁給他。雖然他被關在獄中，但事實上並沒有犯罪。」後來果然把自己的女兒嫁給他。

【章旨】記述公治長有賢德，孔子因而將女兒嫁給他。

【註釋】❶公治長：複姓公治，名長，字子長。《史記》說他是齊國人，但《孔子家語》說他是魯國人。為孔子學生，後來成為孔子的女婿。傳說他懂得鳥語，有一次在路上聽到鳥兒相呼同往清溪食人肉。恰有一名老婦找尋兒子，公治長告訴她到清溪找，果然找到。老婦乃控告公治長殺人，於是公治長被捕下獄，經過多次試驗，縣官才知公治長果真懂得鳥語，於是將他釋放。❷妻：作動詞用，即把女兒嫁出。❸縲絏：縲，黑繩。絏，繩索，又作紲。縲絏，喻監獄。❹以其子妻之：子，指其女兒。古時子女一律稱為子。此句謂把自己的女兒嫁給公治長。

▲ 公冶長（子長）

(二)

子謂南容❶：「邦有道不廢❷，邦無道免於刑戮❸。」以其兄❹之子妻之。

【譯文】孔子評南容這個人說：「在國家政治清明時能受到重用，在國家政治混亂時也能免遭刑罰殺戮。」後來便把自己的姪女嫁給他。

【章旨】記述南容頗有賢才，孔子因而將姪女嫁給他。

【註釋】❶南容：即南宮适，因居南宮，遂以南宮為姓，名适，字子容。魯國人，為孔子學生。朱熹則謂南宮諡敬叔，故又稱南宮敬叔，原姓仲孫，名閱，為孟僖子之子，孟懿子之兄。❷不廢：受重用。❸刑戮：刑罰殺戮。❹其兄：指孔子同父異母兄長，名孟皮，自幼身體孱弱，患腳病，婚後早逝，留子女各一人，由孔子扶養。

▲南宮适（子容）

(三)

子謂子賤❶：「君子哉若人❷！魯無君子者，斯焉取斯❸？」

【譯文】孔子評宓子賤說：「這個人真是個富有仁德修養的君子啊！若說魯國沒有仁德的君子，那麼宓子賤是從那兒學得這樣的品德呢？」

【章旨】本章乃孔子讚美宓子賤之品德。

【註釋】❶子賤：即宓不齊，字子賤，魯國人。小孔子三十歲，為孔子學生。富於才智，且具仁德。曾任單父宰，而使單父大治。孔子曾說他的才華可惜未能發揮，若得發揮則其「功乃與堯舜參」。❷若人：即此人。❸斯焉取斯：斯，即此。焉，何也。上一個斯指宓子賤，下一個斯指其品德。謂宓子賤從那兒學得這樣的品德。

(四)

子貢問曰：「賜❶也何如？」子曰：「女器也❷。」曰：「何器也？」曰：「瑚璉❸也。」

【譯文】子貢問孔子說：「您認為我怎麼樣呢？」孔子說：「你是一種有用的器具。」子貢問：「是什麼樣的器具呢？」孔子說：「像瑚璉這種供在宗廟裡的貴重器具。」

▲宓不齊（子賤）

【章旨】記述孔子讚美子貢之才。

【註釋】❶賜：即子貢名。❷女器：女，即汝、你。器，有用之材。❸瑚璉：宗廟盛黍之器，用木製成，飾有玉石，夏朝稱為瑚，殷朝稱為璉，周朝稱為簠(ㄈㄨˇ)簋(ㄍㄨㄟˇ)。瑚璉，喻廊廟之材。段玉裁則以為瑚璉即胡輦(ㄋㄧㄢˇ)，乃假車名以為宗廟器名。而所謂胡輦即任重道遠的大車。

簠

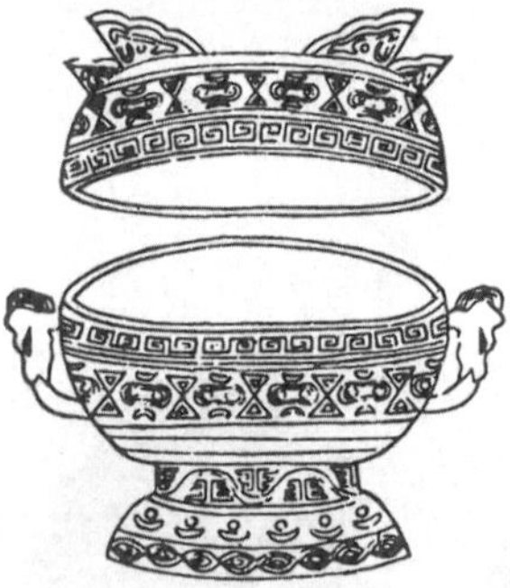
簋

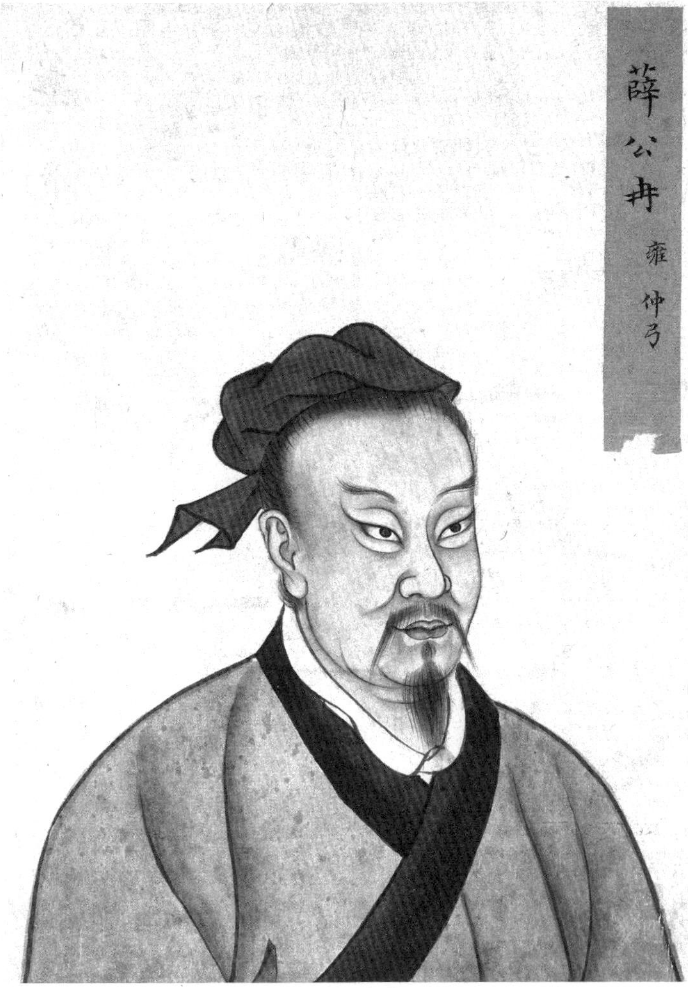

▲冉雍（仲弓）

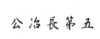

(五)

或曰：「雍也❶，仁而不佞❷。」子曰：「焉用佞？禦❸人以口給❹，屢憎❺於人。不知其仁，焉用佞？」

【譯文】有人說：「冉雍雖然宅心仁厚，但口才實在很差。」孔子說：「何必要口才呢？用伶牙利齒來應付人，常會得罪於人，被人憎惡。我不知道冉雍是否仁厚，但何必要口才好呢？」

【章旨】本章乃孔子駁斥巧辯之失。

【註釋】❶雍：即冉雍。姓冉，名雍，字仲弓，魯國人。為孔子學生，小孔子二十九歲。不善於言詞，但宅心仁厚。❷仁而不佞：佞，便佞、善辯。謂有仁德但口才差。❸禦：應對，對付。口給：伶牙利齒。❺憎：憎惡，厭憎。

(六)

子使漆雕開❶仕❷。對曰：「吾斯之未能信❸。」子說❹。

【譯文】孔子教漆雕開做官。漆雕開回答說：「我對這方面的事沒有自信。」孔子聽了很高興。

【章旨】記述漆雕開之謙遜。

【註釋】❶漆雕開：複姓漆雕，名開，字子若。魯國人，小孔子十一歲，為孔子學生。淡於名位，篤志務實。❷仕：做官。❸信：有自信。❹說：通悅。

(七)

子曰：「道不行，❶乘桴❷浮於海。從❸我者，其由與❹？」子路聞之喜。子曰：「由也，好勇過我，無所取材❺。」

【譯文】孔子說：「我所提倡的道理仍不能實行，我看還是乘坐木筏飄離海外好了，願意跟我去的，大概只有仲由吧？」子路聽了非常高興。孔子說：「仲由啊！做事比我有勇氣，但不知道到那裡找造筏的材料啊！」

【章旨】孔子慨嘆正道之不能行，而有意避離。

【註釋】❶道不行：謂所提倡的學說道理不能實行。❷桴：竹木編成的小筏。大的稱為筏，小的稱為桴。❸從：隨從。❹其由與：其，大概。由，即子路。與，古通歟，語尾助詞。❺無所取材：鄭玄謂：「無所取材者，無所取於桴材；以子路不解微言，故戲之耳。」材與裁同，譏其不能裁度事理。

▲漆雕開（子若）

(八)

孟武伯問：「子路仁乎？」子曰：「不知也。」又問。子曰：「由也，千乘之國❶，可使治其賦❷也；不知其仁也。」「求❸也何如？」子曰：「求也，千室之邑❹，百乘之家❺，可使為之宰❻也；不知其仁也。」「赤❼也何如？」子曰：「赤也，束帶❽立於朝，可使與賓客言也；不知其仁也。」

【譯文】孟武伯問孔子：「子路是否有仁德呢？」孔子回答說：「我不知道。」孟武伯又繼續問。孔子說：「子路這個人，在一個擁有千輛兵車的大國裡，可以任命他掌理軍政，至於是否有仁德，我就很難說了。」「那麼冉求怎麼樣呢？」孔子說：「冉求嘛，在一個有千戶人家的大城裡，或擁有百輛兵車的卿大夫之家，可以任命他做邑令或家臣，至於他是否有仁德，我就很難說了。」「那麼公西赤如何呢？」孔子說：「公西赤嘛！如果穿上官服，束上腰帶，站在朝廷上，可以讓他擔任外交使節與各國賓客會談，至於是否有仁德，我就很難說了。」

【章旨】記述子路、冉求、公西赤雖具才華，但尚未能稱為仁。

▲公西赤（子華）

【註釋】❶千乘之國：擁有一千輛兵車的大國。古時一輛用四匹馬拉的車叫一乘。❷治其賦：賦，古時以田賦出兵，故謂兵為賦。治其賦，即掌理國家軍政。❸求：即冉求。❹千室之邑：有一千戶的大城。❺百乘之家：擁有一百輛兵車的卿大夫之家。❻宰：春秋時代，凡邑令和卿大夫的家臣都稱為宰。❼赤：即公西赤。複姓公西，名赤，字子華。又稱公西華。魯國人，小孔子四十二歲，為孔子學生。❽束帶：古時作官朝服必加腰帶，以整飭衣冠。

(九)

子謂子貢曰：「女❶與回也孰愈❷？」對曰：「賜也何敢望❸回！回也聞一以知十❹，賜也聞一以知二。」子曰：「弗如也❺；吾與❻女弗如也。」

【譯文】孔子問子貢說：「你和顏回兩人，你認為誰比較好呢？」子貢回答說：「我怎敢和顏回媲美呢？顏回只要聽到一點道理，就能推知整體梗概，而我聽到一分道理只能再推知另外一點道理而已。」孔子說：「的確是不如他啊！我和你都不如他啊！」

【章旨】記述孔子與子貢皆讚賞顏回之才德。

【註釋】❶女：汝、你。❷孰愈：誰比較好。❸望：視也。與其相媲美之意。❹聞一以知十：聞知一端即能推知整體梗概。❺弗如也：不如，比不上。❻與：和，作連接詞。亦可解作贊同。

(十)

宰予❶晝寢❷。子曰：「朽木❸不可雕❹也，糞土之牆❺，不可杇❻也。於予與何❼誅❽！」子曰❾：「始❿吾於人也，聽其言而信其行。今吾於人也，聽其言而觀其行。於予與改是。」

【譯文】宰予在大白天裡睡覺。孔子說：「腐朽的木頭實在無法雕刻，用污穢泥土築成的牆實在不能再粉刷。我對於宰予還有什麼好責備的。」孔子又說：「以前我對人的看法，只要聽到他的言談就相信他的行為。現在我對人的看法，不但聽他的言談還要再觀察他的行為，這是因為宰予而使我改變觀念啊！」

【章旨】記述孔子痛責宰我言行不一。

【註釋】❶宰予：姓宰，名予，字子我。又稱宰我。❷晝寢：在大白天裡睡覺。或說是起得很晚。❸朽木：腐朽的木頭。❹雕：雕刻。❺糞土之牆：用污穢泥土築成的牆。糞土是混雜著草料的髒土。❻杇：塗抹，粉刷。❼與：語助詞，無義。❽誅：責備。❾子曰：胡寅以為「子曰」以下為衍文，不然則非同一日之語。❿始：以前。

(十一)

子曰：「吾未見剛者❶！」或對曰：「申棖❷。」子曰：「棖也慾❸，焉得剛？」

【譯文】孔子說：「我從來沒看過堅毅不屈的人。」有人對他說：「申棖不就是嗎？」孔子說：「申棖嗜慾多，怎能算是堅毅不屈的人呢？」

【章旨】本章乃孔子慨嘆剛毅正直的人之難見。

【註釋】❶剛：堅毅不屈。❷申棖：字子周，魯國人，為孔子學生。❸慾：貪慾，慾望多。

（十二）子貢曰：「我不欲人之加諸❶我也，吾亦欲無加諸人。」子曰：「賜也，非爾所及❷也！」

【譯文】子貢說：「我不想要別人加在我身上的，我也希望不要加於別人身上。」孔子說：「賜啊！這樣的境界恐怕不是你所能達到的。」

【章旨】記述子貢之志，及孔子對他的勉勵。

【註釋】❶諸：之於。❷非爾所及：爾即你。謂不是你所能達到的。

（十三）子貢曰：「夫子之文章❶，可得而聞❷也。夫子之言性與天道❸，不可得而聞也。」

【譯文】子貢說：「老師所傳授的禮、樂、詩、書，我們都可以聽得懂，但是老師對於人性與天道這方面的言論，我們卻很難聽得懂。」

【章旨】記述孔子所談性與天道的幽微難懂。

【註釋】❶文章：謂所傳授的詩、書、禮、樂。❷聞：了解，聞知。❸性與天道：性，指與生俱來的天性。天道，指天地化育萬物的常道。劉寶楠《論語正義》則以為性與天道係指《易》和《春秋》二經。

(十四)

子路有聞❶，未之能行，唯恐有聞❷。

【譯文】子路每次聽到好的道理或德行時，若自己還未能做到，就深恐再聽到其他的道理。

【章旨】記述子路之勇於實踐。

【註釋】❶有聞：指聽到好的道理或德行。❷有聞：有，同又。指又聽到其他道理。

（十五）子貢問曰：「孔文子❶何以謂之文❷也？」子曰：「敏❸而好學，不恥下問❹，是以❺謂之文也。」

【譯文】子貢問孔子說：「孔文子為什麼諡文呢？」孔子說：「他聰敏而勤求學問，不認為向身分較低的人請教為可恥，因此被諡為文。」

【章旨】本章乃讚美孔文子之德行。

【註釋】❶孔文子：名圉，又稱仲叔圉，諡文。春秋末期衛國人。曾有謀國之心，然未付諸行動，且有悔意，故孔子未予苛責。❷文：指其諡為文。《諡法》：「勤學好問曰文。」❸敏：聰敏。❹不恥下問：不以向身分低的人請教為可恥。❺是以：因此。

（十六）子謂子產❶：「有君子之道四焉：其行己也恭❷，其事上也敬❸，其養民也惠❹，其使民也義❺。」

【譯文】孔子評述子產說：「子產有四種君子的美德：他為人處事極為謙遜，侍奉長上極為恭敬，治理人民極為寬厚，差遣人民也極為合宜。」

【章旨】本章乃讚美子產之德行。

【註釋】❶子產：複姓公孫，名僑，字子產。為鄭國大夫。為人忠厚，施政寬猛並濟，柄政四十多年，晉楚等強國都不敢入犯。❷行己也恭：為人處事極為謙遜。也，語助詞，無義。❸事上也敬：侍奉長上極為恭敬。❹養民也惠：治理人民極為寬厚。❺使民也義：差遣人民極為合宜。

(十七)

子曰：「晏平仲❶善與人交，久而敬之。」

【譯文】孔子說：「晏平仲善於與人交往，即使交往很久，也能保持恭敬的態度。」

【章旨】本章乃讚美晏平仲之善於交友。

【註釋】❶晏平仲：即晏嬰，字仲，謚平。春秋時夷維（今山東省高密縣）人，為齊國大夫。性節儉力行，善與人交。後人將其生平事蹟及諫言輯成書，稱為《晏子春秋》，凡八卷。

▲晏嬰（平仲）

（六）

子曰：「臧文仲❶居蔡，❷山節藻梲，❸何如其知❹也？」

【譯文】孔子說：「臧文仲在自己家裡收藏國君占卜用的大龜，並在房子柱頭的斗拱刻上山形，在梁上的短柱畫上美麗的藻文，他這樣做算得上聰明嗎？」

【章旨】本章乃譏刺臧文仲之僭越禮制。

【註釋】❶臧文仲：複姓臧孫，名辰，諡文仲。春秋時魯國人，世為魯國大夫。❷居蔡：居，收藏。蔡，大龜。謂藏大龜於室內以卜吉凶。大龜為國君所藏，大夫只能用小龜。又《說文通訓定聲》：「或曰寶龜產於蔡地，亦求其說不得而為臆揣之辭。疑蔡者，契字之假借。」即謂蔡乃契之假借字。❸山節藻梲：節，柱頭的斗拱。梲，梁上的短柱。謂在柱頭的斗拱刻上山形，在梁上的短柱畫上藻文。此為天子的廟飾。孔穎達疏：「鄭玄云：節，栭也；刻之為山。梲，梁上楹也；畫以藻文。蔡，謂國君之守龜；山節藻梲，天子之廟飾。皆非文仲所當有之。」❹知：同智。

(九)

子張問曰：「令尹子文❶，三仕❷為令尹，無喜色。三已之❸，無慍❹色。舊令尹之政，必以告新令尹。何如？」子曰：「忠矣。」曰：「仁矣乎？」曰：「未知，焉得仁？」「崔子弒齊君❺，陳文子❻有馬十乘❼，棄而違❽之，至於他邦，則曰：『猶吾大夫崔子也❾！』違之，之❿一邦，則又曰：『猶吾大夫崔子也！』違之。何如？」子曰：「清⓫矣。」曰：「仁矣乎？」子曰：「未知，焉得仁？」

【譯文】子張問孔子說：「令尹子文這個人，三次出任楚國令尹，臉上一點高興的神色都沒有。三次罷官離去，臉上也沒有一點怨怒的神色。以前自己在任時的施政情形，必定詳細地告訴新上任的令尹。您認為他怎麼樣呢？」孔子說：「可以算是忠心盡職了。」子張說：「可以算是仁德嗎？」孔子說：「我不知道，怎麼能說是仁呢？」子張又問：「齊國大夫崔杼弒殺齊莊公，陳文子雖然擁有四十匹戰馬，卻棄而離開齊國。到了他國，則搖頭嘆說：『這裡的執政大臣和我國的大夫崔杼一樣，正準備弒君作亂呢！』於是離開。到了另一個國家，他又說：『這裡的執政大臣也和我國的大夫崔杼一樣，正準備弒君作亂呢！』於是又離開。您認為陳文子這個人怎麼樣呢？」孔子說：「可以算是清高了。」子張說：「可以算是仁德嗎？」孔子說：「我不知道，怎麼能說是仁呢？」

【章旨】記述令尹子文雖可稱為忠，陳文子雖可稱為清，但皆未能稱為仁，足見孔子不輕易以仁許人。

【註釋】❶令尹子文：令尹，春秋時楚國官名，屬上卿。子文，姓鬬（ㄉㄡˋ），名穀（ㄍㄡˋ）於（ㄨ）菟（ㄊㄨˊ），字子文。❷仕：做官，出仕。❸已之：罷官，去職。❹慍色：生氣的臉色。❺崔子弒齊君：謂齊國大夫崔杼弒齊莊公之事。❻陳文子：名須無，謚文。曾為齊國大夫。❼十乘：古時一輛由四匹馬拉的車稱為一乘，故十乘即四十匹馬。❽違：背離、離去。❾猶吾大夫崔子也：謂其他國家的執政大臣也和崔杼一樣欲弒君作亂。❿之：往，到。⓫清：清高，不與世俗同流合污。

（二〇）

季文子❶三思❷而後行。子聞之曰：「再❸，斯可矣！」

【譯文】季文子做事總是先經過三次以上的考慮才去做。孔子聽到這件事後說：「只要再考慮一次就可以了。」

【章旨】本章乃孔子勉季文子勇於實行。

【註釋】❶季文子：姓季孫，名行文，諡文。與仲孫、叔孫二氏合為魯國三卿，史稱三桓，權勢凌越魯國國君之上。❷三思：謂經過多次考慮。❸再：再一次。謂考慮過多反而容易礙事，因此只要再次考慮，就應當機立斷。

(三)

子曰：「甯武子❶，邦有道則知❷，邦無道則愚❸。其知可及也，其愚不可及也。」

【譯文】孔子說：「甯武子這個人，在國家政治清明時能以高度的智慧輔佐君王，在國家政治混亂，綱紀隳墮時，仍能盡其愚忠，力挽狂瀾。他所表現的智慧別人還可以和他相比，但他所表現的那股傻勁就不是別人能夠比得上了。」

【章旨】本章乃孔子讚美甯武子之才德。

【註釋】❶甯武子：姓甯，名俞，諡武。為衛國大夫。❷邦有道則知：邦有道，指國家政治修明。知同智。謂國家安定時能以高度智慧輔佐君王。❸邦無道則愚：邦無道指國家政治紊亂，綱紀隳墮。此句謂國家危亡時仍盡其愚忠，力圖振興。

(三)

子在陳❶曰：「歸與❷！歸與！吾黨之小子❸狂簡❹，斐然成章❺，不知所以裁之❻！」

【譯文】孔子在陳國時說：「回去吧！回去吧！留在家鄉的那些年輕學生，雖然志向都很大，可惜閱歷不夠豐富，他們的文章學問雖然都很有可觀處，可惜就是不知道如何審度事理，使自己的道德學問更為精進。」

【章旨】記述孔子在陳國見正道不行，而思歸國教育子弟。

【註釋】❶陳：國名。在今河南省開封縣以東至安徽省亳縣以北。❷歸與：與，通歟，語助詞。此句意即「回去吧」。❸吾黨之小子：黨，鄉里。小子，指其門生。❹狂簡：志大而略於事。❺斐然成章：斐然，文采美盛的樣子。成章，文理成就頗有可觀。❻裁：剪裁，審度事理。謂使之更為合適、精美。

(三)

子曰：「伯夷、叔齊❶，不念舊惡❷，怨是用希❸。」

【譯文】孔子說：「伯夷、叔齊這兩位賢人，從不記恨舊日怨仇，因此別人對他們也少有怨恨。」

【章旨】本章乃讚美伯夷、叔齊之德。

【註釋】❶伯夷、叔齊：古孤竹國國君的兩個兒子。孤竹國在今河北省盧龍縣至熱河省朝陽縣一帶。周武王伐紂，伯夷、叔齊力勸不遂，後武王平天下，伯夷、叔齊義不食周粟，隱居首陽山，採食野菜，最後竟餓死。❷舊惡：即宿怨。❸怨是用希：是用，猶言因此。希，即少。謂別人對他們因此少有怨恨。

(四)

子曰：「孰謂微生高❶直❷？或乞醯焉❸，乞諸其鄰而與之❹。」

【譯文】孔子說：「誰說微生高正直誠實呢？有人向他借醋，他轉向鄰居借然後再借人，卻不明說，使人誤以為是他的。」

【章旨】本章乃駁斥微生高之虛有其名。

【註釋】❶微生高：複姓微生，名高。或作尾生高。魯國人，以信直聞名。❷直：正直誠實。❸或乞醯焉：或，有人。乞醯，向人借醋。焉，語尾助詞，無義。❹與：給予。

(二五)

子曰：「巧言❶、令色❷、足恭❸，左丘明❹恥之，丘❺亦恥之。匿❻怨而友其人，左丘明恥之，丘亦恥之。」

【譯文】孔子說：「喜歡說巧妙動聽的話，表露出和悅討人喜歡的臉色，或表現過度的恭敬，這些行為左丘明覺得可恥，我也覺得可恥。把怨怒隱藏在心裡，而表面裝出和人很要好的樣子，左丘明覺得可恥，我也覺得可恥。」

【章旨】本章乃誡人居心須正直坦誠，毋為人恥笑。

【註釋】❶巧言：巧妙動聽的話。❷令色：和悅的臉色。❸足恭：足，過度。謂過於恭敬。❹左丘明：複姓左丘，名明。有人說他是楚國左史倚相之後，有人說是魯國人。曾為魯國太史，著有《左傳》及《國語》。❺丘：孔子自稱。❻匿：隱藏。

(二六)

顏淵、季路侍❶。子曰：「盍❷各言爾❸志？」子路曰：「願車馬、衣輕裘❹，與朋友共，敝之❺而無憾❻。」顏淵曰：「願無伐善❼，無施勞❽。」子路曰：「願聞子之志！」子曰：「老者安之❾，朋友信之❿，少者懷之⓫。」

【譯文】顏淵和子路侍立在孔子身旁。孔子對他們說：「何不談談你們個人的心願呢？」子路說：「我希望將自己的車馬、穿的皮裘，和朋友們共享，即使用得破舊了我也不會埋怨。」顏淵說：「我希望不要誇耀自己的長處，不要誇大自己的功勞。」子路說：「希望能聽聽老師您的心願。」孔子說：「我希望年老的人都能過著安適的生活，朋友之間都能互信互賴，年少的人都能得到關懷和照顧。」

【章旨】記述顏淵、子路與孔子之心願。

【註釋】❶侍：侍立在孔子身旁。❷盍：何不。❸爾：即你。❹衣輕裘：衣，穿著。輕裘，質地輕柔的皮衣。阮元謂：唐石經初刻本無「輕」字，後人涉〈雍也篇〉「衣輕裘」而誤衍「輕」字。❺敝之：用破舊了。❻憾：怨恨。❼伐善：伐，誇耀。伐善，誇耀自己的長處。❽施勞：施，誇張。勞，功勞。即誇張自己的功勞。或說是不把煩難的事推給別人。❾老者安之：年老的人都能過著安適的生活。❿朋友信之：朋友之間都能互相信賴。⓫少者懷之：年少的人都能得到關懷照顧。

(二七)

子曰：「已矣乎❶！吾未見能見其過❷，而內自訟❸者也。」

【譯文】孔子說：「唉！算了吧！我始終未能見到能夠發覺自己的過失，就在內心深深自責的人。」

【章旨】本章乃慨嘆時人鮮有勇於改過向善者。

【註釋】❶已矣乎：猶言算了吧。❷過：過失。❸內自訟：訟，譴責。謂在內心自責。

(二八)

子曰：「十室之邑❶，必有忠信❷如丘者焉，不如丘之好學也。」

【譯文】孔子說：「即使只有十戶人家的小地方，也必有和我孔丘一樣忠誠信實的人，但是他們未必能像我這樣好學。」

【章旨】本章乃勉人勤求學問。

【註釋】❶十室之邑：只有十戶人家的小地方。❷忠信：忠誠信實。

雍也第六

(一)

子曰：「雍❶也，可使南面❷。」仲弓問子桑伯子❸。子曰：「可也❹，簡❺。」仲弓曰：「居敬而行簡❻，以臨❼其民，不亦可乎？居簡而行簡❽，無乃❾大簡乎？」子曰：「雍之言然❿。」

【譯文】孔子說：「冉雍這個人，可讓他南面稱王。」冉雍聽到了這些話，就問子桑伯子是否也可南面稱王。孔子說：「可以，他行事簡略頗有王者的氣度。」冉雍說：「如果居心誠敬而行事簡略，以此來治理人民，不是也可南面稱王嗎？若是居心簡疏馬虎而行事又簡略，則未免太簡略了吧？」孔子說：「你說得對。」

【章旨】記述行事須誠敬簡約，但不可馬虎草率。

【註釋】❶雍：即冉雍，字仲弓。❷南面：古帝王皆南面而治。此處謂冉雍寬宏簡重，有人君的氣度。❸子桑伯子：複姓子桑，名伯子。魯國大夫。或說為魯國隱士。❹可也：謂可南面稱王。❺簡：簡略。謂君王持政只須掌握大綱，無須事必躬親。❻居敬而行簡：謂居心誠敬而行事簡略。❼臨：上對下叫臨。統治之意。❽居簡而簡：居心簡疏馬虎而行事又簡略。如此則有苟且粗疏之弊。❾無乃：疑問詞。猶言未免。❿然：對，是。肯定之辭。

(二)

哀公問：「弟子孰為好學？」孔子對曰：「有顏回者好學，不遷怒❶，不貳過❷，不幸短命❸死矣！今也則亡❹，未聞好學者也。」

【譯文】哀公問孔子：「你的學生中有哪些人比較好學呢？」孔子回答說：「顏回這個學生最好學，他不會將心裡的怨怒發洩在別人身上，不會犯同樣的過錯，可惜他才三十二歲就短命死了！現在沒有這樣的人了，我不知道有誰像他這樣好學的。」

【章旨】記述孔子讚美顏回之好學。

【註釋】❶遷怒：把怒氣轉移在別人身上。❷貳過：犯同樣的錯誤。❸短命：謂顏回英年早逝，死時才三十二歲。❹亡：同無。

▲顏回（子淵）

(三)

子華❶使於齊，冉子❷為其母請粟❸。子曰：「與之釜❹。」請益❺。曰：「與之庾❻。」冉子與之粟五秉❼。子曰：「赤之適齊也❽，乘肥馬，衣輕裘，吾聞之也：君子周急不繼富❾。」原思❿為之宰⓫，與之粟九百⓬。辭⓭。子曰：「毋⓮！以與⓯爾鄰里鄉黨⓰乎！」

【譯文】公西華出使齊國，冉求為公西華的母親請領米糧。孔子說：「給她六斗四升吧。」冉求請孔子再增加點，孔子說：「給她十六斗吧。」結果冉求自己給了她八十斛。孔子說：「公西赤這次到齊國乘坐著肥壯的馬匹，穿著輕暖的皮衣，我聽人說：君子是救濟急困而不為富者錦上添花的。」原思為孔子家宰時，孔子給他九百斗米糧。原思拒不接受。孔子說：「不要推辭了，你可以分給你的鄰里鄉親啊！」

【章旨】記述君子應濟急不濟富，並讚揚原思之廉潔不貪。

【註釋】❶子華：即公西赤，字子華，為孔子學生。❷冉子：即冉求。❸粟：小米。❹釜：古時六斗四升為一釜。❺益：增加。❻庾：十六斗為一庾。❼秉：十斗為一斛，十六斛為一秉。❽適：往，到。❾周急不繼富：周，周濟。謂周濟急困者而不為富者錦上添花。❿原思：姓原，名憲，字子思。為孔子學生，小孔子三十六歲。孔子出任魯國司寇時，以原憲為家宰。⓫為之宰：為孔子的家宰。⓬九百：謂九百斗。⓭辭：拒絕，不接受。⓮毋：禁止之詞。⓯與：給予。⓰鄉黨：即鄉里。古時五家為一鄰，五鄰為一里，一萬二千五百戶人家為鄉，五百戶為黨。

量

注 黃鐘之管。其容子穀秬黍中者一千二百以為龠。而十龠為合。十合為升。十升為斗。

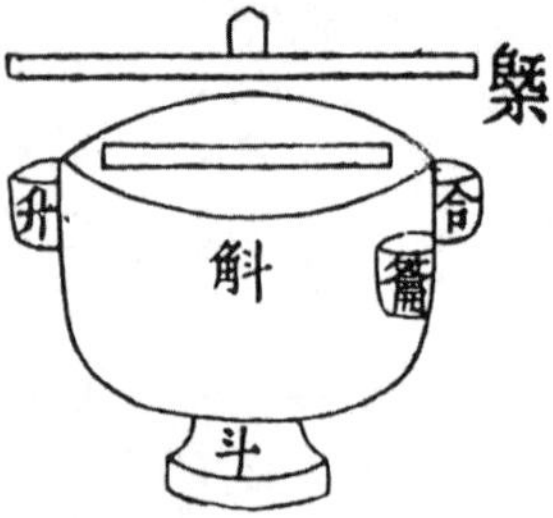

計量穀物單位的容器

(四)

子謂仲弓曰：「犁牛之子❶，騂且角❷，雖欲勿用❸，山川其舍諸❹？」

【譯文】孔子談論到仲弓時說：「毛色黃黑相雜的牛所生的小牛，毛色卻呈紅色且頭角長得端正適中，雖然人們不想用牠來祭祀，但山川的神靈豈肯捨棄牠呢？」

【章旨】記述孔子讚美冉雍之才德。

【註釋】❶犁牛之子：犁牛，毛色黃黑相雜的牛。只能耕種不能供祭，屬下品。此句喻仲弓為平民人家子弟，出身低賤。❷騂且角：騂，赤色。周代尚紅，故牲用騂。角，指牛角長得端正而長短適中。比喻冉雍聰穎才華出眾。❸勿用：不用來祭祀。❹山川其舍諸：山川，指山川之神。舍，古同捨。諸，疑問詞。

(五)

子曰：「回也，其心三月不違仁❶，其餘❷，則日月至焉而已矣❸。」

【譯文】孔子說：「顏回啊！他能夠長時間遵行仁道，絲毫不違背仁德；至於其他的學生，則只能在一天或一個月內保持這種德行而已。」

【章旨】記述孔子讚美顏回能行仁。

【註釋】❶三月：謂時間之長久。❷其餘：其他的學生。❸日月至焉：焉，指仁德。此句謂僅一日或一月之內能行仁，言其時間短暫。

(六)

季康子問：「仲由可使從政也❶與❷？」子曰：「由也果❸，於從政乎何有❹？」曰：「賜也可使從政也與？」曰：「賜也達❺，於從政乎何有？」曰：「求也可使從政也與？」曰：「求也藝❻，於從政乎何有？」

【譯文】季康子問道：「可以讓仲由管理政事嗎？」孔子說：「仲由處事果斷，管理政事對他而言有何困難呢？」季康子又問：「那麼可以讓端木賜管理政事嗎？」孔子說：「端木賜通達事理，管理政事對他而言有何困難呢？」季康子又問：「那麼可以讓冉求管理政事嗎？」孔子說：「冉求多才多藝，管理政事對他而言有何困難呢？」

【章旨】記述子路、子貢和冉求三人皆可使從政。

【註釋】❶從政：從事政治。❷與：同歟，語尾疑問助詞。❸果：果敢，有決斷力。❹何有：何難之有。❺達：通達事理。❻藝：多才多藝。

(七)

季氏使閔子騫❶為費❷宰。閔子騫曰：「善為我辭❸焉，如有復❹我者，則吾必在汶上❺矣。」

【譯文】季氏派人召請閔子騫出任費邑邑長。閔子騫說：「請你委婉為我辭掉這份差事吧，如果他再要召我上任的話，則我必然在汶水邊了。」

【章旨】記述閔子騫具有賢德，不願為亂臣效命。

【註釋】❶閔子騫：姓閔，名損，字子騫。魯國人，小孔子十五歲，為孔子學生。為人孝廉，孔子曾稱揚其孝。❷費：為季氏封邑，即今山東省費縣。❸辭：推辭。❹復：再次。謂再來召請我。❺汶上：汶，水名，在齊南魯北邊境。喻將逃往齊國。

▲閔損（子騫）

（八）

伯牛❶有疾❷，子問❸之，自牖❹執其手，曰：「亡之❺，命矣夫❻！斯人也❼，而有斯疾也！斯人也，而有斯疾也！」

【譯文】伯牛患了惡疾，孔子前去探問，從窗洞裡伸手進去握住他的手說：「怎麼會生這種病呢？這大概是天意吧！像這樣的人怎會染上這種疾病，像這樣的人怎會染上這種疾病！」

【章旨】記述孔子慨嘆伯牛雖具才德卻不幸染上惡疾。

【註釋】❶伯牛：即冉耕，或名犁，字伯牛，又稱冉牛。魯國人，小孔子七歲，為孔子學生。以具有德行著稱，曾為魯國的中都宰。❷有疾：患有惡疾。朱熹謂其患癩疾，即今之痲瘋。❸問：探問。❹牖：窗戶。❺亡之：亡同無。之，指所患病症。謂無生此病的道理。❻命矣夫：大概是天意吧。❼斯人：謂像這樣的人。

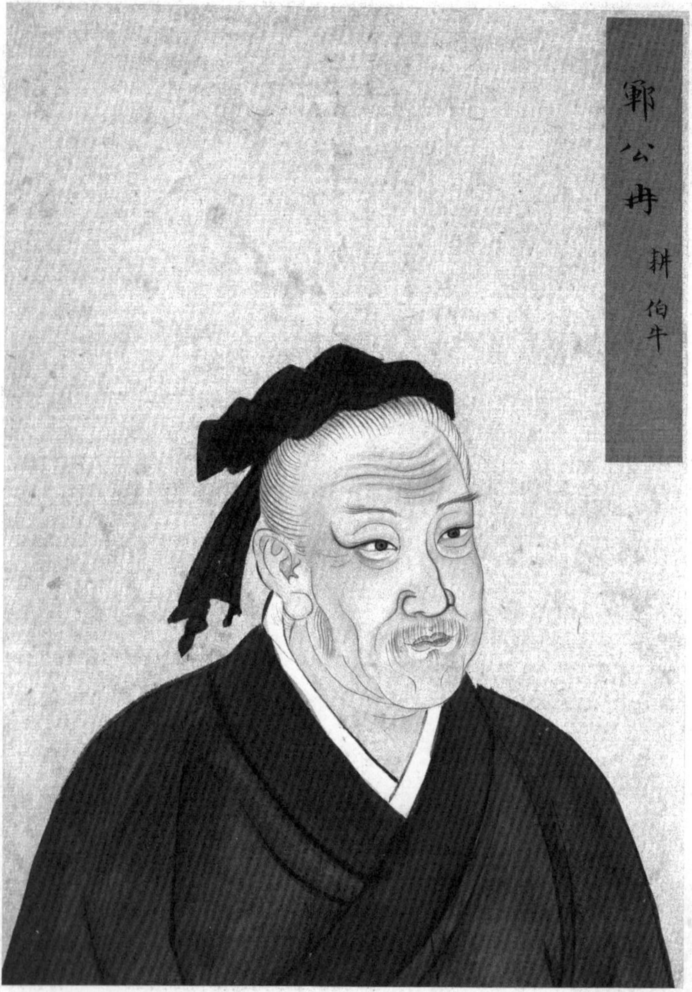

▲冉耕（伯牛）

(九)

子曰：「賢哉回也！一簞❶食❷，一瓢❸飲，在陋巷❹，人不堪❺其憂，回也不改其樂。賢哉回也！」

【譯文】孔子說：「顏回真是賢德啊！吃的是一小竹筐的飯，喝的是一小瓢的水，居住在破舊簡陋的地方，別人都忍受不了如此貧困的生活而憂心煩惱，顏回卻依然安樂無憂，顏回真是賢德啊！」

【章旨】記述孔子讚賞顏回之安貧樂道。

【註釋】❶簞：竹器，用以盛飯者。❷食：當名詞，即飯。❸瓢：用瓠作成用以盛水的器具。❹陋巷：巷，巷弄，亦可解作所居住之地。陋巷，即簡陋破舊的住所。❺堪：忍受，勝任。

（十）冉求曰：「非不說❶子之道，力不足也。」子曰：「力不足者，中道而廢❷。今女❸畫❹。」

【譯文】冉求說：「我並非不喜歡老師所講的道理，只是能力不夠罷了。」孔子說：「能力不夠的話走到中途就無法再前進了，現在你卻是畫地自限，裹足不前。」

【章旨】記述孔子指責冉求畫地自限，不肯努力求道。

【註釋】❶說：古同悅。❷中道而廢：廢，廢棄、放棄。謂至中途即放棄不做。❸女：同汝。即你。❹畫：畫地自限，裹足不前。

（十一）子謂子夏曰：「女❶為君子儒❷，無為❸小人儒❹。」

【譯文】孔子對子夏說：「你要做個品德學行俱佳的讀書人，不要做個品德低下的讀書人。」

【章旨】記述孔子勉勵子夏。

【註釋】❶女：同汝。❷君子儒：儒，泛稱學者。君子儒，謂品學俱佳的讀書人。❸無：同毋，禁止之辭。❹小人儒：指品德低下的讀書人。

(十二)

子游為武城宰❶。子曰：「女❷得人焉爾乎❸？」曰：「有澹臺滅明者❹，行不由徑❺，非公事，未嘗至於偃❻之室也。」

【譯文】子游出任武城邑宰。孔子問說：「你得到人才幫助了嗎？」子游說：「有一個叫澹臺滅明的人，行事坦蕩磊落，不走捷徑，如果不是為了公事，從不到我的住所來。」

【章旨】本章乃讚美澹臺滅明行事光明磊落。

【註釋】❶武城：魯國都邑名，在今山東省費縣西南。❷女：同汝。❸焉爾乎：語助詞，表疑問。❹澹臺滅明：複姓澹臺，名滅明，字子羽。為魯國武城人，小孔子三十九歲，亦為孔子學生。持身方正，可惜其貌不揚。❺行不由徑：徑，捷徑。謂行事坦蕩，不走捷徑。❻偃：子游名。

（十三）子曰：「孟之反❶不伐❷，奔而殿❸，將入門❹，策❺其馬，曰：『非敢後也，馬不進也。』」

【譯文】孔子說：「孟之反這個人不會誇耀自己的功勞，當魯軍戰敗奔逃時，他殿後拒敵掩護眾人入城，等快要進入城門時才鞭策自己的馬迅速奔馳，他對人說：『不是我敢殿後拒敵，而是我的坐騎不肯前進啊！』」

【章旨】記述孔子讚美孟之反的謙遜，不矜誇自傲。

【註釋】❶孟之反：姓孟，名側，春秋時魯國大夫。❷不伐：不誇耀功勞。❸奔而殿：奔，敗退奔逃。殿，殿後。魯哀公十一年伐齊，敗北，將士亡命奔逃，獨孟之反殿後拒敵，掩護眾人撤退，待接近國境才策馬飛馳。❹門：指城門。❺策：鞭策。

（十四）子曰：「不有祝鮀❶之佞❷，而有宋朝❸之美，難乎免於今之世矣。」

【譯文】孔子說：「一個人如果沒有祝鮀那樣的辯才，而有宋國公子朝那樣的美色，在現在這個時代要免於禍害實在很難。」

【章旨】本章譏刺時人之習於奉承阿諛。

【註釋】❶祝鮀：祝是官名，而非其姓。字子魚，春秋時為衛國太祝，掌理祭祀。能言善辯。❷佞：口才便給善辯。❸宋朝：指宋國公子名朝者。人品俊美，但好色。由宋國奔衛，與衛靈公夫人南子相通，為太子蒯聵發覺。

（十五）

子曰：「誰能出不由戶❶？何莫❷由斯道❸也？」

【譯文】孔子說：「誰能出外不經過門戶呢？所以一個人做人處世何不循著這共同的道理而行呢？」

【章旨】本章勉人行事須依循正道。

【註釋】❶戶：門戶。❷何莫：何不。❸斯道：指做人處世的共同道理。

（十六）子曰：「質❶勝文❷則野❸，文勝質則史❹。文質彬彬❺，然後君子。」

【譯文】孔子說：「一個人過於樸質而不注重禮儀，則顯得粗野鄙陋，過於注重禮儀而缺乏樸質的天性，則就像史官筆下華麗的文采缺乏深入的內涵。所以禮儀的修飾須與樸質的天性相調合，然後才可稱得上是君子。」

【章旨】本章勉人須文質並重，不可只注重外表的鋪張誇飾。

【註釋】❶質：樸質。❷文：修飾。謂經禮儀之修飾。❸野：粗野鄙陋。❹史：掌文書的官吏。謂只著重文采藻飾而缺乏深入的內涵。❺文質彬彬：彬彬，調合適當之意。謂樸質與華飾配合得宜。今謂舉止文雅為文質彬彬。

（十七）子曰：「人之生也直❶，罔❷之生也幸而免。」

【譯文】孔子說：「人之所以能夠生存是由於其正直的本性，而邪曲不正的人之所以能夠生存，是由於僥倖遂得免於災禍。」

【章旨】本章勉人行事須正直無欺。

【註釋】❶人之生也直：謂人所以能夠安然生存是由於其正直的本性。❷罔：即誣罔、邪曲不正的人。

(六)

子曰：「知之者❶不如好之者❷，好之者不如樂之者❸。」

【譯文】孔子說：「瞭解某事理的人不如喜好此事理而欲求其實現的人，喜好此事理而欲求其實現的人不如已實現此事理而樂在其中的人。」

【章旨】本章乃勉人力行。

【註釋】❶知之者：之，指一切的學問事理。謂瞭解學問事理的人。❷好之者：指喜好此事理而欲求實行的人。❸樂之者：指已實行此事理而樂在其中的人。

（十九）子曰：「中人❶以上，可以語❷上也。中人以下，不可以❸語上也。」

【譯文】孔子說：「中等資質以上的人可以和他談論較深的道理，中等資質以下的人不可以和他談論較深的道理。」

【章旨】記述孔子之因材施教。

【註釋】❶中人：謂中等資質的人。❷語：告訴，與之談論。作動詞用。❸不可以：謂其無法領略。

（二十）樊遲問知❶。子曰：「務民之義❷，敬鬼神而遠之，可謂知矣。」問仁。曰：「仁者先難而後獲❸，可謂仁矣。」

【譯文】樊遲問孔子何謂智。孔子說：「專心致力於所應做的事，尊敬鬼神而遠離他們，這樣就可算是智了。」樊遲又問何謂仁。孔子說：「有仁德的人，一定先承受別人所無法承受的勞苦，卻最後享受成功的果實，這樣就可算是仁了。」

【章旨】記述孔子答覆樊遲求智求仁的方法。

【註釋】❶知：同智。❷務民之義：民，即人。謂專心致力於所當為之事。❸先難而後獲：比別人先承受勞苦卻最後享受成果。即所謂先天下之憂而憂，後天下之樂而樂。

（三）

子曰：「知者樂水❶，仁者樂山❷。知者動，仁者靜。知者樂，仁者壽❸。」

【譯文】孔子說：「有智慧的人喜歡接近水，有仁德的人喜歡接近山。有智慧的人心思靈活，有仁德的人心思寧靜。有智慧的人能常享歡樂，有仁德的人則能長壽延年。」

【章旨】記述智者與仁者之不同。

【註釋】❶知者樂水：樂，喜好。謂有智慧的人通達事理，心思靈活，有如水流源源不斷。其性與水相似，故應喜近於水。❷仁者樂山：謂有仁德者心胸開闊，寬宏仁厚，有如高山之環抱大地。其性與山相似，故應喜近於山。❸知者樂，仁者壽：謂智者善於運用才智，故能常享歡樂。仁者恬淡寡欲，故能長壽延年。

(二二)

子曰：「齊一變，至於魯❶。魯一變，至於道❷。」

【譯文】孔子說：「齊國只要有明君出現改變政風，必可使齊國和魯國一樣重禮教。魯國只要有明君出現改變政風，必可使魯國成為強國而實行王者之道。」

【章旨】記述齊國與魯國皆存禮制，只要有賢明者主政，必可使國家導向正道。

【註釋】❶齊一變，至於魯：謂齊國有姜太公之餘教，魯國有周公之餘教，兩國皆存禮制。但齊國雖強卻行霸道，魯國雖弱卻存有正統禮制，若使齊國有明君出現改變政風，則可如魯國一樣。❷魯一變，至於道：謂魯國原已存有王化，若有明君出現改變政風，必可使魯國成為強國而實行王者之道（仁道）。

(二三)

子曰：「觚不觚❶，觚哉！觚哉！」

【譯文】孔子說：「酒杯不像個酒杯，怎能稱它為酒杯呢？怎能稱它為酒杯呢？」

【章旨】記述孔子慨嘆當時禮制紊亂，名實不副。

【註釋】❶觚：古時鄉飲酒用的酒杯，呈八角形，四方有稜。容量為二升或三升。此處以觚隱喻政事，謂政治不上軌道，君不君，臣不臣，父不父，子不子。

(二四)

宰我問曰：「仁者，雖告之曰『井有仁焉』❶，其從之也❷？」子曰：「何為其然也❸？君子可逝也❹，不可陷也❺；可欺也，不可罔也❻。」

【譯文】宰我問孔子說：「有仁德的人，若有人告訴他『井裡有人』，他會聽信這話而跳入井裡救人嗎？」孔子說：「為何要這麼做呢？君子可能會到井邊察看清楚情形，卻不會盲目地跳入井裡；雖然可能受合理的事欺騙，卻不致被不合理的事所蒙蔽。」

【章旨】記述仁者不昧於事理而被人欺罔。

【註釋】❶仁：應解為人。或解為仁道，但於下文義不通。❷其從之也：其，指仁者。從之，謂聽信其言而跳入井裡救人。也，同耶，為疑問助詞。❸然：如此。❹逝：前往。謂可使他前往察看，但絕不能使他盲目跳井。❺陷：使陷於井底。❻罔：欺蒙，蒙蔽。

(二五)

子曰：「君子博學於文，❶約之以禮，❷亦可以弗畔❸矣夫❹！」

【譯文】孔子說：「一個君子須廣博地閱覽各種典籍，以禮來約束自己的行為，如此就不至於叛離正道了。」

【章旨】記述博文約禮即不致背離正道。

【註釋】❶博學於文：文，典籍。謂廣博閱覽各種典籍。❷約之以禮：謂約束自己的行為使合於禮儀。❸畔：古通叛，謂叛離正道。❹矣夫：語尾感嘆助詞。

(二六)

子見南子，❶子路不說。❷夫子矢❸之曰：「予所否者，❹天厭❺之！天厭之！」

【譯文】孔子被迫去見南子，子路看了很不高興。孔子直截了當地說：「我之所以被阻塞而不得行其道，這是上天有意厭棄我！這是上天有意厭棄我啊！」

【章旨】記述孔子慨嘆己道之不行。

【註釋】❶南子：宋國人，為春秋時衛靈公的夫人。與宋國公子朝有染，事為太子蒯聵發覺而欲殺南子。南子先發制人，在衛靈公面前進讒言，以致蒯聵不得不奔逃宋國。❷說：古同悅。❸矢：直陳。❹否：否塞，謂不得行其道。❺天厭之：厭，即厭棄。之，指我。此句謂天將厭棄我。

(二七)

子曰：「中庸❶之為德也，其至❷矣乎！民鮮❸久矣。」

【譯文】孔子說：「中庸這種美德，真是至高無上的法則啊！人民不能實行這個法則已經很久了。」

【章旨】記述孔子慨嘆中庸之道之淪喪。

【註釋】❶中庸：不偏不倚、無過與不及稱為中。庸，不變之常道。❷至：極至。❸鮮：少。

(六)

子貢曰：「如有博施❶於民，而能濟眾❷，何如？可謂仁乎？」子曰：「何事於仁❸，必也聖乎！堯舜其猶病諸❹！夫仁者，己欲立而立人，己欲達而達人❺。能近取譬❻，可謂仁之方❼也已。」

【譯文】子貢說：「如果有人能廣施恩惠於人，並且能濟助民眾，您認為怎麼樣？可以算得上仁嗎？」孔子說：「何止於仁，那可以算是聖人了！堯舜可能還無法做到這樣的地步呢！所謂的仁，是自己想立身行道也使別人能立身行道，自己想通達事理也使別人能通達事理。能夠以自身的情形為別人設想，這就是實行仁道的方法了。」

【章旨】記述孔子教子貢求仁之道。

【註釋】❶博施：廣博地施予恩惠。❷濟眾：救助眾人。❸何事於仁：謂此事何止於仁。❹病諸：病，不足。諸，指博施濟眾。❺己欲立而立人，己欲達而達人：謂自己想要立身行道也使別人能立身行道，自己想要通達事理也使別人能通達事理。❻能近取譬：譬，譬喻。謂能以自身事例為別人設想。❼仁之方：實行仁道的方法或途徑。

述而第七

(一)

子曰：「述而不作❶，信而好古❷，竊比❸於我❹老彭❺。」

【譯文】孔子說：「我喜歡講述古聖先賢的道理而不著書立說，篤信並愛好古代的文物典制，私下媲美我們商朝的賢大夫老彭。」

【章旨】記述孔子對於自己著述的謙詞。

【註釋】❶述而不作：作，創作。謂只是傳述古聖先賢之道而不著書立說。❷信而好古：篤信並且愛好古代文物制度。❸竊比：竊，私自。竊比，私自比擬。❹我：親暱之詞。❺老彭：為殷朝賢大夫。或說老指老聃，彭指彭祖。也有說老彭即彭祖，姓籛，名鏗，為堯帝臣子，封於彭城。

(二)

子曰：「默而識之❶，學而不厭❷，誨人不倦❸，何有於我哉❹？」

【譯文】孔子說：「把所聽到所看到的都默記在心裡，努力學習而不感到厭倦，盡心教導別人而不感到倦怠，這些對我而言有何困難呢？」

【章旨】記述孔子勤於求學及教育子弟之情形。

【註釋】❶識：記住。❷厭：厭倦。❸誨：教導。❹何有於我哉：何有，即何難之有。此句謂對我而言有何困難呢。

(三)

子曰：「德之不修❶，學之不講❷，聞義不能徙❸，不善不能改，是吾憂也。」

【譯文】孔子說：「不修養品德，不研習學問，聽到合宜的事理不能遷從，不良的品行不能改正，是我所擔憂的事。」

【章旨】記述孔子以修德、講學、徙義、改過四事來自勉勉人。

【註釋】❶修：修養。❷講：講求，研習。❸徙：遷移，遷從。

(四)

子之燕居❶，申申如也❷，夭夭如也❸。

【譯文】孔子閒居無事時，舉止儀態都顯得極安詳舒適，神色也很愉快。

【章旨】記述孔子平居生活之安閒舒泰。

【註釋】❶燕居：即閒居。❷申申如：如，語尾助詞，同「然」。謂容態安詳舒適的樣子。❸夭夭如：神色愉快的樣子。

(五)

子曰：「甚矣，吾衰也❶！久矣，吾不復夢見周公❷！」

【譯文】孔子說：「唉！我大概已經老朽不堪了！這麼久了，我一直未再夢見周公！」

【章旨】本事乃孔子慨嘆己道不能行之託詞。

【註釋】❶甚矣吾衰：衰，衰老。甚矣，形容極至之詞。❷夢見周公：周公姓姬，名旦，為周武王弟。他改定官制，制禮作樂，為周朝立下完善的典章制度。孔子欲行周公之道不可得，又感嘆正道不能行，故說不復夢見周公。

(六)

子曰：「志於道❶，據於德❷，依於仁❸，游於藝❹。」

【譯文】孔子說：「要立志修習所應行的道理，有了心得就要好好地據守住它，隨時隨地遵行仁道，絲毫不違背，行有餘力再把禮樂射御書數等六藝當遊戲般研習，以陶冶心性。」

【章旨】記述孔子告誡弟子進德修業之法門。

【註釋】❶志於道：志，心之所至。即立志。道，指所應行的一定道理。❷據：執守。❸依：順從，不違背。❹游於藝：游，游習。藝，指禮樂射御書數等六藝。

(七)

子曰：「自行束脩以上❶，吾未嘗無誨焉❷。」

【譯文】孔子說：「凡十五歲以上的人，只要肯努力向學，我從來沒有不教導他們的。」

【章旨】記述孔子誨人不倦的精神。

【註釋】❶自行束脩以上：束脩，古人以十條肉乾為一束，故束脩即十條肉乾，為最單薄的學費。但李賢注《後漢書．延篤傳》說：「束脩，束帶脩飾也。」鄭玄則說：「謂年十五已上。」在孔子之前束脩似無束帶脩飾之意，若採其原義指十條肉乾，則自動帶著十條肉乾來見我（以上），用詞似不甚妥當，故三種說法中以鄭玄的解釋較合理，即自「行束脩禮（十五歲）」以上的人。❷誨：教誨，指導。

（八）

子曰：「不憤不啟❶，不悱不發❷，舉一隅❸不以三隅反❹，則不復❺也。」

【譯文】孔子說：「如果不是因為努力想求得解答卻始終不得其解的，我就不去開導他；如果不是心裡想說卻不知如何表達的，我就不去引導他。舉出事物的一個道理給他，卻不能類推出其他道理的，我就不再教導他了」

【章旨】記述孔子教學重在啟發，並勉人自動自發。

【註釋】❶不憤不啟：憤，謂努力想求得其解卻始終不可得。啟，啟示、開導。❷不悱不發：悱，謂想說卻不知如何表達。發，啟發、引導。❸隅：角落。❹反：同返。謂返證。❺復：再次教導。

(九)

子食於有喪者❶之側，未嘗飽❷也。子於是日❸哭，則不歌。

【譯文】孔子在辦理喪事人家的旁邊吃飯時，從來沒有吃飽過。如果在這天因為弔喪而哭過，就不會放聲唱歌。

【章旨】記述孔子臨喪必哀。

【註釋】❶有喪者：辦理喪事的人家。❷未嘗飽：謂其內心哀慟，食不下嚥。❸是日：當日，此日。

(十)

子謂顏淵曰：「用之則行，舍之則藏❶，唯我與爾有是夫！」子路曰：「子行三軍❷，則誰與❸？」子曰：「暴虎馮河❹，死而無悔者，吾不與也。必也臨事而懼❺，好謀而成❻者也。」

【譯文】孔子對顏淵說：「受到任用時，就把那套治國平天下的道理付諸實行；沒有人肯任用時，就把那套治國平天下的道理藏在自己心裡。只有我和你有這樣的胸懷吧！」子路說：「如果老師率領三軍出征，將與誰同行呢？」孔子說：「空手與猛虎搏鬥，徒步涉水過河，即使死了也不後悔的人，我絕不會和他同行。必定要臨事能夠謹慎小心，經過仔細的策畫而做成決斷的人，我才願和他同行。」

【章旨】記述孔子讚美顏回行止得宜，並責子路好勇無謀。

【註釋】❶用之則行，舍之則藏：舍同捨。謂受到重用時就行道於國，不受任用時就藏道於身。❷子行三軍：周時天子建六軍，諸侯大國三軍，中國二軍，小國一軍。一軍有一萬二千五百人。行，率領之意。❸與：與同行。❹暴虎馮河：暴虎，徒手與虎相搏。馮河，徒步涉水過河。比喻有勇無謀。❺臨事而懼：謂戒慎行事。❻好謀而成：善於謀畫做成決斷。

(十一)

子曰：「富而❶可求也，雖執鞭之士❷，吾亦為之；如不可求，從吾所好。」

【譯文】孔子說：「財富如果可以求得的話，即使是執鞭這種低賤的工作，我也願意去做。但如果不能隨意求得，我還是喜歡依照自己的喜好去做。」

【章旨】記述孔子不以不正當手段來求取財富。

【註釋】❶而：如果。❷執鞭之士：士，通事，謂低賤的工作。或可解為人。

(十二)

子之所慎：齊❶、戰、疾❷。

【譯文】孔子最為敬慎的事有三件：即齋戒、戰爭與疾病。

【章旨】記述孔子最敬慎的三件事。

【註釋】❶齊：古通齋，即齋戒沐浴之事。古人於祭祀前必先齋戒沐浴以示潔淨。❷疾：疾病。謂疾病可能影響個人生死，不能輕忽大意。

(十三)

子在齊聞韶❶，三月不知肉味❷，曰：「不圖❸為樂之至於斯❹也。」

【譯文】孔子在齊國時聽到韶樂，學習了三個月，竟然連吃肉都感覺不出它的滋味。他說：「想不到音樂竟然能達到如此高妙的境界啊！」

【章旨】記述孔子讚賞韶樂之美善。

【註釋】❶韶：即韶樂，堯舜時代的舞樂。❷三月不知肉味：謂學習時專心致志，以致食不知味。〈孔子世家〉：「孔子適齊，與齊太師語樂，聞韶音，學之三月，不知肉味。齊人稱之。」❸不圖：想不到。❹至於斯：達到至善至美之境界。

(十四)

冉有曰：「夫子為衛君❶乎？」子貢曰：「諾❷，吾將問之。」入，曰：「伯夷、叔齊，何人也？」曰：「古之賢人也。」曰：「怨❸乎？」曰：「求仁而得仁，又何怨？」出，曰：「夫子不為也。」

【譯文】冉有問說：「老師會不會輔助衛靈公呢？」子貢說：「是啊！我也要去問問。」於是進去見孔子，故意問說：「請問伯夷、叔齊是什麼樣的人呢？」孔子說：「是古代的賢人啊！」子貢說：「他們會懊悔嗎？」孔子說：「他們想求仁而終於得到仁，又有什麼好後悔的呢？」子貢出來後說：「老師不會輔助衛靈公。」

【章旨】記述孔子不因利而害仁。

【註釋】❶衛君：指衛靈公。衛靈公三十八年，孔子離開魯國至衛，衛靈公問孔子在魯國任司寇時的待遇，孔子答稱奉粟六萬，衛靈公想以此薪留孔子，故冉有憂心孔子是否將輔助衛靈公。❷諾：應允之辭。❸怨：懊悔。

(十五)

子曰：「飯疏食❶飲水，曲肱而枕之❷，樂亦在其中矣。不義而富且貴，於我如浮雲❸。」

【譯文】孔子說：「吃粗菜淡飯，喝白開水，彎著手臂當枕頭睡覺，其中亦有無窮的樂趣。以不正當的手段獲得的富貴，對我而言就像天上浮雲一樣虛幻無常，渺不可及。」

【章旨】孔子自述能安貧樂道而賤不義。

【註釋】❶飯疏食：飯作動詞用，吃的意思。食作名詞用。疏食，即粗茶淡飯。❷曲肱而枕之：肱，手臂。枕作動詞用，即以之為枕而眠。此句謂彎曲手臂當枕頭睡覺。❸如浮雲：謂遠不可及，虛幻無常，稍縱即逝。

（十六）

子曰：「加我數年，❶五十以學易，❷可以無大過矣。」

【譯文】孔子說：「只要再讓我多活幾年，即使五年或十年也可以，讓我好好地研習《易經》，即不致犯下大過錯了。」

【章旨】孔子自述為學的心得。

【註釋】❶加我數年：加通假，《史記．孔子世家》作「假我數年」。即再多讓我活幾年的意思。❷五十以學易：易，指《易經》。何晏說：「易，窮理盡性，以至於命，年五十而知天命之年，讀至命之書，可以無大過也。」但一說五十承上句而來，謂再讓我多活五年或十年。因孔子說這句話時大約已年近七十，不可能有五十歲再學易的說法。

(十七)

子所雅言❶:詩、書、執禮❷,皆雅言也。

【譯文】孔子在某些時候是講周朝正統的語音,而不講魯國的方言。如誦讀《詩經》、《書經》或執行禮儀之事時,都是使用周朝正統的語音。

【章旨】記述孔子對於詩、書及執行禮儀的重視。

【註釋】❶雅言:謂正統的語音。鄭玄注:「讀先王法典,必正言其音,然後義全。」❷執禮:執行禮儀之事。

(十八)

葉公❶問孔子於子路,子路不對。子曰:「女奚❷不曰:『其為人也,發憤忘食,樂以忘憂,不知老之將至云爾❸!』」

【譯文】葉邑邑令向子路詢問孔子的為人,子路未回答他。孔子說:「你何不對他說:『他這個人啊!發憤用功的時候連飯都會忘了吃,高興的時候連平日的憂愁都會忘得一乾二淨,有時甚至連快要老朽了都不知道呢!』」

【章旨】本章乃孔子自述並用以譏刺葉公。

【註釋】❶葉公：葉，地名，春秋時屬楚國之地，即今河南省葉縣。葉公，姓沈，名諸梁，字子高，為楚國大夫，食邑於葉，僭稱為公。❷奚：何。❸云爾：語尾助詞，猶言如此而已。

(十九)

子曰：「我非生而知之者，好古，❶敏❷以求之者也。」

【譯文】孔子說：「我並非生下來就知道一切道理，只是愛好古代的文物制度，奮勉學習努力求知罷了。」

【章旨】孔子自述其學識皆由好學而得。

【註釋】❶好古：喜好古代的文物制度。❷敏：奮勉。

(二十)

子不語❶：怪、力、亂、神❷。

【譯文】孔子從來不願與人談論怪異離奇的事、暴力鬥狠的事、悖俗亂倫的事，或鬼神等無稽之事。

【章旨】記述孔子所不願談論之事。

【註釋】❶語：談論。❷怪力亂神：怪，指怪異離奇的事；力，指暴力鬥狠的事；亂，指悖亂、傷風敗俗的事；神，指鬼神等無稽之事。這些不是啟發人的惡性，就是助長迷信，故孔子不願談論。

(三)

子曰：「三人行，必有我師焉❶。擇其善者而從之❷；其不善者而改之❸。」

【譯文】孔子說：「三人同行的時候，必定有值得我效法學習，可做為我的老師的人。我將選擇他們的長處而加以學習，若自己有與他們同樣的不良言行，則力求改善。」

【章旨】記述只要虛心向學，無處不可學習。

【註釋】❶三人行必有我師焉：三人只是虛數，不一定指三人。必有我師焉，一定有值得我效法學習，可做為我的老師的人。焉是語尾助詞。❷從之：學習、效法他們的長處。❸改之：改正自己不良的言行。

(二二)

子曰：「天生德於予❶，桓魋❷其如予何？」

【譯文】孔子說：「上天既賦予我這樣的品德，桓魋又能把我怎樣呢？」

【章旨】記述孔子胸懷坦蕩，樂天知命。

【註釋】❶予：我。❷桓魋：姓向，名魋，為桓公後裔，故稱桓魋。春秋時宋國的大夫，又稱司馬。孔子離開衛國後，經過曹國而至宋，與門生習禮於大樹下。向魋欲殺孔子，因此砍去大樹，孔子學生均督促孔子儘速離開，孔子以為桓魋只在恐嚇他，故毫不以為意。

(二三)

子曰：「二三子❶以我為隱❷乎？吾無隱乎爾❸！吾無行❹而不與❺二三子者，是丘也。」

【譯文】孔子說：「你們以為我有什麼地方隱瞞你們嗎？我實在沒有隱瞞你們什麼啊！我所做的事沒有一件不向你們公開的，這就是我孔丘的為人啊！」

▲宋國司馬桓魋欲砍下大樹以威脅孔子

【章旨】記述孔子胸懷坦蕩，毫無隱私。

【註釋】❶二三子：指諸位學生。❷隱：隱瞞。❸隱乎爾：對你們有所隱瞞。❹行：所做的事。❺與：公開表示。

(二四) 子以四教：文❶、行❷、忠、信。

【譯文】孔子以下列四件事來教導學生：即詩書禮樂、品德操行、忠厚篤實、信實無欺。

【章旨】記述孔子教育的內容。

【註釋】❶文：指詩、書、禮、樂等文章典籍。❷行：德行。

(二五) 子曰：「聖人❶，吾不得而見之矣！得見君子者❷，斯可矣。」子曰：「善人❸，吾不得而見之矣！得見有恆者❹，斯可矣。亡❺而為有，虛而為盈，約而為泰❻，難乎有恆矣！」

【譯文】孔子說：「聖人，我大概是看不到了，但能夠看到有才德的君子，也算不錯了。」孔子說：「胸懷仁厚且能夠行善的人，我大概是看不到了，但能夠看到能固守正道而不違背的人，也算不錯了。本來沒有卻假裝有，本來空虛卻假裝充實，本來窮困卻假裝富泰，這樣的人是很難固守正道而不違背啊！」

【章旨】孔子概嘆聖人及善人之難見，並鼓勵人進德修業。

【註釋】❶聖人：指才能、智慧、品德均超乎尋常的人。即所謂生而知之者。❷君子：指一般有才德的人。❸善人：胸懷仁厚且能行善的人。❹有恆者：能固守正道而不違背的人。❺亡：古通無。❻約而為泰：約，困窮。泰，奢泰。謂實際上很窮困卻裝出富泰的模樣。

(二六)

子釣而不綱❶，弋不射宿❷。

【譯文】孔子即使在釣魚時，也不會用大網濫捕魚蝦；即使在箭尾綁上細線射鳥時，也不濫射正在棲息的鳥。

【章旨】記述孔子胸懷之仁厚。

【註釋】❶釣而不綱：綱，以粗繩繫網攔水捕魚。謂以釣竿垂釣卻不以網來捕魚。表示孔子宅心仁厚，不願用大網濫捕魚蝦。喻不濫殺無辜。❷弋不射宿：弋，以細線綁在箭尾而射。宿，棲息樹間的鳥兒。謂不射殺棲息的鳥。喻不暗箭傷人。

（二七）

子曰：「蓋❶有不知而作❷之者，我無是也。多聞，擇其善者而從之，多見而識❸之，知之次❹也。」

【譯文】孔子說：「或許有不明白道理卻妄自創作發表的人，但我絕沒有這種情形。多聽別人的言論選擇其中較好的來學習或實行，多看別人的事蹟而謹記在心裡，這樣也可以算是次於上智的人了。」

【章旨】記述孔子為學之篤實。

【註釋】❶蓋：傳疑之詞。大概，或許。❷作：創作。❸識：記住。❹知之次：知同智。謂雖稱不上生而知之的上智者，亦可稱得上學而知之者。

(六)

互鄉❶難與言，童子見，門人惑❷。子曰：「與❸其進也，不與其退也。唯何甚❹？人潔己以進，與其潔也，不保其往也❺。」

【譯文】互鄉的人很難與他們談論善道。有一個互鄉的小孩求見孔子，孔子居然接見了他，學生們都覺得很詫異。孔子說：「我讚許他求上進的精神，卻不讚許他有退縮的念頭。何必拒人太甚呢？一個人既肯潔身自愛，力求上進，我自然讚許他的潔身自愛，而不去計較他以往的作為。」

【章旨】記述孔子有教無類，不計前嫌。

【註釋】❶互鄉：古地名。據說其鄉風俗鄙惡，難與談論公理正道。❷惑：疑惑。謂孔子不應見該童子。❸與：讚許。❹唯何甚：唯是發語詞，無義。何甚，何必拒人太甚。❺「人潔己以進」三句：朱熹以為此三句當在「與其進也」之前。潔，潔身自愛。往，以前。

(二九)

子曰：「仁遠乎哉？我欲仁❶，斯❷仁至矣。」

【譯文】孔子說：「仁難道離我們很遠，遙不可及嗎？其實不然，只要我有心想求得仁道，這個仁就會出現。」

【章旨】木章乃勉人用心求仁。

【註釋】❶欲仁：想求得仁道。❷斯：此，這個。

(三〇)

陳司敗❶問：「昭公❷知禮乎？」孔子曰：「知禮。」孔子退。揖巫馬期❸而進之曰：「吾聞君子不黨❹，君子亦黨乎？君取❺於吳為同姓，謂之吳孟子❻。君而知禮，孰不知禮？」巫馬期以告❼。子曰：「丘也幸，苟有過，人必知之。」

【譯文】陳國的司寇問孔子說：「魯昭公懂得禮嗎？」孔子說：「他懂得禮。」說完孔子就退離了。於是陳國司寇向孔子的學生巫馬期作了個揖請他進去，對他說：「我聽說有才德的君子不會幫助別人隱匿過失，難道有才德的君子也會這樣做嗎？魯國的國君娶了吳國的同姓女，稱她為吳孟子，如果說魯國的國君懂得禮，那麼有誰不懂得禮呢？」巫馬期把陳國司寇的話轉告孔子。孔子說：「我真是幸運，只要有一點過錯，別人必定會知道。」

【章旨】記述孔子明君臣之義，不輕言國君之過，但對於己過則坦然承認。

【註釋】❶陳司敗：陳是國名，司敗即司寇。❷昭公：即魯昭公，姓姬，名裯。年十九仍無大志，居喪猶面帶喜色，嬉戲無度。終為三桓所迫而投奔齊國。❸揖巫馬期：巫馬期，複姓巫馬，名施，字子期。為孔子弟子，小孔子三十歲。揖，雙手拱舉胸前作禮。❹黨：幫助他人隱匿過失。❺取：古通娶。❻吳孟子：即吳國的長女。春秋時魯、吳兩國都出自周太王之後，同姓姬。古禮同姓不婚，而魯昭公娶吳國女，為避嫌故諱稱吳孟子。❼以告：謂將陳司敗所說的話轉告孔子。

(三)

子與人歌而善❶，必使反之❷，而後和之❸。

【譯文】孔子和別人相處，聽到別人歌唱得很好，必定請他再唱一遍，然後自己跟著唱和。

▲巫馬施（子期）

【章旨】記述孔子平居生活之和樂，及樂於吸取別人優點。

【註釋】❶善：謂歌唱得很好。❷反之：反，反覆。再唱一遍之意。❸和：唱和。

(三)

子曰：「文莫❶，吾猶人也❷，躬行君子❸，則吾未之有得。」

【譯文】孔子說：「努力去做的話，我還可以比得上別人，至於身體力行君子之道，我還沒有什麼心得。」

【章旨】本章乃孔子自謙之詞。

【註釋】❶文莫：朱熹注以為莫是疑辭。文指一般學識文章。但劉寶楠《論語正義》：「楊慎《丹鉛錄》引欒肇《論語駁》曰：『燕齊謂勉強為文莫。』又《方言》曰：「侔莫，強也，北燕之外郊，凡勞而相勉，若言努力者謂之侔莫。』」即謂文莫是燕齊方言，為努力之意。❷吾猶人也：我還可以比得上別人。❸躬行君子：躬行，親身實踐，身體力行。謂身體力行君子之道。

(三)

子曰：「若聖與仁，則吾豈敢？抑❶為之不厭，誨❷人不倦，則可謂云爾❸已矣❹。」公西華曰：「正唯弟子不能學也。」

【譯文】孔子說：「若說我是聖人或有仁德的人，我怎麼敢當呢？若說我努力去做而從不覺得厭倦，教導別人從不覺得倦怠，則的確可以說是如此。」公西華說：「這正是我們學不到的地方啊！」

【章旨】孔子自謙未能達到聖與仁。

【註釋】❶抑：轉接詞，或者的意思。❷誨人：教導別人。❸云爾：如此。❹已矣：語尾助詞：猶言罷了。

(四)

子疾病，子路請禱❶。子曰：「有諸❷？」子路對曰：「有之。誄❸曰：『禱爾於上下神祇❹。』」子曰：「丘之禱久矣！」

【譯文】孔子有一次病得很重，子路請求禱告神明以祈求福運。孔子說：「有這種道理嗎？」子路回答說：「有啊！有句誄文說：『為你禱告於天地神明。』」孔子說：「我已經禱告很久了。」

【章旨】記述孔子不媚神求福。

【註釋】❶請禱：請求禱告於神明以求福。❷有諸：有這種道理嗎。意即孔子以為這是無稽之事。❸誄：同讄，為禱祝之意。❹禱爾於上下神祇：爾即你。上下謂天地。天神曰神，地神曰祇。

(三五)

子曰：「奢則不孫❶，儉則固❷；與其不孫也，寧固。」

【譯文】孔子說：「一個人過於奢侈浪費就會變得傲慢不遜，過於節儉就會變得頑固鄙陋。與其傲慢不遜，寧可顯得頑固些。」

【章旨】本章乃告誡人寧可儉樸切不可奢華。

【註釋】❶孫：同遜，謙遜之意。❷固：固陋，頑固不開通。

（三六）子曰：「君子坦蕩蕩❶，小人長戚戚❷。」

【譯文】孔子說：「一個有才德的君子心地平坦舒暢，而小人則時常感到憂愁焦慮。」

【章旨】記述君子與小人胸懷的差異。

【註釋】❶坦蕩蕩：平坦舒暢貌。❷長戚戚：經常憂慮不已。

（三七）子溫而厲❶，威而不猛❷，恭而安❸。

【譯文】孔子外表雖顯得極溫和，卻自有一種嚴肅的氣質，雖然極有威嚴，卻沒有剛猛凌人的氣勢，態度恭謹而安詳自在。

【章旨】記述孔子的外貌神態。

【註釋】❶溫而厲：雖然外表溫和卻自然表露出嚴肅的氣質。❷威而不猛：雖然威嚴卻不顯得剛猛。❸恭而安：態度恭謹而安詳。

泰伯第八

(一)

子曰：「泰伯❶其可謂至德❷也已矣。三以天下讓❸，民無得而稱❹焉。」

【譯文】孔子說：「吳泰伯可說是品德達到極點的人了！他再三把天下讓與別人，使得人民受不到他的恩惠而不知道從何處來稱讚他的德行。」

【章旨】本章乃讚揚吳泰伯之仁德。

【註釋】❶泰伯：泰又作太。泰伯即吳泰伯，為周太王古公亶父的長子，季歷的哥哥。季歷生子名昌（即周文王），頗為賢明，太王曾說：「我世當有興者，其在昌乎？」泰伯知道太王欲立季歷以傳姬昌，於是偕同次弟仲雍逃往荊蠻，紋身斷髮，以遂父願。後來泰伯兄弟受到荊蠻人的推舉，立國號句吳，地在今江蘇無錫。❷至德：達到最高的品德。❸三以天下讓：再三謙讓，把天下讓與別人。❹稱：稱讚，稱揚。

(二)

子曰：「恭而無禮則勞，慎而無禮則葸❶，勇而無禮則亂❷，直而無禮則絞❸。君子篤❹於親，則民興於仁。故舊不遺，則民不偷❺。」

【譯文】孔子說：「恭敬而不合乎禮節則只是徒勞而已，謹慎而不合乎禮節則會顯得畏懼退縮，勇敢而不合乎禮節則容易悖亂造反，直率而不合乎禮節則會變得急切焦躁。在上位的執政者若能厚待親人，則人民自然會產生仁愛之心。不遺棄故交舊友，則人民自然不會澆薄無情。」

【章旨】本章乃教人重禮，並說明禮之本義。

【註釋】❶葸：畏懼。❷亂：悖亂。❸絞：急切。❹君子：指在上位的人或執政者。❺偷：澆薄無情。

(三)

曾子有疾，召門弟子曰：「啟予足❶！啟予手！詩云：『戰戰兢兢，如臨深淵，如履薄冰❷。』而今而後❸，吾知免夫❹！小子❺！」

【譯文】曾子患重病，召集他的學生到床邊說：「掀開被子看看我的腳，掀開被子看看我的手，《詩經》上說：『小心謹慎，就好像走在深潭邊，好像踩在薄冰上一樣。』從今以後，我知道自己將可免去身體受毀傷的顧慮了，各位，你們要好好地記住我的話啊！」

【章旨】記述曾子之盡孝。

【註釋】❶啟予足：掀開被子看看我的腳。啟，掀開。曾子平日以身體髮膚受之父母，不敢毀傷自惕，故在臨終前示意門生檢視。❷「戰戰兢兢」三句：出自《詩經・小雅・小旻篇》。謂戒慎恐懼，就好像走在深潭邊，踩在薄冰上一樣。❸而今而後：即從今以後。❹吾知免夫：夫是代名詞，指身體受毀傷之事。此句謂曾子知道自己將死，即將免去身體受毀傷的顧慮。❺小子：指其學生。

(四)

曾子有疾，孟敬子❶問之。曾子言曰❷：「鳥之將死，其鳴也哀；人之將死，其言也善。君子所貴乎道者三：動容貌❸，斯遠暴慢❹矣；正顏色❺，斯近信矣；出辭氣❻，斯遠鄙倍❼矣。籩豆之事❽，則有司存❾。」

【譯文】曾子患重病，孟敬子前去探問他。曾子有感而發說：「鳥將死的時候，牠的叫聲是很悲慘的，人將死的時候，他所說的話都是善意的。在上位的人所應該重視的有下面三點：容貌舉止須合於禮而行，如此則可遠離粗暴傲慢了；臉色須端正合於禮，如此則可接近於誠信；言詞聲調須合理得體，如此則可遠離粗鄙背理。至於祭祀或宴享所用的器物等瑣碎事務，自有專人管理，何勞掛心！」

【章旨】記述曾子告孟敬子言行舉止須合於禮。

【註釋】❶孟敬子：魯國大夫，姓仲孫，名捷，諡敬。因仲孫氏犯殺君之罪，故改稱孟孫氏，後又稱為孟氏。❷言：有感而發。❸動容貌：謂容貌舉止依禮而行。❹斯遠暴慢：斯即此。遠，遠離。暴慢，粗蠻傲慢。❺正顏色：謂臉色須莊正合於禮。❻出辭氣：謂言詞聲調要合理得體。❼鄙倍：粗鄙背理。❽籩豆之事：籩、豆是古時祭祀或宴享時用的兩種禮器。此句謂器用等瑣碎的事。❾有司存：有專人管理。有司，即掌理其事的官吏。存，即在。

(五)

曾子曰：「以能問於不能❶，以多問於寡，有若無，實若虛，犯而不校❷，昔者吾友❸，嘗從事於斯矣。」

【譯文】曾子說：「自己雖有才能卻請教於才能較低的人，自己懂得較多卻請教於懂得較少的人。有才能卻好像沒有才能的樣子，有滿腔學識卻好像一點學識都沒有的樣子，受到別人侵犯侮辱也不去計較。以前我的好友顏淵，就曾做到這些。」

【章旨】記述曾子讚美顏淵謙沖之德。

【註釋】❶能：有才能。❷犯而不校：別人冒犯也不去計較。校，計較。❸吾友：指顏淵。

(六)

曾子曰：「可以託六尺之孤❶，可以寄百里之命❷，臨大節❸而不可奪❹也。君子人與❺？君子人也！」

【譯文】曾子說：「可以把輔佐幼主的重任託付給他，可以將治理大國的政權交給他，面臨國家存亡、個人生死關頭，仍堅守節操不動搖。這樣的人可以算是君子了嗎？當然可以算是君子了。」

【章旨】記述君子任重而道遠。

【註釋】❶託六尺之孤：六尺之孤，指十五歲以下的幼主。此句謂受前任帝王囑託輔助幼主。❷寄百里之命：百里指大諸侯國。命指政令，亦可解作人民生命。此句謂將治理大諸侯國的政權交託給他。❸臨大節：面臨國家存亡、個人生死關頭。❹不可奪：不可奪其志節。❺與：同歟，為疑問助詞。

(七)

曾子曰：「士❶不可以不弘毅❷，任重而道遠❸。仁以為己任，不亦重乎？死而後已❹，不亦遠乎。」

【譯文】曾子說：「讀書人必須志氣遠大，處事堅毅不屈，因為他所要擔負的責任是那麼的重大，所要完成的目標是那麼的遙不可及。以實行仁道為自己的責任，這個擔子不是很重嗎？直到死後才能停歇，這條路不是很遠嗎？」

【章旨】記述讀書人應有的胸懷。

【註釋】❶士：指一般讀書人。❷弘毅：弘，大也。毅，堅強不屈。謂志氣遠大，處事堅毅不屈。❸任重而道遠：所擔負的責任重大，而所要達成的目標又遙不可及。任，當動詞用，擔負之意。❹死而後已：直到死後才能停歇。已，停止。

（八）

子曰：「興於詩❶，立於禮❷，成於樂❸。」

【譯文】孔子說：「詩歌可以激發人好善惡惡之心，禮節可以端正人的行為，樂曲可以成就人完美的品格。」

【章旨】記述詩、禮及樂對人的莫大助益。

【註釋】❶興於詩：興，興發、鼓舞。謂詩歌本為性情之作，故能激發人好善惡惡之心。❷立於禮：禮以恭敬謙讓為本，故學禮可以立身。❸成於樂：音樂可陶冶人的性情，滌除邪穢之氣，故能成就完善的品格。

（九）

子曰：「民可使由之❶，不可使知之❷。」

【譯文】孔子說：「可以使人民遵照命令去做，卻不可能讓他們都瞭解為何要如此做。」

【章旨】記述治國使民要得其法，人民雖不知亦能行。

【註釋】❶由之：遵行。之，當代名詞，指所差遣之事。❷知之：瞭解為何要如此做。

(十)

子曰：「好勇疾貧❶，亂也。人而不仁，疾之已甚❷，亂也。」

【譯文】孔子說：「一個人好逞勇氣卻厭恨身處貧困環境，必然會做出背亂的事。一個沒有仁德的人，如果被過分地厭恨，以致走投無路，也必會做出背亂的事。」

【章旨】記述禍亂的因由，並以勉人。

【註釋】❶疾貧：疾，厭憎。疾貧，即厭恨貧窮。❷疾之已甚：過份厭恨他們。之，指不仁的人。已甚，即太甚。

(十一)

子曰：「如有周公之才之美❶，使驕且吝❷，其餘不足觀也已！」

【譯文】孔子說：「一個人如果有周公那樣的智慧和才幹，卻驕傲而且自私，那麼其他的品德為人也就不必再觀察了。」

【章旨】記述有才華不足為貴，貴在有謙沖的美德。

【註釋】❶有周公之才之美：像周公一樣具有高超的智慧和才能。❷使驕且吝：假使驕傲而且自私。吝，自私。

（十二）

子曰：「三年學，不至於穀❶，不易得也。」

【譯文】孔子說：「經過三年的學習，心裡始終沒有追求祿位念頭的人，是不太容易見到的。」

【章旨】本章乃勉人專心向學，不可心有旁騖。

【註釋】❶不至於穀：穀，俸祿。此句謂心裡沒有追求祿位的念頭。朱熹疑「至」當作志。孔安國以為「穀」當解作善，謂不能端正自己的言行使歸於善，則所學可謂徒勞無功。

（十三）

子曰：「篤信好學❶，守死善道❷。危邦不入❸，亂邦不居。天下有道則見❹，無道則隱。邦有道，貧且賤焉，恥也；邦無道，富且貴焉，恥也。」

【譯文】孔子說：「堅定自己的信念勤求學問，堅守聖賢之道絕不更搖。不進入政局波動不定的國家，不住在綱紀紊亂、暴亂頻仍的國度。天下政治清明時即出來做官，貢獻一己的心力，政治混亂時則隱退不出。因為國家安定的時候，如果仍處在貧困卑賤中，是一件可恥的事；國家政治混亂時，如果反而富貴榮顯，也是一件可恥的事。」

【章旨】本章乃勉勵人固守正道。

【註釋】❶篤信好學：堅定自己的信念勤求學問。❷守死善道：守死，即死守、堅守。善道，即聖賢之道。謂堅守聖賢之道，絕不動搖放棄。❸危邦：政局不定、即將有動亂的國家。❹有道則見：見同現。謂政治安定清明時即出來做官，貢獻一己的心力。

(十四)

子曰：「不在其位，不謀其政❶。」

【譯文】孔子說：「如果不是位居該職，則不可隨便踰越權限去謀劃非自己權限內所應管理之事。」

【章旨】記述為人臣子應守本分，不可僭越無禮。

【註釋】❶不謀其政：謀是謀劃。其政，指非其所應管理之政事。

(十五)

子曰：「師摯之始❶，關雎之亂❷，洋洋乎❸，盈耳哉❹！」

【譯文】孔子說：「從師摯開始奏起樂章，直到關雎的末章樂曲結束，整首詩篇是那麼的精采，那麼的悅耳動聽啊！」

【章旨】本章乃讚賞詩樂之美。

【註釋】❶師摯之始：師摯，魯國樂師，名摯。始，音樂的開始。古樂曲的大節有歌有笙，有間有合。始於升歌，終於合樂。❷關雎之亂：關雎是《詩經》的一個篇名。亂，音樂的末章。古詩賦篇末皆有亂，以總發其要旨。❸洋洋乎：美盛貌。❹盈耳：樂聲充塞於耳。喻其動聽悅耳。

(十六)

子曰：「狂而不直❶，侗而不愿❷，悾悾而不信❸，吾不知之矣！」

【譯文】孔子說：「外表狂放不羈表現的卻不夠率直，外貌純潔無知卻不忠厚老實，外表誠懇恭敬卻不守信用，這樣的人我實在無法了解他們啊！」

【章旨】本章乃勉人以正直忠信自持。

【註釋】❶狂而不直：謂狂放不羈的人個性應該是直爽的卻不直爽。❷侗而不愿：侗，無知貌。愿：忠厚貌。謂無知的人應該是忠厚老實的，卻一點也不忠厚老實。❸悾悾而不信：悾悾，誠懇貌。謂誠懇的人應該是守信的卻不守信。

(十七)

子曰：「學如不及❶，猶恐失之❷！」

【譯文】孔子說：「做學問的態度要彷彿來不及似的，雖已學得的東西還擔心會遺忘。」

【章旨】本章乃勉人勤求學問。

【註釋】❶學如不及：謂勤求學問彷彿怕來不及似的。❷猶恐失之：謂雖已學得卻仍怕遺忘。

(十八)

子曰：「巍巍乎❶，舜、禹之有天下也，而不與❷焉。」

【譯文】孔子說：「虞舜和夏禹的德行真是崇高無比啊！他們雖然擁有天下，卻不引以為榮。」

【章旨】本章乃讚美舜、禹之德行。

【註釋】❶巍巍乎：高大貌。讚美舜、禹的賢德。❷不與：不以擁有天下為榮。與，參與。

(十九)

子曰：「大哉，堯之為君也！巍巍乎，唯天為大❶，唯堯則之❷！蕩蕩乎❸，民無能名焉❹！巍巍乎，其有成功也❺！煥乎❻，其有文章❼！」

【譯文】孔子說：「像堯帝這樣賢明的君王真是太偉大了！他的功德實在崇高無比，世界上只有天是最高大的，而只有堯帝的功德可以與之相提並論。他那寬廣遼闊的氣度，人民實無法用言語來形容。他所成就的豐功偉業是那麼的崇高，所制定的文物制度又是那麼的光輝燦爛啊！」

【章旨】本章乃讚美堯帝之崇高德行。

【註釋】❶唯：只有。❷則之：則，效法。之，代名詞，指天。謂可與天齊。❸蕩蕩乎：廣遠貌。❹民無能名焉：名，形容。謂堯帝之德人民無法用言語來形容。❺成功：成就功業。❻煥乎：光明貌。❼文章：指文物制度。

(二〇)

舜有臣五人❶，而天下治，武王曰：「予有亂臣十人❷。」孔子曰：「『才難❸』，不其然乎？唐虞之際，於斯為盛❹，有婦人焉，九人而已。三分天下有其二，以服事殷❺；周之德，其可謂至德也已矣！」

【譯文】舜帝有賢臣五人而能使天下大治，武王說：「我有足以治理政事的賢臣十人。」孔子說：「古人說『人才難得』，不是果真如此嗎？從唐堯虞舜之後，到了武王時代可以說是人才最盛的，但其中有一個是婦人，實際上只有九人而已。文王雖擁有三分之二的天下，但仍然以諸侯國之禮侍奉殷朝，周朝的德行大概可說是達到品德的極點了。」

【章旨】本章乃讚美周朝的聖德。

▲禹廟（位於浙江省紹興縣）

【註釋】❶五人：孔安國以為指禹、稷、契、皋陶和伯益。❷亂臣十人：亂，通𤔔，治也。十人，馬融謂指周公旦、召公奭、太公望、畢公、榮公、大顛、閎夭、散宜生、南宮适及文母（武王母太姒）。但朱熹認為文母為武王母，子不能以母為臣，故當指武王后，即太公女邑姜。❸才難：人才難得。❹唐虞之際於斯為盛：唐、虞，為堯、舜國號。之際，猶言之後。斯，指周武王時代。謂到了周武王時代可算是人才鼎盛。❺以服事殷：以諸侯之禮侍奉殷朝。《左傳．襄公四年》：「文王率商之畔國以事紂，蓋天下歸文王者六州，荊、梁、雍、豫、徐、揚也，惟青、兗、冀尚屬紂耳。」

(三)

子曰：「禹，吾無間然❶矣！菲飲食❷，而致孝乎鬼神❸；惡衣服❹，而致美乎黻冕❺；卑宮室❻，而盡力乎溝洫❼。禹，吾無間然矣！」

【譯文】孔子說：「大禹，我找不出他有什麼缺點可以批評的。他的飲食極為簡單，但對祭祀用的祭品卻力求豐潔以孝敬鬼神；自己穿的衣服很粗劣，但祭祀用的禮服禮冠卻做得極為華麗；自己所住的房子很低陋，卻盡心盡力為人民開鑿田間水道。大禹，我實在找不出他有何缺點啊！」

【章旨】本章乃讚美大禹的德行。

【註釋】❶間：縫隙。謂可以指摘、批評的缺點。❷菲飲食：即飲食菲之倒裝句。菲，薄、簡單之意。❸致孝乎鬼神：致，盡力。謂祭祀鬼神時祭品極豐潔，猶如子女之孝敬父母般。❹惡衣服：即衣服惡之倒裝句。惡，粗劣之意。❺黻冕：祭祀穿著的禮服禮冠。❻卑：低陋。❼溝洫：田間的水道。

子罕第九

（一）

子罕❶言利，與❷命，與仁。

【譯文】孔子很少談及可獲得利益的事，只是贊同天命和仁德的重要性。

【章旨】記述孔子樂天知命，不貪求名利。

【註釋】❶罕：稀少。❷與：贊許，贊同。

（二）

達巷黨人❶曰：「大哉孔子！博學而無所成名❷。」子聞之，謂門弟子曰，「吾何執❸？執御❹乎，執射乎？吾執御矣。」

【譯文】達巷這個鄉里的人說：「孔子真是偉大啊！他學識淵博，卻不因專精於某一類科而成為專家。」孔子聽到這話，就對學生說：「我要專研什麼呢？專研駕車的技術嗎？還是專研射箭的技術呢？我看還是專研駕車的技術算了。」

【章旨】記述鄉人讚美孔子，及孔子自謙之戲言。

【註釋】❶達巷黨人：達巷，黨名。古時五百戶人家為一黨，相當於現在的村鎮。此句謂達巷黨的人。❷無所成名：無法在某一門科成為專家。朱注：「蓋美其學之博，而惜其不成一藝之名也。」❸執：固執，專研。❹御：駕車之術。

(三)

子曰：「麻冕❶，禮也，今也純❷，儉，吾從眾。拜下❸，禮也，今拜乎上，泰也❹。雖違眾，吾從下❺。」

【譯文】孔子說：「宗廟祭祀時戴黑色細麻布做的禮冠，這是禮制的規定。而現在卻改用黑絲冠，比用細麻做的節省很多，所以我還是和大家一樣用黑絲冠。臣子晉見君王時須先在堂下叩拜，這是禮制規定。而現在的人多改成直接登堂叩拜，這未免太驕慢了。雖然違逆眾人的作法，但我仍執意遵行古禮先在堂下叩拜。」

【章旨】記述孔子處世態度之圓通而不盲目從眾。

【註釋】❶麻冕：黑色細麻布製成的禮冠，為周朝宗廟祭祀所戴者。❷純：黑絲冠。質地雖然較美，但工較省。❸拜下：古時臣子向君王行禮，應先拜於堂下，待君王示意才可升堂再拜。❹泰：驕慢。❺從下：謂遵行禮制先在堂下叩拜。

▲冕圖

(四)

子絕❶四，毋意❷，毋必❸，毋固❹，毋我❺。

【譯文】孔子所戒絕的心態有四種：即不要隨意猜測，不要剛愎武斷，不要固執己見，不要自私自利。

【章旨】記述孔子為人處世的態度。

【註釋】❶絕：戒絕。❷毋意：毋，禁止之詞。意，臆測、猜測。❸必：必定如此，武斷之意。❹固：固執己見。❺我：自私，凡事以我為中心。

(五)

子畏於匡❶。曰：「文王既沒，文不在茲乎❷？天之將喪斯文也，後死者❸，不得與❹於斯文也。天之未喪斯文也，匡人其如予何？」

【譯文】孔子在匡地被圍而心生畏戒。他說：「文王既然已死，那麼傳承禮樂制度的責任不是在我身上嗎？如果上天有意斷喪這些禮樂制度，那麼我這後輩必然無從與聞這些禮樂制度。如果上天無意斷喪這些禮樂制度，則匡地的民眾又能把我怎樣呢？」

【章旨】記述孔子臨危不亂的精神表現。

【註釋】❶畏於匡：畏，謂因畏懼而生戒心。匡，地名，屬於衞國，在今河北省長垣縣。孔子離開衞國經過匡時，匡地民眾因孔子貌似季氏家臣陽虎，而圍困住他想殺他，經過五天才弄清楚真相。孔子因此心生畏戒。❷文不在茲：文，指禮樂制度。茲，指孔子自己。喻孔子以傳承周朝禮樂制度為己任。❸後死者：為孔子自稱。謂後文王而死者。❹與：與聞。

(六)

太宰❶問於子貢曰：「夫子聖者與❷？何其多能也？」子貢曰：「固天縱之將聖❸，又多能也。」子聞之，曰：「太宰知我乎？吾少也賤❹，故多能鄙事❺。君子多乎哉？不多也！」牢❻曰：「子云：『吾不試❼，故藝❽。』」

【譯文】太宰向子貢問說：「你的老師是個聖人嗎？不然為什麼有那麼多才藝技能呢？」子貢說：「當然是上天特別優寵，將使他成為聖人，所以有如此多的才能呀。」孔子聽到這些話後，說：「太宰他了解我嗎？我少年時出身低賤，所以才學會很多粗賤的技藝。一個有德的君子需要具備這麼多的才藝嗎？我想不需要這麼多才藝呀。」琴牢說：「老師曾說：『我不為世所用，由於有時間學習，所以能多才多藝。』」

【章旨】記述孔子不以聖者自居及自謙之詞。「牢曰」以下，邢疏及皇疏都另起一章，朱子則將其合併為一章。

【註釋】❶太宰：官名，為百官之長，又稱冢宰。此處乃指吳國太宰伯嚭。❷與：同歟，語尾疑問助詞。❸天縱之將聖：縱，放肆，謂不可限量。將，大也。謂上天有意優寵使之成為大聖人。❹賤：謂出身卑賤。❺鄙事：指粗重低賤的事情。❻牢：即琴牢，字子開，又字子張。為孔子學生。❼不試：試，任用。謂不為世所用。❽藝：具有多項才藝。

(七)

子曰：「吾有知乎哉？無知也。有鄙夫❶問於我，空空❷如也；我叩其兩端❸而竭❹焉。」

【譯文】孔子說：「你們認為我有知識嗎？其實我並沒有什麼知識啊！有個沒讀過書的人來問我，他的態度極為誠懇，我只能反問他問題的本末終始，而竭盡自己所知的一切來開導他。」

【章旨】記述孔子自謙及誨人不倦的教育態度。

【註釋】❶鄙夫：鄙陋無知，沒讀過書的人。❷空空如也：如，語助詞。空空，同悾悾，誠懇貌。❸叩其兩端：叩，反問、推敲。兩端，指問題的本末終始。❹竭：盡力。謂盡其所知以教導。

(八)

子曰：「鳳鳥不至，河不出圖，❶吾已矣夫！❷」

【譯文】孔子說：「鳳凰不再飛來，黃河也沒有龍馬負圖出現，我的理想恐怕不能實現了！」

【章旨】本章乃慨嘆世道之衰頹不振。

【註釋】❶鳳鳥不至，河不出圖：鳳鳥，即鳳凰。相傳舜帝繼位為天子時鳳凰曾經飛來，文王時也曾鳴於岐山。河，指黃河。傳說伏羲時代黃河出現龍馬，背毛彷彿八卦旋文，伏羲畫八卦即依據此圖。所謂鳳鳥至、河出圖，即是太平盛世的祥瑞徵兆。相反的，鳳鳥不至，河不出圖，即喻世道衰頹。❷已矣夫：已，停止。矣夫，語尾感嘆助詞。

(九)

子見齊衰者❶、冕衣裳者❷，與瞽者❸，見之，雖少必作❹，過之必趨❺。」

【譯文】孔子看到穿著喪服的人、穿戴禮服禮帽的官員，以及盲人時，即使對方年紀比自己小也要站起來，經過他們身邊時必定快步走過。

【章旨】記述孔子禮讓的處世態度。

【註釋】❶齊衰：衰同縗，即粗麻布。凡喪服以粗麻製做而不縫邊的稱斬衰，縫邊的稱為齊衰。❷冕衣裳：指官員的禮服。冕是大夫以上者所戴的禮帽。❸瞽者：盲人。❹雖少必作：作，起立。謂雖然比自己年輕也要站起來，以示恭敬。❺過之必趨：趨，快步走過。謂經過他們身邊時必定快步走過。

(十)

顏淵喟然❶歎曰：「仰之彌高，鑽之彌堅❷，瞻❸之在前，忽焉在後！夫子循循然❹善誘❺人：博我以文❻，約我以禮❼。欲罷不能，既竭吾才，如有所立卓爾❽，雖欲從之，末由也已❾！」

【譯文】顏淵很感慨的嘆息說：「老師所傳授的學問道理，越仰望越令人覺得高不可及，越鑽研越令人覺得無法了解；看起來彷彿就在前面，一會兒又令人以為在後面。老師以循序漸進的方式一步步地誘導人進入情況。他教導我廣博學習各種典章制度，教導我以禮來約束自己的行為。我雖想放棄學習卻無法停止，當我竭盡了一切的才智，老師所教誨的道理才彷彿卓然呈現眼前，可是我雖想追隨在他後面，卻無從追隨啊！」

【章旨】本章乃顏淵讚嘆孔子聖德之崇高不可及。

【註釋】❶喟然：嘆息貌。❷仰之彌高，鑽之彌堅：彌，更加。鑽，鑽研、窮究。之，指孔子所傳授的學問道理。此句謂孔子所傳授的學問道理，越仰望越覺得高不可及，越深入鑽研越覺得無法了解。❸瞻：仰目觀看。❹循循然：有次序貌。❺善誘：善於誘導、引進。❻博我以文：教導我廣博學習各種典章制度。❼約我以禮：教導我以禮來約束自己的行為。❽如有所立卓爾：卓爾，卓然而立的樣子。謂孔子所教誨的道理彷彿卓然呈現在眼前。❾末由也已：也已，語尾感嘆助詞。謂無從遵行。

(十二)

子疾病，子路使門人為臣❶，病間❷，曰：「久矣哉，由之行詐❸也！無臣而為有臣，吾誰欺❹？欺天乎？且予與其死於臣之手也，無寧死於二三子之手乎❺！且予縱不得大葬❻，予死於道路乎？」

【譯文】有一次孔子患了重病，子路分派其他學生裝扮成家臣的模樣。待孔子病情稍癒後，他說：「仲由施行這種詐術恐怕很久了吧！我本來就沒有家臣，卻假裝成有家臣的樣子，我能欺騙誰呢？欺騙天嗎？況且與其死在家臣的手裡，我倒寧可死在你們這些學生的身邊，縱然不能用君臣的禮節斂葬，我難道會死在道路上沒人理睬嗎？」

【章旨】記述孔子篤實不欺的處世態度，並以責備子路。

【註釋】❶使門人為臣：分派其他學生假扮成家臣的模樣。❷病間：病稍癒。❸行詐：指沒有家臣卻故意假扮有家臣。❹吾誰欺：即吾欺誰。❺二三子：指其學生。❻大葬：用君臣的禮節斂葬。

(十三)

子貢曰：「有美玉❶於斯，韞匵❷而藏諸❸？求善賈❹而沽❺諸？」子曰：「沽之哉！沽之哉！我待賈者也！」

【譯文】子貢說：「如果有一塊美玉在這兒，您要把它裝在匣子裡收藏起來呢？還是找個好價錢把它賣了呢？」孔子說：「我當然會賣掉它，當然會賣掉它！我正在等待一個好價錢把它賣了呢！」

【章旨】記述子貢勸孔子出仕，孔子說自己正在等待良機。

【註釋】❶美玉：比喻孔子。❷韞匵：韞，收藏。匵，裝珠寶的小匣子。韞匵，謂藏於匣子。比喻孔子藏其才華不為世用。❸諸：之乎，語尾疑問助詞。❹善賈：好的價錢。但亦可解作識貨的商人，比喻賢君。❺沽：賣掉。

(十三)

子欲居九夷❶。或曰：「陋❷，如之何？」子曰：「君子❸居之，何陋之有！」

【譯文】孔子想前往東夷居住。有人說：「那兒既偏僻民風又未開化，您怎能居住在那兒呢？」孔子說：「有仁德的君子居住在那兒，怎會嫌它偏僻未開化呢？他將以道德禮制來教化人民，使蠻荒地方變成純樸有禮的社會。」

【章旨】記述孔子因道之不行而有意隱遁。

【註釋】❶九夷：東方蠻族稱為夷。九夷即東夷，為古代箕子的封國，即朝鮮之地。❷陋：偏僻未開化。❸君子：指孔子自己。或說指箕子。箕子建國，施仁佈教，故孔子說何陋之有。

(十四)

子曰：「吾自衛反魯，然後樂正❶，雅頌❷各得其所。」

【譯文】孔子說：「我從衛國回到了魯國，潛心研究，然後使樂曲獲得訂正，雅、頌等音律各得恢復其原來的面貌。」

【章旨】記述孔子正樂之事。

【註釋】❶樂正：訂正樂章。孔子自衛國返回魯國後，見魯國朝綱紊亂，乃潛心研究典籍，刪詩，制禮，作樂。❷雅頌：詩篇中有雅頌，樂律中亦有雅頌，謂中正和平的音律。

(十五)

子曰：「❶出則事公卿，❷入則事父兄，喪事不敢不勉❸，不為酒困❹，何有❺於我哉？」

【譯文】孔子說：「出外任官則盡心為公卿長官效力，回到家裡則盡心侍奉父親兄長，辦理喪事時不敢不盡力合乎禮節，即使喝了點喪酒也不會因酒誤事，這些事情對我來說有何因難呢？」

【章旨】記述孔子自信平居處事皆能合宜。

【註釋】❶出：出仕，任官。❷入：居家。❸勉：盡力於禮。❹不為酒困：不因為喝了點（喪）酒而誤事。困，亂也。❺何有：何難之有。

(十六)

子在川上曰：「逝者如斯夫❶！不舍❷晝夜。」

【譯文】孔子漫步到一條河流旁邊，不禁感嘆地說：「過去的種種就像這河水一樣，不分日夜地往前奔流不停。」

【章旨】本章乃孔子慨嘆歲月之易逝。

【註釋】❶逝者如斯夫：逝者，指過往的種種事物。斯，指流水。夫，語尾感嘆詞。❷舍：古同捨，停止之意。

(十七)

子曰：「吾未見好德❶如好色者也。」

【譯文】孔子說：「我從來沒看過愛好品德修養，就像喜愛接近女色一樣的人。」

【章旨】記述孔子慨嘆時人多不知進德修業而只知玩樂。

【註釋】❶好德：愛好、重視品德的修養。

(六)

子曰：「譬如為山❶，未成一簣❷，止，吾止也！譬如平地❸，雖覆❹一簣，進，吾往也！」

【譯文】孔子說：「譬如要堆積一座山，只差一畚箕的泥土就可完成了，卻停止下來，這是我自己要停止的。又譬如要填平一個坑洞，雖然只倒了一畚箕的泥土，但仍然繼續賣力做，這也是我自己願意繼續向前邁進的。」

【章旨】本章乃勉人處事須有恆心。

【註釋】❶為山：堆積泥土成一座山。❷未成一簣：簣，如畚箕之類的盛土竹器。謂因為少了一簣泥土而未能完成。❸平地：將坑洞填平。❹覆：覆蓋，覆加。

(九)

子曰：「語之而不惰者❶，其❷回也與❸？」

【譯文】孔子說：「告訴他某些道理之後能立即努力實踐的人，大概只有顏回吧！」

【章旨】記述孔子讚美顏回之勤學。

【註釋】❶語之而不惰：語，告訴。之，代名詞。惰，怠惰。此句謂告訴他之後能立即努力實踐而不偷懶。❷回：指顏回。❸與：同歟，語尾助詞。

(二〇)

子謂顏淵，曰：「惜乎❶！吾見其進也，未見其止也！」

【譯文】孔子提到顏淵時，就說：「真是可惜啊！我只看到他不斷地增進自己的品德學識，卻從未看過他停止用功啊！」

【章旨】本章乃讚美顏回之奮發上進，並為其早死而惋惜。

【註釋】❶惜乎：因顏回早死而感到惋惜。

(二)

子曰：「苗而不秀者❶，有矣夫！秀而不實者❷，有矣夫！」

【譯文】孔子說：「禾苗成長後卻不開花，這種情形的確有啊！開花後卻不結稻穀的，這種情形也的確有啊！」

【章旨】記述為學應循序漸進，切忌始勤終怠。或說為孔子痛惜顏回之辭。

【註釋】❶苗而不秀：秀，開花。謂禾苗成長後卻不開花。喻顏淵早死。❷秀而不實：實，結稻穀。謂開花之後卻不結稻穀。

(三)

子曰：「後生可畏❶，焉知❷來者❸之不如今❹也？四十五十而無聞❺焉，斯亦❻不足畏也已！」

【譯文】孔子說：「後生晚輩是值得敬畏的，我們怎能知道後來的人必然不如我們這一代的人呢？但一個人如果到了四、五十歲還沒沒無聞，那麼這個人就不值得敬畏了。」

【章旨】本章乃勉人及時努力勤求學問。

【註釋】❶後生可畏：後生，指晚輩。年輕力強的人只要肯發憤努力，其成就必不可限量，所以是可敬畏的。❷焉知：怎知。❸來者：即後生晚輩。❹今：指這一代的人。❺無聞：沒沒無聞，毫無成就或聲望。❻斯：轉折語，同則。

(三)

子曰：「法語之言❶，能無從乎？改之為貴。巽與之言❷，能無說❸乎？繹❹之為貴。說而不繹，從而不改❺，吾末❻如之何也已矣！」

【譯文】孔子說：「別人嚴正告誡的話，能不聽從嗎？但能夠改過遷善才是真正可貴的。別人委婉相勸的話，聽了能不感到高興嗎？但能夠細心尋思話裡的意思才是真正可貴的。雖然聽了很高興卻不仔細尋思，或只是表面聽從卻不改正，像這樣的人我對他也無可奈何了！」

【章旨】本章乃勉人虛心接受勸諫，並努力改過向善。

【註釋】❶法語之言：嚴正告誡的話。❷巽與之言：委婉相勸的話。巽，恭敬柔順。❸說：

同悅。❹繹：尋思，省察。❺說而不繹，從而不改：謂聽到他人委婉相勸的話，雖然高興卻不仔細尋思，則無法知其用意。聽到他人嚴正告誡的話，雖然遵從卻不予改正，這也只是表面上礙於情勢而不得不從。❻末：同莫。

(二四)子曰：「主忠信，毋友不如己者，過則勿憚改。」

【譯文】【章旨】【註釋】本章重覆，見〈學而第一〉第八章（20頁）。

(二五)子曰：「三軍可奪帥也❶，匹夫不可奪志也❷。」

【譯文】孔子說：「三軍人數雖眾，但其將領卻有被俘的可能，而一個平民若能堅守其志，則任何人也無法改變他的志節。」

【章旨】本章乃勉人堅定意志。

【註釋】❶三軍可奪帥：三軍泛稱軍隊。謂軍隊人數雖眾，若心志不一，士氣低落，則有兵敗將

帥被俘的可能。奪，俘虜。❷匹夫不可奪志：謂一個人若能堅守其志，則別人無論如何也無法強行改變其志節。匹夫，指平民百姓。

(二六)

子曰：「衣敝縕袍❶，與衣狐貉❷者立，而不恥者，其由也與！『不忮不求，何用不臧❸？』」子路終身誦之。子曰：「是道也，何足以臧？」

【譯文】孔子說：「穿著破舊的棉袍，和穿著狐貉皮衣的人站在一起，而不會感到羞恥自卑的，恐怕只有仲由吧！『不猜忌怨恨別人，也不貪得無厭，像這種人還有什麼不好的呢？』」子路聽了孔子這番讚揚他的話，就經常掛在嘴邊誦讀。於是孔子說：「這只是做人的基本道理罷了，有什麼值得稱道的呢？」

【章旨】記述孔子讚美子路，及子路受誇沾沾自喜之情。

【註釋】❶衣敝縕袍：衣，穿著。敝，破舊。縕袍，新舊棉絮摻雜製成的袍子。此句意即穿著破舊的棉袍。❷狐貉：用狐、貉的皮製成的衣裝。喻貴重的服飾。❸不忮不求，何用不臧：出自《詩經．邶風．雄雉篇》。忮，嫉恨、猜忌。求，貪求。臧，美善。謂不猜忌怨恨別人，也不貪得無厭，這樣有何不好呢。

(二七)

子曰：「歲寒❶，然後知松柏之後彫❷也。」

【譯文】孔子說：「到了隆冬嚴寒的季節，才知道在其他的花草樹木都凋落後，只有松柏依舊傲然挺立著。」

【章旨】本章勉人效法松柏之堅毅不屈。

【註釋】❶歲寒：指隆冬嚴寒的時候。❷松柏之後彫：彫同凋。謂其他花草樹木皆凋零後，松柏猶傲然挺立。此處是以松柏比喻君子。

(二八)

子曰：「知者不惑，仁者不憂，勇者不懼❶。」

【譯文】孔子說：「一個有智慧的人不會彷徨迷惑，一個有仁德的人不會憂慮不安，一個有勇氣的人不會畏懼退縮。」

【章旨】記述孔子對知、仁、勇之闡示。

【註釋】❶「知者不惑」三句：知同智。邢昺疏：「知者明於事，故不惑；仁者知命，故無憂患；勇者果敢，故不恐懼。」

(廿九)

子曰：「可與共學❶，未可與適道❷。可與適道，未可與立❸。可與立，未可與權❹。」

【譯文】孔子說：「可以和他人共同研究學問，卻未必能和他一起走向正道。即使可以和他一起走向正道，也未必能和他一起立志篤行。即使可以和他一起立志篤行，也未必能和他從同一個角度去衡量事情的輕重。」

【章旨】記述志同道合之難得。

【註釋】❶共學：共同研究學問。❷適道：適，前往。適道，謂步上正道。❸立：立志篤行，堅定不移。❹權：衡量輕重，使合於義理。

(三)「唐棣之華，偏其反而；豈不爾思？室是遠而。」❶子曰：「未之思也，夫何遠之有？」

【譯文】「唐棣的花朵翩然翻舞著，我怎會不想念你呢？只是你住的地方太遠了。」孔子批評說：「恐怕是不想念吧！如果想念的話還會覺得路途遙遠嗎？」

【章旨】藉著詩評勉人力行。

【註釋】❶「唐棣之華」四句：為古逸詩。唐棣又作棠棣，樹木名。華即花。偏同翩。反同翻。而，語尾助詞。偏其反而，形容花被風吹拂時翩然翻舞、搖曳生姿的樣子。爾思，即思爾，思念你的意思。

鄉黨第十

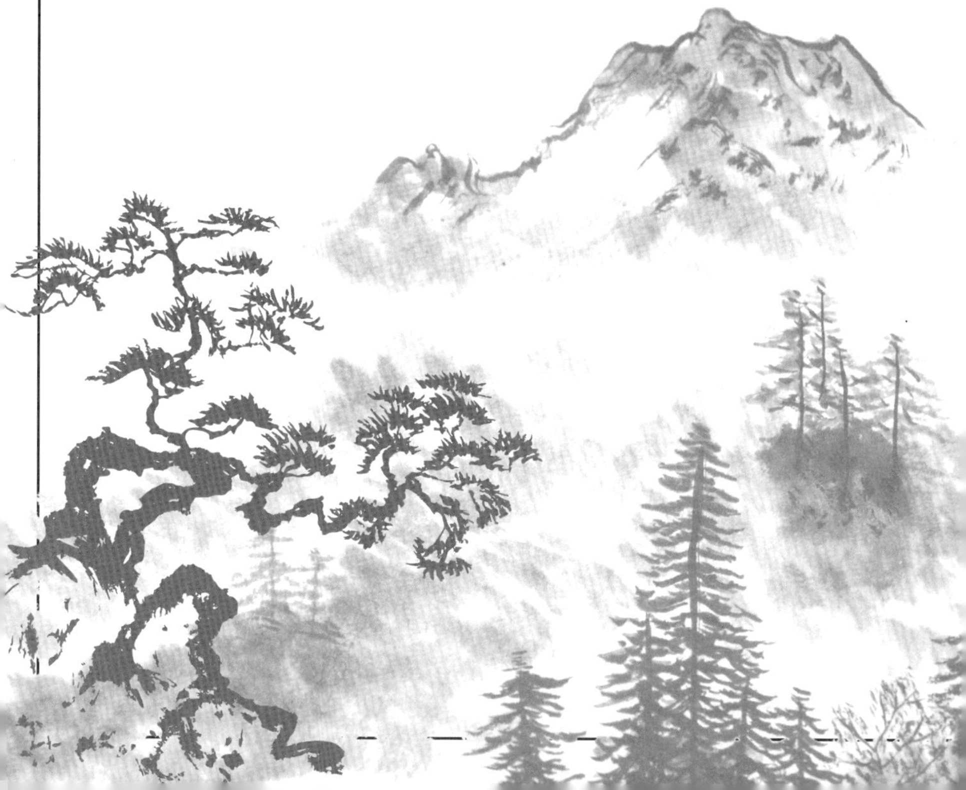

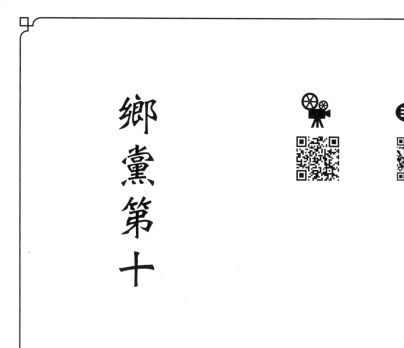

(一)孔子於鄉黨❶，恂恂如也❷，似不能言者。其在宗廟朝廷❸，便便言❹，唯謹爾❺。

【譯文】孔子在鄉里的時候，行事恭謹信實，表面上看起來好像不大會說話的樣子。但是在魯國的祖廟或議論政事的朝廷上，說起話來卻有條不紊，言論精闢周詳，而且態度極為恭敬謹慎。

【章旨】記述孔子之謹言慎行。

【註釋】❶鄉黨：即鄉里。古時五百戶人家為一黨。❷恂恂如：恭謹信實貌。如，猶然。❸宗廟朝廷：宗廟，指魯君的祖廟。朝廷，指魯國君臣商議政事的場所。❹便便言：謂言論精闢有條理。❹唯謹爾：唯，發語詞。爾，語尾助詞，同耳。

(二)朝❶與下大夫言，侃侃如也❷。與上大夫言，誾誾如也❸。君在，踧踖如❹也，與與如也❺。

【譯文】孔子在朝廷上與下大夫說話，態度從容而剛直。和上大夫說話，態度和順而不卑不亢。國君臨朝時，態度表現得極為恭敬，威儀舉止都合乎禮節。

【章旨】記述孔子在朝廷上言行之恭敬重禮。

【註釋】❶朝：在朝廷上。❷侃侃如：剛直從容貌。如，猶然。❸誾誾如：辯論時態度和順貌。❹踧踖如：恭敬貌。❺與與如：威儀適中貌。

(三)

君召使擯❶，色勃如也❷，足躩如也❸。揖所與立❹，左右手❺，衣前後，襜如❻也。趨進，翼如也❼。賓退，必復命，曰：「賓不顧矣❽。」

【譯文】魯君召派孔子為接待賓客的儐相，孔子接待賓客時，表情顯得極為莊重，走起路來穩重而謹慎。當他向其他同為儐相的人打躬作揖時，在左邊的人就把手移向左邊，在右邊的人就把手移向右邊，他的禮服前後襟整齊的擺動著。當他疾趨向前迎接賓客時，神色是那麼的恭敬，一點也沒有莽撞冒失的模樣。等到賓客離去時，他必定向魯君覆命說：「賓客已經離開了。」

【章旨】記述孔子任儐相時恭敬盡職之情形。

【註釋】❶擯：通儐，即接待賓客的儐相。❷勃如：莊矜貌。❸躩如：疾行而恭謹貌。❹揖所與立：所與立，指同為儐相者。此句謂向同為儐相的人打躬作揖。❺左右手：謂向左邊的人作揖時，就將手移向左邊，向右邊的人作揖時，就將手移向右邊。❻襜如：整齊貌。❼翼如：恭敬貌。❽賓不顧：謂賓客已去。

(四)

入公門❶，鞠躬如也❷，如不容❸。立不中門❹，行不履閾❺。過位❻，色勃如也，足躩如也，其言似不足者❼。攝齊❽升堂，鞠躬如也，屏氣似不息者❾。出，降一等❿，逞顏色⓫，怡怡如也⓬。沒階，趨進⓭，翼如也。復其位，踧踖如也。

【譯文】孔子進入君王的宮門時，必定低頭彎腰好像鞠躬般的走進去，彷彿宮門太低似的。而且絕不站在門中間，經過門檻時也絕不踐踏門檻。經過君王的座位時，雖然君王不在，神色也極為莊重，走路時穩重而謹慎，與人談論態度極為敬慎，彷彿未能把話說完似的。他撩起衣服的下擺然後登上宮殿，仍然是彎著腰低著頭，屏住氣息彷彿停止呼吸似的。朝見之後走下一級臺階，才舒展開嚴肅凝重的臉色。現出高興和樂的樣子。走下臺階疾趨前進，顯得極為恭敬。再經過外朝君王的座位時，又表現出畢恭畢敬的神色。

【章旨】記述孔子上朝時恭謹的神態。

【註釋】❶公門：指君王的宮門。古時諸侯有三個宮門，由外而內為庫門、雉門、路門。❷鞠躬如：低頭彎腰如鞠躬的樣子。表示極其恭敬。❸如不容：宛如宮門太低無法讓他挺直走入。❹立不中門：即不立門中。❺行不履閾：履，踐踏。閾，門檻。謂經過門檻時絕不踩門檻。❻過位：位，指君王的寶座。謂經過君王的座位時，雖然君王不在也應示敬。❼其言似不足者：謂說話極其敬慎，彷彿未能把話說完似的，而不放肆地暢所欲言。❽攝齊：攝，撩起。齊，衣服的下襬。❾不息：停止呼吸。❿等：臺階。⓫逞顏色：舒展嚴肅恭敬的神色。⓬怡怡然：和悅貌。⓭沒階，趨進：走下臺階向前趨進。臧琳《經義雜記》謂：「《史記．孔子世家》作沒階趨進；《儀禮．聘禮注》引《論語》同。趨進者，趨前之謂也。」

(五)

執圭❶，鞠躬如也，如不勝❷。上如揖，下如授❸，勃如戰色❹，足蹜蹜❺如有循。享禮❻，有容色❼。私覿❽，愉愉如也❾。

【譯文】孔子手持圭玉到鄰國聘問時，必然彎腰低頭、畢恭畢敬地，彷彿圭玉太重拿不起似的。他用雙手把圭捧在胸前，最高不超過作揖時的雙手高度，最低不超過拿東西給人時手的高度。小心謹慎，唯恐失禮，行走時步伐很小，彷彿循著一定的路線走似的。獻上各種珍貴禮物後，才露出一點從容和悅的臉色。正式的聘問之禮結束後，以私人身分與鄰國國君見面時，神色顯得十分欣悅歡愉。

【章旨】記述孔子聘問鄰國時之敬慎重禮。

【註釋】❶執圭：圭，上圓下方的玉器。古時諸侯間相互聘問，須持圭作為信物。❷如不勝：彷彿圭太重拿不起似的。比喻恭謹敬慎的樣子。❸上如揖，下如授：謂執圭時最高不超過作揖時的雙手高度，最低不超過以物與人時的位置。❹勃如戰色：謂恭敬謹慎唯恐失禮。戰色，顫慄恐懼的神色。❺蹜蹜：舉足促狹貌。❻享禮：享，進獻。謂代君主致意之後，獻上圭玉以示誠敬，並進獻各種珍貴禮物的禮儀。❼容色：從容和悅的神色。❽私覿：覿，見也。謂以私人身分和該國國君相見。❾愉愉如也：歡愉欣悅貌。

(六)君子不以紺緅❶飾❷，紅紫不以為褻服❸。當暑，袗絺綌❹，必表而出之❺。緇衣羔裘❻，素衣麑裘❼，黃衣狐裘❽，褻裘長❾，短右袂❿。必有寢衣⓫，長一身有半⓬。狐貉之厚以居⓭。去喪⓮，無所不佩⓯。非帷裳⓰，必殺⓱之。羔裘玄冠，不以弔。吉月⓲，必朝服而朝。

【譯文】孔子從不用天藍色或深紅色做衣服的滾邊，居家也一不穿紅色或紫色的便服。在夏天穿著單薄的葛衣時，裡頭必定穿著內衣。冬天穿著黑羊皮製的皮裘時，外頭必定罩上黑色衣服；穿著小鹿皮製的皮裘時，外頭必定罩上白色衣服；穿著狐狸皮製的皮裘時，外頭必定罩上黃色衣服。居家穿著的皮衣較長些，但右手袖子則較短。所蓋的被褥為身長的一倍半。因為狐、貉的毛較厚暖故用來做墊子。除了穿著喪服外，其他時候經常佩帶各種玉飾。除了朝祭的禮服外，其他的衣裳必定斜幅縫製。從不穿著黑羊皮製的皮衣戴黑色帽子參加弔喪。每月初一，必定穿著朝服上朝議事。

【章旨】記述孔子平居之服飾。

【註釋】❶紺緅：紺，天藍色。緅，深紅色。❷飾：裝飾，即滾邊。❸褻服：褻，私也。謂居家穿著的衣服。❹袗絺綌：袗，單衣。絺，精細的葛布。綌，粗葛布。謂穿著單薄的葛衣。❺表而出之：穿在外頭。❻緇衣羔裘：緇衣，黑色衣服。羔裘，以黑羔羊皮做成的皮衣。謂以黑色衣服罩在羔裘外。❼素衣麑裘：素衣，白色衣服。麑裘，以小鹿皮製成的皮衣，近於白色。謂以白色衣服罩在麑裘外。❽黃衣狐裘：狐裘，以狐狸皮製成的皮衣，色近於黃。謂將黃色衣服罩在狐裘外。❾褻裘長：家居所穿的皮衣可以長些。❿短右袂：袂，衣袖。謂右手袖子須短些以便做事。⓫寢衣：指小臥被。⓬長一身有半：有同又。謂其長度為身長的一倍半。程頤以為「必有寢衣，長一身有半」應當在後一章「必有明衣」下。⓭狐貉之厚以居：居，坐也。謂狐、貉毛厚且溫暖可用來做坐墊。⓮去喪：脫去喪服。⓯無所不佩：謂經常佩帶各種玉飾。⓰帷裳：指朝祭時所穿的禮服。⓱殺：裁剪。謂斜幅縫製，使不與朝祭禮服相混。⓲吉月：每月初一。

(七)

齊❶，必有明衣❷，布。齊必變食❸，居必遷坐❹。

【譯文】齋戒沐浴時，一定先準備好潔淨的、用布做的衣服。而且齋戒時必定改變飲食，不喝酒不吃葷，平常坐息的地方也有所改變。

【章旨】記述齋戒之禮。

【註釋】❶齊：古同齋。古人在祭祀前必先齋戒沐浴，以示虔敬。❷明衣：齋戒沐浴後所穿的布衣。皇侃疏：「齋浴時所著之衣也。浴竟身未燥（乾），未堪著好衣，又不可露肉，故用布為衣，如衫而長身也，著之以待身燥。❸變食：變更飲食，即不喝酒不吃葷，猶今所謂吃素。❹遷坐：改變平常坐息之處。

▲《孔子聖蹟圖》（明・仇英繪）

(八)

食不厭精，膾不厭細❶。食饐而餲❷，魚餒而肉敗❸，不食。色惡不食，臭❹惡不食。失飪❺不食，不時❻不食。割不正不食，不得其醬不食。肉雖多，不使勝食氣❼。唯酒無量，不及亂❽。沽酒市脯❾不食。不撤薑食❿，不多食。祭於公，不宿肉⓫。祭肉不出三日，出三日，不食之矣。食不語，寢不言。雖疏食菜羹瓜祭，必齊如也⓬。

【譯文】所吃的米飯舂得愈精白愈好，所吃的肉膾切得愈細愈好。米飯如果餿了而有腐味，魚肉如果腐敗變色了就不吃。顏色不對的絕對不吃，味道腥腐的也不吃，煮得不熟或過熟的不吃，不合時節的菜也不吃。肉切得不方正的不吃，沒有佐醬的也不吃。肉雖然很多，也不吃得比飯還多。雖然沒有限制一定的酒量但絕不喝醉酒鬧事。街市上買來的酒肉絕對不吃。飯後不立刻把生薑撤去，但也不會吃得太多。為國君助祭時所獲得賞賜的祭肉，常天就吃完或分送別人，絕不留到第二天。祭肉絕不留著超過三天，如果超過三天就不吃。吃飯時絕不說話，睡覺時也不發出聲音。雖然是以粗飯、菜湯和瓜果等物致祭，也必恭敬而虔誠。

【章旨】記述孔子飲食之合宜。

【註釋】❶食不厭精，膾不厭細：食，此處當名詞用，指飯。精，指舂得很精白的上等米。膾，細切的肉。朱熹說：「食精則能養人，膾粗則能害人。不厭，言以是為善，非謂必欲如是也。」❷食饐而餲：饐，食物經久而腐臭。餲，食物經久而變味。即謂飯餿了而有腐味。❸魚餒而肉敗：餒，魚爛。敗，腐敗。謂魚肉腐爛不能吃。❹臭：同嗅，氣味。❺失飪：煮得不熟或過熟。❻不時：不到吃飯的時間。鄭玄說：「非朝、夕、日中時。」但亦可解作不到時節的果蔬食物。❼不使勝食氣：不使菜肉多過於飯。❽不及亂：不至於醉酒惹事。❾沽酒市脯：沽、市，皆為買的意思。脯，肉乾。謂街上買來的酒肉，因怕不潔淨故不敢吃。❿不撤薑食：撤，撤去。謂薑有去臭通神的功效故飯後不必隨即撤去。⓫祭於公，不宿肉：謂為國君助祭，所獲得賞賜的祭肉，當天就吃完或分送別人，絕不留到第二天，以免腐壞。⓬雖疏食菜羹瓜祭，必齊如也：雖以菲薄的食品祭祀，也必然恭敬而虔誠。

(九)

席❶不正不坐。

【譯文】坐席如果沒有擺正就不坐。

【章旨】記述孔子坐席之恭敬合宜。

【註釋】❶席：坐席。古人席地而坐，席或雙層或三層，鋪於地上。

(十)

鄉人飲酒❶，杖者❷出，斯出矣。鄉人儺❸，朝服而立於阼階❹。

【譯文】孔子參加鄉飲酒禮時，一定等鄉裡的老人先走出然後才離開。鄉人舉行驅逐癘疫的儀式時，必定穿著朝服站在祖廟的東階上。

【章旨】記述孔子參與鄉裡盛典之行宜。

【註釋】❶鄉人飲酒：指鄉飲酒禮。古時鄉大夫三年一次宴飲賢能者，以舉薦於朝廷，或宴飲國中的賢者，或鄉長習射飲酒，或黨正蜡祭飲酒，均謂為鄉飲酒禮，為敬老尊賢的一種古禮。❷杖者：指老人。老人拄杖而行，故稱為杖者。❸儺：驅逐癘疫。❹阼階：即東階。古時主人接待賓客皆立於東階，故稱東階為阼階。

(十一)

❶問人於他邦，再拜而送之。❷康子❸饋藥，拜而受之，曰：「丘未❹達，不敢❺嘗。」

【譯文】孔子派人到他國探問友人，臨行時必定再次地拜謝，然後才送他上路。有一次，季康子派人贈送藥品給孔子，孔子拜謝後即接受，他對使者說：「我不懂得藥性，所以不敢嘗試，請不要見怪。」

【章旨】記述孔子待人接物之合宜。

【註釋】❶問：猶遺。派遣之意。❷康子：即季康子，為魯國上卿。❸饋：贈送。❹未達：未明藥性。❺嘗：嘗其味。古禮凡接受饋贈食品，必先嘗其味而後致謝，以表示敬意。

（十二）廄❶焚，子退朝，曰：「傷人乎？」不問馬。

【譯文】某日孔子家裡的馬廄失火了，孔子退朝回來時，關切地問說：「有沒有傷到人呢？」他只關心是否有人受傷，卻不問馬有沒有被燒傷。

【章旨】記述孔子重人賤畜。

【註釋】❶廄：馬廄。

（十三）君賜食，必正席先嘗之。君賜腥❶，必熟而薦❷之。君賜生❸，必畜❹之。侍食於君，君祭，先飯❺。疾，君視之，東首❻，加朝服拖紳❼，君命召，不俟駕行矣❽。

【譯文】君王賞賜食物時，必定恭恭敬敬地坐下來先品嘗看看。君王賞賜生肉時，必定先煮熟而後獻祭祖先。君王賞賜牲畜時，必定好好地畜養，而不立刻宰殺來吃。陪君王一起飲宴時，在君王祭祀前，必先嘗看看味道如何。臥病在牀時，君王前來探視，必定將頭朝向東邊，將朝服覆蓋在身上，並將官帶拉過來擺在上頭。君王召喚時，不等待馬車來接，立即徒步前去應命。

【章旨】記述孔子事君之禮。

【註釋】❶腥：生肉。❷薦：獻祭於祖。❸生：牲畜。❹畜：畜養。謂不忍立即殺食。❺君祭，先飯：飯，當動詞用，吃食。古人吃飯前必先祭於祖。君王祭祀時臣子須先嘗食以分辨其味道的好壞。❻東首：謂原病臥於北窗下，因為君王來探視而暫時遷於南窗下，頭向東邊。此時恰好君王坐北朝南，而臣位坐南朝北。❼加朝服拖紳：拖，引也。紳，朝服下垂的大帶。謂臥病在床無法穿衣束帶，又不能隨便穿著家居衣服見君王，所以只將朝服覆蓋於身上，再把大帶拉擺在上頭。❽不俟駕行矣：俟，等候。駕，馬車。謂聽到君王召喚，不等馬車來接，立刻徒步前往。

（十四）

入大廟，每事問。

【譯文】【章旨】【註釋】本章重覆，見〈八佾第三〉第十五章（67頁）。

(十五)朋友死，無所歸❶，曰：「於我殯❷。」朋友之饋❸，雖車馬，非祭肉，不拜❹。

【譯文】朋友死了，卻沒有親人為他料理喪事，不知道要歸葬在哪裡，孔子說：「就由我來殯殮吧！」對於朋友的饋贈，雖然是車馬之類的貴重禮物，卻不是祭享祖先的祭肉，故孔子並不拜謝。

【章旨】記述孔子交友之義。

【註釋】❶無所歸：謂無親人料理喪事，不知歸葬何處。❷於我殯：殯，入殮待葬。謂由我來殯殮埋葬。❸饋：贈送。❹非祭肉，不拜：拜，拜謝。謂敬其祖先。孔穎達謂：「不拜，有通財之義也。」

(十六)寢不尸❶，居不容❷。見齊衰者❸，雖狎必變❹。見冕者與瞽者❺，雖褻必以貌❻。凶服者式之❼。式負版者❽。有盛饌❾，必變色而作❿。迅雷、風烈必變⓫。

【譯文】睡臥時不像死屍般直挺挺地仰躺著，平日居家時也不擺出一副嚴肅的面容。看到穿著喪服的人，即使是平素很親近者也必定改變容貌露出憂戚哀悼之情。看到戴著禮帽的官員或盲人，即使是經常碰面者也必定很有禮貌地對待他們。若是坐在車上，看到穿著喪服的人，必定倚在車前的橫木上向他們示禮致敬，即使是挑著擔子做生意的小販也是如此向他們示禮致敬。參加盛宴時，必定肅容站起身來向主人致意。遇到迅雷交作或颳起大風時，必定變容正色。

【章旨】記述孔子待人接物之情形及其容貌神色之變化。

【註釋】❶寢不尸：睡覺時不像死屍般直挺挺地仰臥著。❷居不容：平日居家時不作出莊重嚴肅的儀容。但陸德明《經典釋文》及唐石經均作「居不客」。段玉裁說：「謂生不可似死，主不可似客也。」❸齊衰：喪服。以熟麻布裁製。❹雖狎必變：狎，親暱。變，變容。謂雖是平素很親近的人，也必定露出憂戚哀悼的神色。❺冕者與瞽者：冕者，戴著禮帽的官員。瞽者，盲人。❻雖褻必以貌：褻，經常見面。貌，禮貌。謂雖然經常碰面也必定很有禮貌地對待他們。❼凶服者式之：凶服，即喪服。式，倚靠在車前橫木示禮致敬。皇侃疏：「古人乘露車，皆於車中倚立。倚立難久，故於車箱上安一橫木以手隱憑之，謂之為較。又於較之下未至車床半許安一橫木，名為軾。若在車上應為敬時，則落手憑軾。憑軾則身俯僂，故云『式之』。」❽負版者：持國家圖籍的人。但武億和朱彬都以為版當讀如〈曲禮〉「雖負販者必有尊也」之販。俞樾《群經平議》也說：「式負版者，與上句『凶服者式之』共為一事；言子見凶服者必式，雖負販者亦式之也。」負販者，即挑著擔子做生意的小販。❾盛饌：豐富的酒席。❿必變色而作：容色必定變得敬肅並站起身來。⓫迅雷、風烈必變：古人相信天象的變化與人事有極大的關係，突然間迅雷交作，狂風怒吼，必然是上天有意的懲罰，故變容正色以表示敬天。

(十七) 升車❶，必正立，執綏❷。車中不內顧，不疾言❸，不親指❹。

【譯文】孔子上車時，必定端正地站在車上，手拉著上車的繩索。在車上絕不回頭觀望，也不高聲說話，更不會指東指西地亂比劃。

【章旨】記述孔子乘車時之容態。

【註釋】❶升車：即上車。❷綏：用以登上車子的繩索。❸疾言：高聲說話。❹親指：劉寶楠《論語正義》：「〈曲禮〉云：『車上不妄指。』親疑即妄字之誤。」

(十八) 色斯舉矣，翔而後集❶。曰：「山梁❷雌雉❸，時哉時哉❹！」子路共❺之，三嗅而作❻。

【譯文】山間的雌雉聽到人聲走近，便驚駭地「色斯」一聲飛起，盤旋審視了一會兒後又群集在橋上。孔子說：「山間橋梁上的雌雉，真是得其時宜啊！真是得其時宜啊！」子路捧著一隻抓到的雌雉欲獻給孔子，這隻雌雉卻趁隙舒展整飭了一下羽毛即振翅飛走了。

【章旨】記述孔子羨慕山雉之得其時宜。

【註釋】❶色斯舉矣，翔而後集：王引之《經傳釋詞》：「色斯者，狀鳥舉之疾也。」但朱熹說：「言鳥見人之顏色不善，則飛去；回翔審視而後下止。人之見機而作，審擇所處，亦當如此。然此上下必有闕文矣。」兩種說法大相逕庭，但王引之的解釋似較合義。❷山梁：山間橋梁。❸雉：野雞。❹時哉：孔子見雌雉悠然自在地徜徉山間，不禁羨慕雌雉得其時宜，而慨嘆人不逢其時。❺共：同拱。謂恭敬地捧著雌雉。❻三嗅而作：嗅有兩種解釋，一為辨別氣味，一為舒展整飭羽毛。作，起也。謂雌雉三次舒展整飭羽毛後即振翅飛起。或說孔子見子路捧著山雞進獻，知其會錯意，又不便拒絕，就聞了聞後便起身而行。兩種解釋以前者較合義。

先進第十一

（一）子曰：「先進❶於禮樂，野人❷也；後進❸於禮樂，君子❹也。如用之❺，則吾從先進。」

【譯文】孔子說：「前代的人所制作的禮樂，猶如鄉野民夫一樣樸質淳實。而後代的人所制作的禮樂，猶如城市裡的人一樣重視外表的修飾。如果在各種特殊場合必須使用禮樂的話，我寧可依從使用前代的人所制作的禮樂。

【章旨】闡述禮樂當依從先進者。

【註釋】❶先進：前輩。❷野人：謂重視樸質淳實而不重修飾，猶如鄉野粗鄙的人。❸後進：後輩。❹君子：謂重視文采的修飾，猶如城市裡重視華麗服飾的人。❺用之：用，採用；之，指禮樂。

（二）子曰：「從我於陳蔡❶者，皆不及門❷也。」德行：顏淵、閔子騫、冉伯牛、仲弓。言語❸：宰我、子貢。政事：冉有、季路。文學❹：子游、子夏。

【譯文】孔子說：「以前追隨我在陳蔡同患難的學生，現在都不在我身邊了。」在品德修養方面表現最傑出的有顏淵、閔子騫、冉伯牛和仲弓；在外交辭令方面表現最傑出的有宰我和子貢；在處理政事方面表現最傑出的有冉有和季路；在禮樂制度的學習方面表現最傑出的有子游和子夏。

【章旨】記述孔子懷念追隨於陳蔡的學生，並列舉孔門四科中的傑出代表。

【註釋】❶陳蔡：兩國名。陳國在今河南省淮陽縣。蔡國在今河南省新蔡縣。孔子曾在此地遭兵困，幾至絕糧。❷不及門：不在門下，不在其身邊。❸言語：外交辭令，使命應對。❹文學：指詩書禮樂、典章制度之學。

(三)

子曰：「回也，非助我者也❶！於吾言，無所不說❷。」

【譯文】孔子說：「顏回，實在不能對我有所幫助啊！他對於我所講的話，沒有不心領神會而樂於接受的。」

【章旨】記述孔子讚賞顏淵能承繼己志。

【註釋】❶非助我者：不是能對我有所幫助的人。謂所講的道理顏回皆能理解，而無更深入的發問或論辯，無法得教學相長之益。❷說：同悅。謂皆得了然於心並接納之。

(四)

子曰：「孝哉閔子騫，人不間❶於其父母昆弟❷之言。」

【譯文】孔子說：「閔子騫真是孝順啊！人們從不懷疑批評他的父母兄弟對他的稱讚！」

【章旨】記述孔子讚賞閔子騫的孝行。

【註釋】❶間：非議，批評。❷昆弟：兄弟。

(五)

南容三復❶白圭❷，孔子以其兄之子妻之。

【譯文】南容每天都要誦讀三遍《詩經．大雅．抑篇》中的白圭這一段話，如此的懂得自惕自勉，故孔子將自己的姪女嫁給他。

【章旨】記述孔子讚賞南容謹言慎行，及將姪女嫁給他。

【註釋】❶三復：謂一日誦讀三次。❷白圭：指《詩經．大雅．抑篇》中的「白圭之玷，尚可磨也。斯言之玷，不可為也。」白圭即白玉，謂白玉上的污點斑痕還可以磨去，而人言語上有了過失卻難以彌補。即勉人謹言慎行。

(六)

季康子問：「弟子孰為好學？」孔子對曰：「有顏回者好學，不幸短命死矣！今也則亡❶。」

【譯文】季康子問孔子說：「你的學生中誰比較好學呢？」孔子回答說：「只有顏回這個學生最好學，不幸年紀輕輕就死了！現在則找不到像他這樣好學的學生了！」

【章旨】記述孔子慨嘆無人如顏回般好學。

【註釋】❶亡：同無。此章與〈雍也篇〉第二章雷同，只不過前章為魯哀公所問，而本章為季康子所問。

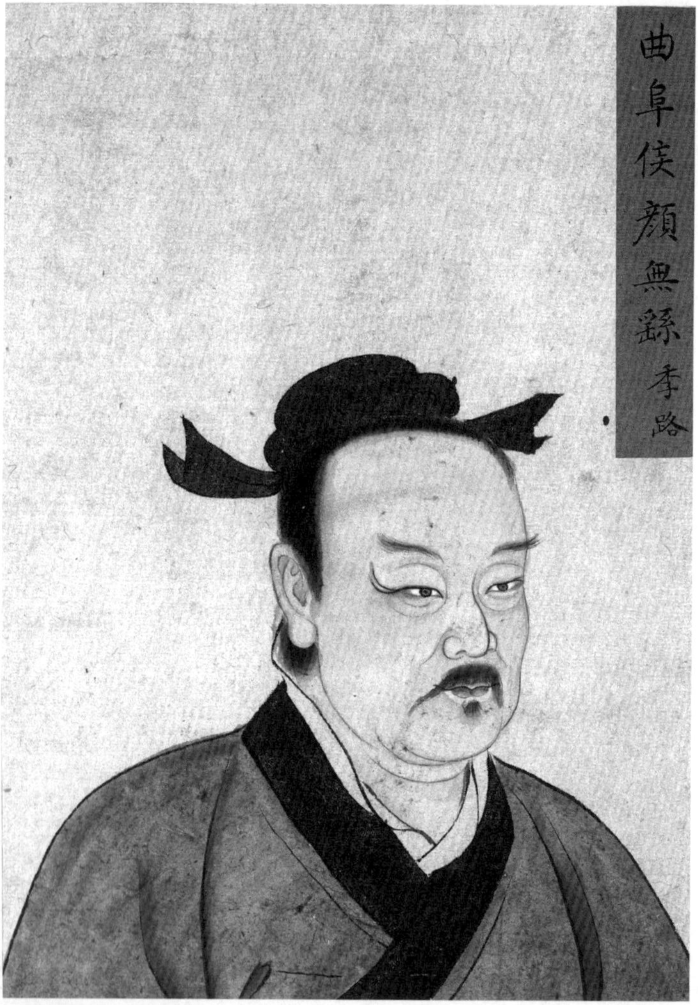

▲顏無繇（季路）

(七)

顏淵死，顏路❶請子之車以為之椁❷。子曰：「才不才，亦各言其子也。鯉❸也死，有棺而無椁。吾不徒行❹以為之椁❺，以吾從大夫之後❻，不可徒行也。」

【譯文】顏淵死時，他的父親顏路請求孔子將馬車賣掉，替顏淵買一副外棺。孔子說：「伯魚的才華雖然比不上顏回，但不論有才華或沒有才華，總是自己的兒子啊！伯魚死的時候，也只有內棺而沒有外棺，我不能徒步走路而將馬車賣了替他買副外棺，因為我身為大夫，於禮不可徒步出門啊！」

【章旨】記述孔子雖愛才卻不因此而廢禮。

【註釋】❶顏路：顏回的父親。名無繇，字季路，小孔子六歲，亦為孔子學生。❷椁：同槨，即外棺。謂顏路因家窮，且顏回為孔子最得意的學生，故要求孔子賣掉馬車為顏回買副外棺。❷鯉：孔子的兒子，名鯉，字伯魚，比孔子早死。❸徒行：徒步而行。❹之：指伯魚。❺從大夫之後：古禮大夫不可以步行外出，諸侯賞賜之車馬不可出售。孔子為大夫身分，當然不可步行。

▲孔鯉（伯魚）

(八)

顏淵死，子曰：「噫❶！天喪予❷！天喪予！」

【譯文】顏淵去世之後，孔子不禁慨嘆說：「唉！這是上天有意要滅亡我，這是上天有意要滅亡我呀！」

【章旨】記述孔子慨嘆顏淵之死。

【註釋】❶噫：感嘆詞，猶唉。❷天喪予：謂顏淵早死，不能傳述自己的志業理想，猶如上天故意要毀滅自己一樣。朱熹說：「悼道無傳，若天喪己也。」

(九)

顏淵死，子哭之慟❶。從者曰：「子慟矣！」曰：「有慟乎？非夫人❷之為慟而誰為？」

【譯文】顏淵死後，孔子非常哀傷悲痛。跟隨在孔子身邊的人說：「您太過於悲傷了！」孔子說：「我太過於悲傷了嗎？如果不為顏淵悲傷，我還能為誰感到如此悲傷呢？」

【章旨】記述孔子為顏淵之死感到極度悲慟。

【註釋】❶慟：極度地哀傷。❷夫人：即此人，指顏淵。

(十)

顏淵死，門人欲厚葬之❶。子曰：「不可！」門人厚葬之。子曰：「回也，視予猶父也，予不得視猶子也❷。非我也，夫二三子也。」

【譯文】顏淵死後，孔子門下的學生都想隆重地為顏淵辦理喪事。孔子說：「絕對不可以！」但學生們仍然厚葬了顏淵。孔子說：「顏回啊！你雖然視我如父親一樣，我卻無法視你如自己的兒子啊！不是我要這樣厚葬你，而是你的同學們堅持要這麼做呀！」

【章旨】記述孔子責備其學生不應厚葬顏淵，而使違背禮制。

【註釋】❶厚葬之：之，指顏淵。厚葬之，謂舉行隆重喪禮。古禮葬祭都須依據階級身分，不可僭越。顏淵雖具才德，但出身貧賤，厚葬他，即是陷他於不義。❷不得視猶子也：謂顏淵雖視自己如父，但一切自有他的父親顏路做主，自己也不便干涉。

(十一)

季路問事鬼神❶。子曰：「未能事人，焉能事鬼❷？」「敢❸問死？」曰：「未知生，焉知死？」

【譯文】季路向孔子詢問有關祭拜奉祀鬼神之事。孔子說：「你連活著的人都不懂得如何侍奉他們，又怎能侍奉無形的鬼神呢？」季路又問：「那麼敢問人死後是怎樣的情形呢？」孔子說：「連活著時候的情形都還未能了解，怎能了解死後的情形呢？」

【章旨】記述孔子訓誨子路應實事求是，不宜妄談無益之事。

【註釋】❶事鬼神：即祭拜奉祀鬼神的事。❷未能事人，焉能事鬼：焉，何也。謂對於生者猶未能盡禮侍奉，又怎能侍奉無形的鬼神呢。❸敢：自覺冒昧的一種說辭。

(十二)

閔子❶侍側，誾誾如也❷；子路，行行如也❸；冉有、子貢，侃侃如也❹。子樂。「若由也，不得其死然❺！」

【譯文】閔子騫侍候在孔子身旁，神態顯得中正而又和樂；子路則表現出剛強勇武的氣概；冉有和子貢則顯得和諧而愉快。孔子覺得十分高興。他開玩笑地說：「像仲由這樣的人，恐怕將不得好死！」

【章旨】記述孔子得天下英才而教育之樂。

【註釋】❶閔子：即閔子騫。❷誾誾如：中正和樂貌。❸行行如：剛強貌。❹侃侃如：和樂貌。❺不得其死然：然，未定之辭。謂子路剛強，恐怕不得好死。後來子路在衛國作官果然死於兵亂。

(十三)

魯人為長府❶。閔子騫曰：「仍舊貫❷，如之何？何必改作？」子曰：「夫人❸不言，言必有中❹。」

【譯文】魯國的人正計劃改建那座貯藏財貨的長府。閔子騫提議說：「沿用舊府庫不是很好嗎？何必改建呢？」孔子說：「閔子騫這個人不發言則已，一發言即能切中事理。」

【章旨】記述孔子讚美閔子騫不妄發言，言必中理。

【註釋】❶長府：府庫名。貯藏財貨的處所。❷仍舊貫：仍，因循、依照。貫，事例。謂依照舊慣例或制度行事。❸夫人：即此人，指閔子騫。❹言必有中：所說的話必能切合事理。

(十四)

子曰：「由之瑟，❶奚為於丘之門？」門人不敬子路。子曰：「由也升堂矣，未入於室也！❷」

【譯文】孔子說：「像仲由彈瑟，音律如此不協調，怎能說是我門下的學生呢？」學生們因此對子路不甚恭敬。孔子知道這情形後說：「仲由的人品學問都已達正大高明的境界，只是還未達到登峰造極罷了！」

【章旨】記述孔子訓示門生不可因事廢人。

【註釋】❶由之瑟：由，即仲由。瑟是一種像琴的樂器。謂仲由彈瑟極難聽，帶有北方肅殺之氣。馬融說：「子路鼓瑟，不合理樂。」朱熹注引《孔子家語》說：「子路鼓瑟，有北鄙殺伐之聲。」❷升堂矣，未入於室也：謂人品學問已達正大高明的境界，只是未至登峰造極罷了。堂，即正廳。室，指內室。

(十五)

子貢問：「師與商也❶孰賢？」子曰：「師也過❷，商也不及❸。」曰：「然則師愈❹與？」子曰：「過猶不及❺。」

【譯文】子貢問孔子說：「顓孫師和卜商兩人誰比較賢能呢？」孔子說：「顓孫師做事往往做得太過頭，而卜商卻顯得不夠積極。」子貢說：「這麼說來是顓孫師比較好嗎？」孔子：「做得過頭和不夠積極都是一樣，都不合乎中庸之道。」

【章旨】記述孔子訓示門人過與不及都不恰當，不合中庸之道。

【註釋】❶師與商：師，即顓孫師，字子張。商，即卜商，字子夏。❷師也過：謂顓孫師才高志廣，好為苟難，而經常做得太過份。❸商也不及：謂卜商篤信謹守，行事顯得畏縮、不夠積極。❹愈：勝，超過。❺過猶不及：猶，如同。謂皆不合中庸之道。

(十六)

季氏❶富於周公❷，而求也為之聚斂❸而附益之❹。子曰：「非吾徒也，小子鳴鼓而攻之❺可也！」

【譯文】季氏為諸侯的卿相，財富卻超過周朝王室的公爵，而冉求身為季氏家臣又為他極力搜括民財，更增加他的財富。孔子說：「冉求沒有資格做我的學生，孩子們，你們可以擊起戰鼓去聲討他的罪行！」

【章旨】記述孔子斥責冉求助紂為虐，並以告誡弟子。

【註釋】❶季氏：為魯國重卿。❷富於周公：周公，指周公旦後裔，世襲周朝公爵而留於周朝王室者，非指受封於魯國的周公。❸聚斂：搜括民財。謂冉求為季氏家臣而急徵稅賦。❹附益之：更增加他的財富。之，指季氏的財富。❺小子鳴鼓而攻之：小子，師長對晚輩的暱稱，猶言孩子們。鳴鼓而攻之，謂聲討其罪行。

▲高柴（子羔）

(十七)

柴也愚❶，參也魯❷，師也辟❸，由也喭❹。

【譯文】高柴的個性稍嫌憨直了些，曾參的個性稍嫌遲鈍了些，顓孫師的個性稍嫌過份恭敬了些，而仲由的個性則嫌剛強粗俗了些。

【章旨】記述孔子評論四位學生的個性缺陷。

【註釋】❶柴也愚：柴，即高柴，字子羔，小孔子三十歲，為孔子學生。身高不到六尺，容貌醜惡，但為人忠厚且孝順。此句謂高柴個性失於愚直。❷參也魯：參，即曾參。魯，遲鈍。謂曾參個性失於遲鈍。❸師也辟：師，即顓孫師。辟，便辟，謂過份的恭敬。此句謂顓孫師個性失於便辟，不夠坦誠。❹由也喭：由，即仲由。喭，剛強粗俗。謂仲由個性失於剛強粗俗，不夠文雅中和。

(十八)

子曰：「回也其庶乎❶。屢空❷！賜不受命❸而貨殖焉❹，億則屢中❺。」

【譯文】孔子說：「顏回可說已差不多接近於道了，但生活卻十分貧困，經常陷於衣食匱乏的窘境。端木賜雖然未受朝廷任命為官，卻能積蓄財貨，每每猜中物價的漲跌。」

【章旨】記述孔子評論兩位學生迥別的際遇。

【註釋】❶庶：庶幾，差不多。謂幾近於道。❷屢空：謂生活貧困，經常陷於衣食空乏的窘境。❸賜不受命：賜，即端木賜，字子貢。不受命，謂不被朝廷任命為官。❹貨殖：積蓄財貨。謂善於做生意。❺億則屢中：億，通臆，即猜測之意。謂對於物價漲跌瞭若指掌，每猜必中。

(十九)

子張問善人之道❶。子曰：「不踐迹，亦不入於室❷。」

【譯文】子張向孔子請教善人應如何自處。孔子說：「若不能躬行實踐，必然也不能達到精奧的聖人境界。」

【章旨】記述善人亦應躬行實踐方能成為聖人。

【註釋】❶善人：謂本質美好，好正理而惡不正言行之人。❷不踐迹，亦不入於室：若不實踐，亦不能達到精奧的境界。孔廣森《經學卮言》：「言問善人之道，則非問何如而可以為善人，乃問善人常何道以自處也。故子告以當效前言往行以成其德。譬諸入室，必踐陳除堂戶之跡而後循循然至也。善人苟踐迹，斯必入於室；若不踐迹，則亦不能入於室耳！」

（二〇）

子曰：「論篤是與❶，君子者乎？色莊者❷乎？」

【譯文】孔子說：「單憑一個人言論篤實便稱讚他，是不太恰當的，因為光憑言語外貌，我們很難知道他究竟是個君子呢？或只是個外表莊重端正而內心奸詐的小人？」

【章旨】言不宜憑言語外貌來論斷別人。

【註釋】❶論篤是與：論，言論。篤，篤實。與，贊許。但邢昺和劉寶楠皆認為與通「歟」，孔子連說三句疑詞，是自謙之語而不正言。皇侃則說：「此亦答善人之道也。當是異時之問，故更稱『子曰』。俱是答善，故共在一章也。」雖然如此，但若作疑問詞，則何以獨此句用「與」字，而下面兩句用「乎」字？表示「與」不做疑問詞。❷色莊：謂外貌莊重端正。

(三)

子路問：「聞斯行諸❶？」子曰：「有父兄在，如之何其聞斯行之！」冉有問：「聞斯行諸？」子曰：「聞斯行之！」公西華曰：「由也問『聞斯行諸』，子曰：『有父兄在』。求也問『聞斯行諸』，子曰：『聞斯行之』。赤也惑，敢問。」子曰：「求也退❷，故進之。由也兼人❸，故退之。」

【譯文】子路問孔子說：「聽到一件合於義理的事就應該馬上去做嗎？」孔子說：「你家裡還有父親、兄長在，應該先聽聽他們的意見，怎能馬上去做呢？」冉有問孔子說：「聽到一件合於義理的事就應該立刻去做嗎？」孔子說：「聽到合於義理的事就應立刻去做。」公西華在一旁聽了不覺疑惑說：「仲由問您『聽到一件合於義理的事就應該馬上去做嗎』，您回答說『你家裡還有父親兄長在，應先問問他們的意見』。而冉求問您『聽到一件合於義理的事就應立刻去做嗎』您卻回答說『聽到一件合於義理的事就應立刻去做』。我覺得很納悶，所以想請老師解釋一下。」孔子說：「冉求做事過於謹慎，總是畏縮不前，所以我鼓勵他大膽去做。仲由個性剛強好勇，不肯服輸，所以我故意壓抑他的銳氣。」

【章旨】記述孔子因材施教，匡正學生過與不及的弊病。

【註釋】❶聞斯行諸：斯，指合於義理的事。諸，之乎，語尾疑問助詞。謂聽到一件合於義理的事就應馬上去實行嗎？❷退：退縮不前。謂做事過於謹慎，以致畏畏縮縮，不敢大膽嘗試。❸兼人：勝人。謂子路個性好勇剛強，不願服輸。

(三)

子畏於匡❶，顏淵後❷。子曰：「吾以女為死矣！」曰：「子在，回何敢死？」

【譯文】孔子在匡地被圍困，心裡十分憂懼，顏淵卻失散在後頭，過了幾天才趕到。孔子說：「我還以為你已經死了！」顏淵回答說：「老師還在，我怎敢隨便死呢？」

【章旨】記述孔子與顏淵間深厚的師生情誼。

【註釋】❶畏於匡：孔子離開衛國經過匡地（河北省長垣縣）時，因貌似季氏家臣陽虎而被當地居民圍困，有性命之憂，因而心生畏懼。❷顏淵後：顏淵失散在後頭，後來才趕到。

(三)

季子然❶問：「仲由、冉求，可謂大臣與❷？」子曰：「吾以子為異之問❸，曾❹由與求之問。所謂大臣者，以道事君，不可則止。今由與求也，可謂具臣❺矣。」曰：「然則從之者與❻？」子曰：「弒父與君❼，亦不從也。」

【譯文】季子然問孔子說：「仲由和冉求兩個人，可以算是能擔當重任的大臣嗎？」孔子說：「我以為你要問像顏淵、仲弓等具有才能異稟的人，原來只是問仲由和冉求兩人的事。所謂能擔當重任的大臣，都能以正道來輔佐君王，如果君王不接受就罷官離去。現在依仲由和冉求兩人的行事看來，可以說只是聊備一員的臣子罷了。」季子然說：「這麼說來，他們是凡事聽從君王的話去做了？」孔子說：「但是像弒父、弒君這樣大逆不道的事，他們是絕不會做的！」

【章旨】記述人臣事君之道。

【註釋】❶季子然：魯國重卿季氏子孫，世襲大夫之位。時子路與冉求同為季氏家臣，故季子然有此一問。❷與：同歟，疑問助詞。❸為異之問：朱熹以為異即非常。謂提出不尋常的問題。劉寶楠《論語正義》認為異當指異人，如顏淵、仲弓等具才能異稟的人。❹曾：即乃。❺具臣：空有臣子的名位，而不能以正道事君，只聊備一員而已。

❻從之：依從上司之意。❼弒父與君：當時季氏權勢甚熾，目無君上，故孔子如此回答以諷之。

(二四)

子路使子羔❶為費宰❷。子曰：「賊夫人之子❸！」子路曰：「有民人焉，有社稷❹焉，何必讀書，然後為學？」子曰：「是故惡夫佞者❺。」

【譯文】子路舉薦子羔出任費邑邑長。孔子說：「你這樣做等於是害了人家的孩子！」子路說：「那兒有人民，也有社稷，隨時隨處都可學習，何必一定要讀書，然後才算是有學問呢？」孔子說：「你分明是強詞奪理！這就是為什麼我最討厭那些口才好、善於狡辯的人的緣故。」

【章旨】記述學優方可使任官行事，學業未成而使出仕，無異害人。

【註釋】❶子羔：即高柴，字子羔。❷費宰：即費邑邑長。費邑在今山東省費縣西南。❸賊夫人之子：賊，戕害。夫人之子，猶言人家的孩子。謂子羔年紀尚輕，學業未成，即舉薦他為邑長，無異是要害他。❹社稷：土神曰社，穀神曰稷。❺惡夫佞者：惡，厭惡。夫，語助詞，無義。佞者，口才好善於狡辯的人。

(二六)

子路、曾皙❶、冉有、公西華侍坐。子曰：「以吾一日長乎爾❷，毋吾以也❸。居❹則曰：『不吾知也❺！』如或知爾，則何以哉❻？」

子路率爾❼而對曰：「千乘之國，攝❽乎大國之間，加之以師旅❾，因❿之以饑饉⓫，由也為之，比及⓬三年，可使有勇，且知方⓭也。」夫子哂⓮之。

「求，爾何如？」對曰：「方六七十⓯，如⓰五六十，求也為之，比及三年，可使足民⓱；如其禮樂，以俟君子⓲。」

「赤，爾何如？」對曰：「非曰能之，願學焉！宗廟之事⓳，如會同⓴，端章甫㉑，願為小相㉒焉。」

「點，爾何如？」鼓瑟希㉓，鏗爾㉔，舍瑟而作㉕。對曰：「異乎三子者之撰[26]。」子曰：「何傷乎？亦各言其志也。」曰：「莫春者[27]，春服既成[28]，冠者[29]五六人，童子六七人，浴乎沂[30]，風乎舞雩[31]，詠而歸[32]。」夫子喟然歎[34]曰：「吾與點[35]也！」

三子者出，曾皙後。曾皙曰：「夫三子者之言何如？」子曰：「亦各言其志也已矣！」曰：「夫子何哂由也？」曰：「為國以禮，其言不讓，是故哂之。」「唯求則非邦也與[35]？」「安見方六七十，如五六十，而非邦也者？」「唯赤非邦也與？」「宗廟會同，非諸侯而何？赤也為之小，孰能為之大[36]！」

【譯文】子路、曾皙、冉有和公西華四人陪侍在孔子身旁坐著。孔子說：「你們因為我年紀比你們稍長，就拘束不敢隨意發言嗎？你們千萬不要以我為意。平日你們常說：『沒有人知道我的才學。』如果有人知道你們的才學想重用你們，你們將如何表現自己呢？」

子路不假思索地回答說：「一個擁有千輛兵車的國家，介於兩大強國之間而飽受威脅，並遭受強鄰的侵略，國內又鬧荒歉。如果讓我來治理這個國家，不到三年，即可使老百姓個個具有勇氣，且知道走向正道。」孔子聽了對子路微微一笑。

「冉求，你怎樣表現呢？」冉求回答說：「一個見方六七十里的地方，或者五六十里的地方，如果讓我來治理，不到三年，就可使人民富足；但關於禮樂教化，則尚待有才德的君子來推行。」

「公西赤，你怎樣表現呢？」公西赤回答說：「我不敢說一定能做到，但我願意學習。關於宗廟祭祀的禮儀，或諸侯會見的場合，我願意穿著禮服戴著禮帽恭敬地接待應對，做個贊禮的小儐相。」

「曾點，你怎樣表現呢？」彈瑟的聲音漸漸稀落，然後鏗(ㄎㄥ)然一聲即歸於平靜，曾點移開瑟站起身來，回答說：「我的想法和他們三人所持的抱負不同。」孔子說：「有什麼關係呢？只是談談你們自己的志向能了。」曾點說：「在晚春三、四月的時候，穿著春天單薄的衣裳，約同五、六個成年人，帶著六、七個小孩，到沂水邊洗濯(ㄓㄨㄛˊ)手臉，然後在祈雨祭禱的舞雩乘涼，到傍晚時才唱著歌回家。」孔子長嘆一聲說：「我也希望和你一樣啊！」

子路、冉求和公西華三人離開後，曾點仍留下來未走。曾點問孔子說：「他們三人所說的，您覺得如何呢？」孔子說：「都能表露他們個人的志向呵！」曾點說：「那麼您為什麼笑仲由呢？」孔子說：「治理國家須講求禮，而他說話沒有一點禮讓的意思，所以我才笑他。」「那麼冉求所說的難道不是治理國家的事嗎？」「怎見得方六、七十或五、六十里的地方，就不是個國家呢？」「那麼公西赤所說的難道不是治理國家的事嗎？」「宗廟祭祀和諸侯會盟這些事，不是諸侯的事又是什麼呢？公西赤如果只能擔任小儐相，那麼有誰能擔任卿相呢？」

【章旨】記述孔子誘發在座四位弟子各言其志，並以觀其才能。

【註釋】❶曾皙：姓曾，名點，字子皙。魯國南武城人，為曾參之父。個性奮發進取，但脾氣暴躁。❷以吾一日長乎爾：一日，喻年齡相差不多。爾，即你或你們。此句謂認為我年紀比你們稍長。❸毋吾以也：不要以我為意。謂不要因為我年紀稍長，而過於拘束不敢把心裡的話告訴我。❹居：素居，平日。❺不吾知：即不知吾的倒裝句，謂不知道我的才學。❻何以哉：如何表現自己。❼率爾：輕率，不加思索。❽攝：迫近。❾師旅：古時二千五百人為師，五百人為旅。後用以泛稱軍隊。❿因：仍，繼續。⓫饑饉：穀不熟稱為饑，菜不熟稱為饉。饑饉，即荒年。⓬比及：將及。⓭知方：方，即正也。謂知道應走向正道。⓮哂：微笑。⓯方六七十：六七十里見方的國家或城邑。⓰如：猶或。⓱足民：使人民富足。⓲俟：等待。⓳宗廟之事：謂祭祀。⓴如會同：如，或也。會同，諸侯相會見。諸侯時見曰會，眾見曰同。㉑端章甫：端，玄色禮服。章甫，玄色禮帽。㉒小相：相，即儐相。小，自謙之辭。

㉓希：指瑟聲稀疏將止。㉔鏗爾：瑟聲終止時鏗然的一聲。㉕舍瑟而作：舍，古同捨。作，站起。謂移開瑟而站起。㉖撰：具也，持也。謂所具有的志向。㉗莫春：莫，古通暮。暮春，相當於農曆三月時。㉘春服：指單衣、夾衣。㉙冠者：古時男子年二十，即行加冠禮，故冠者即成年人。㉚浴乎沂：沂，即沂水。謂在沂水洗濯手臉以祓(ㄈㄨˊ)除災疢(ㄔㄣˋ)。㉛風乎舞雩：風，作動詞用，乘涼之意。舞雩，祈雨祭禱之處。謂在祈雨祭禱的舞雩上乘涼。㉜詠：歌詠。㉝喟然：嘆息貌。㉞與：贊同，贊許。㉟唯求則非邦也與：冉求所說的難道不是治理邦國的事嗎。唯，發語詞，無義。與，通歟。皇侃、邢昺及劉寶楠均以為此句以下皆為孔子自問自答語。朱熹則認為此句及「唯赤則非邦也與」係曾點所問。㊱赤也為之小，孰能為之大：公西華自謙願為小儐相，那麼有誰能擔當肩負重任的卿相呢。

顏淵第十二

(一)

顏淵問仁。子曰：「克己復禮❶為仁❷。一日克己復禮，天下歸仁❸焉。為仁由己，而由人乎哉？」顏淵曰：「請問其目❹？」子曰：「非禮勿視，非禮勿聽，非禮勿言，非禮勿動。」顏淵曰：「回雖不敏❺，請事斯語❻矣！」

【譯文】顏淵問孔子何謂仁。孔子說：「克制自己的私欲，使不合乎禮儀的行為都回復於禮，這就是行仁。只要一天能克制自己的私欲，使不合乎禮儀的行為都合於禮，那麼天下的人都會稱讚你是個仁者。行仁的功夫是要自己努力去做，豈是從別人身上下功夫呢？」顏淵說：「請問行仁時有那些細節應該注意的呢？」孔子說：「不合乎禮的事不要看，不合乎禮的事不要聽，不合乎禮的話不要說，不合乎禮的行為不要做。」顏淵說：「我雖然魯鈍不夠聰敏，但我願意努力遵照您的話去做。」

【章旨】記述仁與禮之關係及行仁的方法。

【註釋】❶克己復禮：克己，即克制自己的私欲。復，實踐；又可解作回復。謂使不合乎禮的行為都回復於禮。❷仁：心的本體。為一切德行的總稱。❸歸仁：歸，歸與、稱讚。謂稱讚其為仁者。❹目：條目，細節。❺敏：聰敏，行事迅捷。❻請事斯語：謂願遵行所訓誨的道理。

(二)

仲弓問仁。子曰：「出門如見大賓❶，使民如承大祭❷。己所不欲，勿施於人。在邦❸無怨，在家❹無怨。」仲弓曰：「雍雖不敏，請事斯語矣！」

【譯文】仲弓問孔子何謂仁。孔子說：「出門就好像要會見公侯貴賓一樣的慎重恭敬，差遣人民做事就好像承奉重大祭典般的恭敬。自己所不想要的，不要加諸別人身上。為諸侯做事時毫無埋怨，為卿大夫做事時也無埋怨。」仲弓說：「我雖然魯鈍不夠聰敏，但我願努力遵照您的話去做。」

【章旨】記述仁之本義在於恭以持己，恕以接物。

【註釋】❶出門如見大賓：大賓，指公侯賓客。謂出門時如將會見公侯貴賓一樣的恭敬慎重。❷使民如承大祭：使民，差派人民做事。承，奉祀。大祭，郊禘之禮。謂差遣人民做事如承奉重大祭典般的恭敬慎重，而不輕率隨便。❸在邦：指為諸侯做事。❹在家：指為卿大夫做事，為卿大夫的家臣。

(三)

司馬牛問仁❶。子曰：「仁者，其言也訒❷。」曰：「其言也訒，斯謂之仁已乎？」子曰：「為之難，言之得無訒乎❸？」

【譯文】司馬牛問孔子何謂仁。孔子說：「有仁德的人，說話時總像有所忍耐般不輕易說出口。」司馬牛說：「有所忍耐而不輕易說出口，這樣就可稱為有仁德的人嗎？」孔子說：「做的時候很困難，所以說的時候能不彷彿很難說出口的樣子嗎？」

【章旨】記述仁者不妄言。

【註釋】❶司馬牛：複姓司馬，名耕，或說名犂，字子牛。宋國人，即宋國司馬桓魋之弟。為孔子學生。雖多言性躁，但胸懷仁厚，不像其兄長驕侈暴戾。❷訒：彷彿有所忍而難以說出的樣子。❸為之難，言之得無訒乎：謂人須言行一致，做不到的事就不要隨便說。

(四)

司馬牛問君子❶。子曰：「君子不憂不懼❷。」曰：「不憂不懼，斯謂之君子已乎？」子曰：「內省不疚❸，夫何憂何懼！」

【譯文】司馬牛向孔子請教君子之道。孔子說：「一個有修養的君子既不會焦慮憂愁也不會有所畏懼。」司馬牛說：「不憂愁也不畏懼，就可以算是一個有修養的君子嗎？」孔子說：「自我反省而無愧於心，那麼還有什麼可擔憂害怕的呢？」

【章旨】闡述君子不憂不懼的道理。

【註釋】❶君子：謂君子之道。❷不憂不懼：《史記集解》引孔安國注：「牛兄桓魋將為亂，牛自宋來學，常憂懼，故孔子解之也。」❸內省不疚：自我反省而無愧於心。

(五)

司馬牛憂曰：「人皆有兄弟，我獨亡❶！」子夏曰：「商❷聞之矣：『死生有命，富貴在天❸。』君子敬而無失❹，與人恭而有禮，四海之內❺，皆兄弟也。君子何患乎無兄弟也？」

【譯文】司馬牛憂心地說：「別人都有兄弟，唯獨我沒有。」子夏說：「我聽說過：『生死是命中註定的，富貴也是由上天來安排，不是人力所能強求的。』一個人若行事敬慎而無過失，待人恭敬而有禮貌，那麼天下的人都可做為兄弟。一個人何必擔憂自己沒有兄弟呢？」

【章旨】記述君子當敬慎有禮以待人處事。

【註釋】❶我獨亡：亡，同無。司馬牛兄向巢、桓魋，弟子頎、子車，都相當驕縱專橫，經常製造亂事，司馬牛擔憂其兄弟將因作亂而死，故說自己無兄弟。當桓魋在宋國作亂時，司馬牛為避亂而死在魯國城郭外，故司馬牛這句話絕非在其兄弟死後所說。❷商：子夏名。❸死生有命，富貴在天：生死是命中註定的，富貴的安排也在於天意，絕非人力所能強求。乃告喻司馬牛不應為兄弟作亂而擔憂。❹無失：無過失。❺四海之內：謂天下的人。

▲司馬耕（子牛）

(六)

子張問明❶。子曰：「浸潤之譖❷，膚受之愬❸，不行焉，可謂明也已矣。浸潤之譖，膚受之愬，不行焉，可謂遠❹也已矣。」

【譯文】子張問孔子何謂明智。孔子說：「像水逐漸滲透般的讒言，像受了切身之痛般的訴冤，無法得逞，就可以算是明智了。像水逐漸滲透般的讒言，像受了切身之痛般的訴冤，無法得逞，就可以算是深遠明察了。」

【章旨】記述不隨意相信讒言冤訴即為明智者。

【註釋】❶明：明智。❷浸潤之譖：譖，誹謗他人的言語，即讒言。謂讒言毀人如水逐漸浸透物體般。❸膚受之愬：愬，訴冤。謂訴冤之言如有切身之痛般容易令人相信。❹遠：朱注：「明之至。」何晏《集解》引馬融注：「德行高遠。」

(七)

子貢問政。子曰：「足食，足兵，民信之矣❶。」子貢曰：「必不得已而去，於斯三者何先？」曰：「去兵。」子貢曰：「必不得已而去❷，於斯二者何先？」曰：「去食。自古皆有死，民無信不立。❸」

【譯文】子貢問孔子治理政事的方法。孔子說：「使人民糧食充足，軍備充實，並使人民信賴政府。」子貢說：「如果不得已必須刪除其中之一，則此三項應先去掉哪一項呢？」孔子說：「可以減去軍備。」子貢說：「如果不得已必須再刪除一項，則剩下的兩項應先去掉哪一項呢？」孔子說：「可減去糧食。自古以來人皆難免一死，但若得不到人民的信賴，則一切的政教將無法施行。」

【章旨】記述為政之道不可失信於民。

【註釋】❶足食，足兵，民信之矣：使府庫糧食充足，武器軍備充足，並使人民信賴政府。兵，指武器和軍隊。朱注：「言倉廩實而武備修，然後教化行，而民信於我，不離叛也。」❷去：減去，刪除。❸民無信不立：謂治國不可失信於民，失信於民則政教將無法建立。

(八)

棘子成❶曰：「君子質而已矣，何以文為？」子貢曰：「惜乎，夫子❷之說君子也，駟不及舌❸！文猶質也，質猶文也。虎豹之鞟，猶犬羊之鞟❹。」

【譯文】棘子成說：「一個有德的君子只要內在本質善良即可，何必要用禮樂文采來修飾外表呢？」子貢說：「真是可惜啊！你這樣解釋君子是錯誤的，即使駕著四匹馬拉的車也追不回來了！文采如同本質，本質如同文采，兩者是同樣重要的。只重本質而不重文采，就好比虎豹的皮和犬羊的皮，如果去了毛之後，是很難分辨的。」

【章旨】記述君子應文質並重，不可偏廢。

【註釋】❶棘子成：衛國大夫。主張為人只要內在本質善良即可，不必講求外在的禮樂文飾。與孔子所說「文質彬彬，然後君子」的觀點不同。❷夫子：夫，發語詞。了，指棘子成。❸駟不及舌：駟，用四匹馬拉的車。謂說錯一句話，連駕著四匹馬拉的車也無法追回來。❹虎豹之鞟，猶犬羊之鞟：鞟，去毛的獸皮。謂虎豹之皮與犬羊之皮的差別，就在於毛的文采不同。

(九)

哀公問於有若曰：「年饑，用不足，如之何？」有若對曰：「盍徹乎？❶」曰：「二，❷吾猶不足，如之何其徹也？」對曰：「百姓足，君孰與❸不足？百姓不足，君孰與足？」

【譯文】魯哀公問有若說：「年成歉收，國家的財用不夠，應該怎麼辦呢？」有若回答說：「何不施行什一稅法呢？」魯哀公說：「徵收十分之二，我還覺得不夠用，怎能只徵收十分之一呢？」有若回答說：「如果百姓衣食豐足，君上怎會不富足呢？如果百姓衣食不足，生活困苦，那麼君上怎會富足呢？」

【章旨】記述富國之道以富民為本，並勸哀公節用厚民。

【註釋】❶盍徹乎：盍，何不。徹，十分之一的田地賦稅。即什一稅。❷二：謂徵收十分之二的賦稅。魯國自宣公以後已把賦稅增為十分之二。❸孰與：何以。

(十)

子張問崇德❶，辨惑❷。子曰：「主忠信❸，徙義❹，崇德也。愛之欲其生，惡之欲其死；既欲其生，又欲其死，是惑也！」（誠不以富，亦祇以異❺。）

【譯文】子張問孔子如何提高品德，辨明疑惑。孔子說：「存心忠厚信實，勇於改過遷善，就能夠提高品德。喜歡他的時候就希望他活著，厭惡他的時候就希望他死，既要他活著又要他死，這就是令人產生迷惑的地方。」

【章旨】記述孔子誨示子張忠厚信實、勇於改過遷善即是崇德。

【註譯】❶崇德：增高品德。❷辨惑：辨明疑惑。❸主忠信：存心忠厚信實。❹徙義：改過遷善。❺誠不以富，亦祇以異：為《詩經．小雅．我行其野篇》中的兩句話。朱注引程子曰：「此錯簡，當在第十六篇（〈季氏篇〉第十二章）齊景公有馬千駟之上，因此下文亦有齊景公字而誤也。」

(十一)

齊景公❶問政於孔子。孔子對曰：「君君，臣臣，父父，子子❷。」公曰：

「善哉！信如❸君不君，臣不臣，父不父，子不子，雖有粟❹，吾得而食諸❺？」

【譯文】齊景公問孔子治理國家的方法。孔子回答說：「為人君者應盡人君之道，為人臣者應盡人臣之道，為人父者應盡人父之道，為人子者應盡人子之道。」齊景公說：「你說得好極了！假如國君不盡其人君之道，臣子不盡其人臣之道，父親不盡其人父之道，兒子不盡其人子之道，那麼即使有豐厚的財祿穀糧，我怎能安心去享用呢？」

【章旨】記述孔子告齊景公為政之本在於修明倫理綱常。

【註釋】❶齊景公：名杵臼，謚景。為齊靈公之子，莊公之弟。齊景公三十一年（魯昭公二十五年）孔子至齊國，當時陳恆專政而不立太子，有失君臣父子之倫常，故孔子以此回答。❷君君，臣臣，父父，子子：謂為人君者應盡人君之道，為人臣者應盡人臣之道，為人父者應盡人父之道，為人子者應盡人子之道。❸信如：即誠如。為假設之辭。❹粟：小米。引申為財祿。❺諸：之乎。

▲孔子至齊國進謁齊景公

(十二)

子曰：「片言❶可以折獄❷者，其由也與！」子路無宿諾❸。

【譯文】孔子說：「聽其片面之辭便可做為判斷訟案根據的，大概只有仲由的話具有如此的份量吧！」子路答應別人辦的事，從來不等到次日再辦。

【章旨】記述孔子讚揚子路之直爽信實。

【註釋】❶片言：片面之辭。❷折獄：斷獄，判決訴訟。❸宿諾：宿，留也。謂急於實踐諾言，絕不留待次日再辦。

(十三)

子曰：「聽訟❶，吾猶人也❷。必也，使無訟乎！」

【譯文】孔子說：「聽斷訟案，我還可以比得上別人。但最重要的，還是要使人民沒有什麼可爭訟的。」

【章旨】記述孔子以使民無訟為貴。

【註釋】❶聽訟：聽斷審判訟案。❷吾猶人也：我還可以比得上別人。猶，如也。

(十四)

子張問政。子曰：「居之無倦，❶行之以忠。❷」

【譯文】子張問孔子如何治理政事。孔子說：「居心要始終如一，不可稍有倦悔，表現於外的行為要和內心所想的一致，切實地去做。」

【章旨】記述孔子主張為政須始終如一，表裡一致。

【註釋】❶居之無倦：居，存在於心裡者。無倦，謂始終如一，毫不倦怠。❷行之以忠：謂表現於外者與內在思想一致。即表裡如一。

(十五)

子曰：「博學於文，約之以禮，亦可以弗畔矣夫。」

【譯文】【章旨】【註釋】本章重覆，見〈雍也第六〉第二十五章（156頁）。

（十六）

子曰：「君子成人之美❶，不成人之惡；小人反是。」

【譯文】孔子說：「一個有品德的人總是幫助或成全別人的好事，不鼓勵或幫助別人做壞事，而小人卻剛好相反。」

【章旨】本章記述君子與小人居心的不同。

【註釋】❶成人之美：成全別人的美德、善行。

（十七）

季康子問政於孔子。孔子對曰：「政者正也❶，子帥❷以正，孰❸敢不正？」

【譯文】季康子問孔子有關治理國政的事。孔子回答說：「政和正字是相通的，即處理政事須依循正道而行，如果您能以正道領導人民，那麼有誰敢不依正道而行呢？」

【章旨】記述為政之道首重修身持正。

【註釋】❶政者正也：謂為政之道在於依循正道而行。❷帥：領導。❸孰：誰。

(六)

季康子患盜，問於孔子。孔子對曰：「苟子之不欲❶，雖賞之不竊❷！」

【譯文】季康子為魯國盜賊太多而煩惱，因此向孔子請教。孔子回答說：「如果您自己不貪婪，那麼即使獎賞鼓勵人民去偷盜，他們也不願意去。」

【章旨】記述治理百姓須從己身做起。

【註釋】❶不欲：不貪婪。❷雖賞之不竊：之，指人民。謂即使獎賞鼓勵人民去偷盜，他們也會覺得羞恥而不願去。

(十九)

季康子問政於孔子曰：「如殺無道，以就❶有道，何如？」孔子對曰：「子為政，焉❷用殺？子欲善，而民善矣！君子之德風❸；小人之德草❹；草上之風必偃❺。」

【譯文】季康子問孔子有關治理國政的事，說：「如果將那些不守法、為非作歹的人全部繩之以法，使百姓都能歸於正道，你認為如何呢？」孔子回答說：「您治理國政何必要用殺戮的方式呢？只要您率先走向善道，則人民必然跟著您走向善道啊！在上位的統治者施行德政就如春風吹拂大地般，而人民的德行就如百草般需要和風的滋潤，草受到和風的吹拂無不望風披靡啊！」

【章旨】記述為政者須以德化民。

【註釋】❶就：成就，使歸於。❷焉：何必。為疑問副詞。❸君子之德風：君子，指居上位的統治者。德風，謂行德政就如春風吹拂大地般。❹小人之德草：小人，指一般平民百姓。德草，謂其德行如草般須和風的吹拂滋潤。❺草上之風必偃：上，加也。偃，仆倒。謂草受風的吹拂必望風披靡。

(二〇)

子張問：「士何如斯可謂之達❶矣？」子曰：「何哉？爾❷所謂達者！」子張對曰：「在邦必聞❸，在家❹必聞。」子曰：「是聞也，非達也。夫達也者：質直而好義，察言而觀色，慮以下人❺，在邦必達，在家必達。夫聞也者：色取仁而行違❻，居之不疑❼，在邦必聞，在家必聞。」

【譯文】子張問孔子說：「讀書人要怎樣做才算是個通達的人呢？」孔子說：「你所謂的通達是什麼呢？」子張回答說：「在諸侯國家裡必然享有聲譽，即使在卿大夫的家裡做事也必然享有聲譽。」孔子說：「你所說的只是有聲譽而已，不能算是通達。所謂的通達，是指本性正直而愛好行義，能夠細心觀察別人的言語和神色，謙遜地對待別人並時時為人著想，這樣的人在諸侯朝廷裡做事時必然是個通達之士，在卿大夫家裡做事時也必然是個通達之士。所謂有聲聞的人，只是表面上彷彿具有仁德而實際行為卻背離仁道，猶以仁者自居而深信不疑，這樣的人在朝廷裡必然享有聲譽，在卿大夫家裡也必然享有聲譽。」

【章旨】評述聞與達的差異。

【註釋】❶達：通達事理。❷爾：汝，你。❸聞：聲聞，名譽。❹家：指卿大夫之家。❺慮以下人：謙遜地對待別人並時時為人著想。❻色取仁而行違：謂表面上彷彿具有仁德而實際行為卻背離仁道。❼居之不疑：謂以仁者自居而始終不疑自己的行事是否符合仁道。

(三)

樊遲從遊於舞雩❶之下。曰：「敢問崇德❷、脩慝❸、辨惑？」子曰：「善哉問！先事後得❹，非崇德與❺？攻其惡❻，無攻人之惡，非脩慝與？一朝之忿❼，忘其身以及其親，非惑與？」

【譯文】樊遲跟隨孔子漫步到舞雩下時，問道：「請問老師如何才能增進品德，祛除邪念，辨明疑惑呢？」孔子說：「你問得很好！只要是應當做的事就儘管去做，不要計較得失，如此不是可增進自己的品德嗎？攻擊自己的缺點錯誤，不要攻擊別人的缺點錯誤，如此不是可以祛除心裡的邪念嗎？因為一時的氣憤，而忘了自身的安危，甚至連累親人，不是令人迷惑的事嗎？」

【章旨】記述孔子言崇德、脩慝、辨惑之法。

【註釋】❶舞雩：祈雨的祭壇。❷崇德：增進品德。❸脩慝：慝，邪惡的念頭。脩慝，袪除邪念。❹先事後得：謂不計較利益，為所應為，凡事先做再說。❺與：同歟，語尾疑問助詞。❻其：指自己。❼一朝之忿：一時的憤怨。

㈢

樊遲問仁。子曰：「愛人。」問知❶。子曰：「知人。」樊遲未達❷。子曰：「舉直錯諸枉❸，能使枉者直。」樊遲退，見子夏曰：「鄉❹也，吾見於夫子而問知。子曰：『舉直錯諸枉，能使枉者直。』何謂也？」子夏曰：「富哉言乎！舜有天下，選於眾，舉皋陶❺，不仁者遠矣❻；湯有天下，選於眾，舉伊尹❼，不仁者遠矣。」

【譯文】樊遲問孔子何謂仁。孔子說：「就是愛人。」樊遲又問何謂智。孔子說：「就是知人善任。」樊遲不明白孔子的意思，於是孔子說：「舉用正直的人置於邪曲不正的人上面，就能使邪曲不正的人變得正直善良。」樊遲退離後，見到子夏就說：「剛才我在老師那兒向他請教何謂智。老師說：『舉用正直的人置於邪曲不正的人上面，可以使邪曲不正的人變得正直。』這是什麼道理呢？」子夏說：「這句話含義可豐富呢！舜帝擁有天下，他在眾人中選用皋陶做臣子，幫助他治理政事，於是那些不仁的人、事紛紛遠離而去。湯王擁有天下，他在眾人中選用伊尹做宰相，幫助他處理政事，於是那些不仁的人、事也紛紛遠離而去。」

▲樊須（子遲）

【章旨】記述孔子言仁智之義。

【註釋】❶知：同智。❷達：明白，通曉。❸舉直錯諸枉：舉，舉用。錯，通措，安置之意。諸，之於。枉，邪曲不正。此句謂舉用正直的人置於邪曲不正的人上面。❹鄉：通嚮。即往昔、前時。❺臯陶：舜時的賢臣。❻遠：遠離。❼伊尹：又名伊摯，為商湯的賢臣。早年耕種於有莘氏之野，湯王聽說他頗有賢才，兩次訪聘，才得其相助而伐桀滅夏。湯王取得天下後，即任伊尹為阿衡（宰相）。

(三)

子貢問友❶。子曰：「忠告❷而善道❸之，不可❹則止，毋自辱焉。」

【譯文】子貢問孔子交友之道。孔子說：「朋友有過失時，應盡心勸告並委婉地開導他，使他改過向善，如果對方不聽規勸就作罷，絕不要自取其辱。」

【章旨】記述孔子言交友之道。

【註釋】❶問友：詢問交友之道。❷忠告：盡心勸告使其改過向善。❸善道：道，同導。善道，委婉地勸導。❹不可：不聽規勸。

(二四)

曾子曰：「君子以文會友❶，以友輔仁❷。」

【譯文】曾子說：「一個人應常透過詩書禮樂等文章的研習討論來結交朋友，並且透過朋友的相互砥礪來輔助增進自己的德行。」

【章旨】記述曾子言君子交友之道。

【註釋】❶以文會友：透過詩書禮樂等文章的相互研磋討論來結交朋友。❷以友輔仁：透過朋友的相互砥礪來輔助增進自己的德行。

子路第十三

(一)

子路問政。子曰：「先之，勞之❶。」請益❷。曰：「無倦❸。」

【譯文】子路向孔子請教為政之道。孔子說：「凡事應率先而行，以身作則地為人民服務。」子路請孔子再詳細說明。孔子說：「要持之以恆，力行不輟。」

【章旨】記述為政之道在以身作則，持之以恆。

【註釋】❶先之勞之：之，指人民。謂凡事率先而行，以身作則，不辭辛勞地為人民服務。朱注引蘇軾說：「凡民之行，以身先之，則不令而行；凡民之事，以身勞之，則雖勤不怨。」❷請益：益，增加。謂請再詳細說明。❸無倦：力行不輟，始終如一。

(二)

仲弓為季氏宰，問政。子曰：「先有司❶，赦小過❷，舉賢才。」曰：「焉知賢才而舉之？」曰：「舉爾所知，爾所不知，人其舍諸❸？」

【譯文】仲弓做了季氏的家臣後，向孔子請教治理政事的方法。孔子說：「凡事要身先百官而行，部屬犯了一點小過失應寬赦他們，並舉用有才德的人。」仲弓說：「我怎能知道誰具有才德而舉用他呢？」孔子說：「只要舉用你所知道的人即可，至於你所不知道的，別人豈會捨棄他而不向上推薦呢？」

【章旨】記述孔子告仲弓為政之道在先有司，赦小過，舉賢才。

【註釋】❶先有司：先，率先而行。有司，指百官。謂身先百官而行。❷舉：薦舉，推舉。❸人其舍諸：其，猶豈。舍，古同捨。諸，之乎，當疑問助詞。謂別人豈會捨棄賢才而不向上推薦呢。

(三)

子路曰：「衛君❶待子而為政，子將奚先❷？」子曰：「必也正名❸乎！」子路曰：「有是哉？子之迂❹也！奚其正？」子曰：「野❺哉，由也！君子於其所不知，蓋闕如❻也。名不正，則言不順❼；言不順，則事不成；事不成，則禮樂不興；禮樂不興，則刑罰不中❽；刑罰不中，則民無所措手足。故君子名之必可言也，言之必可行也。君子於其言，無所苟而已矣❾！」

【譯文】子路說：「衛國國君正等待您幫助他處理國政，您上任後將以何者為先務呢？」孔子說：「我一定會先正名分的！」子路說：「有必要做這件事嗎？您真是太迂腐了，何必要正名分呢？」孔子說：「仲由啊！你真是太粗俗了！君子對於自己所不懂的事情，會表現出無知的樣子。要知道名分不正，就不能理直氣壯地說話；不能理直氣壯地說話，事情就不能順利完成；事情不能順利完成，禮樂制度就無法推行；禮樂制度無法推行，刑罰就不能適度得當；刑罰不能適度得當，人民就會茫然不知所措。所以君子凡事都要先定名分，然後理直氣壯地說出，能夠理直氣壯地說出，則事情自然順利成功。君子對於自己所說的話，從來就不苟且輕率，隨便地說說啊！」

【章旨】記述正名的重要性。

【註釋】❶衛君：指衛出公，名輒，為衛靈公太子蒯聵之子。蒯聵因罪出奔。靈公卒，衛人擁出公繼位，晉國趙鞅卻佐助蒯聵返衛奪權。出公於是出奔魯國。❷奚先：奚，何也。謂以何者為先。❸正名：正名分。即正君臣父子的名分。❹迂：迂闊，不合時宜。❺野：粗鄙。❻闕如：闕，空缺。如，猶然。闕如，無知的樣子。❼言不順：不能順理成章、理直氣壯地說。❽中：合於理。❾苟：苟且，輕率。

(四)

樊遲請學稼❶，子曰：「吾不如老農。」請學為圃❷。曰：「吾不如老圃。」

樊遲出，子曰：「小人❸哉，樊須❹也！上好禮，則民莫敢不敬；上好義，則民莫敢不服；上好信，則民莫敢不用情❺。夫如是，則四方之民，襁負其子❻而至矣，焉用稼？」

【譯文】樊遲向孔子請教種植五穀的方法。孔子說：「比起那些老農夫，我實在懂得很少。」樊遲再請教種植蔬菜的方法。孔子說：「比起那些老園丁我實在懂得很少。」樊遲於是退出門外。孔子說：「樊須的見識真是淺薄啊！只要在上位的人喜好禮節，則人民沒有不恭敬的；只要在上位的人愛好行義，則人民沒有不服從的；只要在上位的人重信諾，則人民沒有不以真誠相對的。如此，則各地的民眾都將用長布條背著他們的孩子來跟隨你，何必去學種植五穀的事呢？」

【章旨】闡釋為人須眼光遠大。

【註釋】❶稼：種植五穀。❷圃：種植蔬菜。❸小人：謂見識淺薄、庸俗的人。❹樊須：即樊遲。❺不用情：不用真誠相對待。❻襁負其子：用長布條背著他的子女。

(五)

子曰：「誦詩三百，授之以政，不達❶；使❷於四方，不能專對❸；雖多，亦奚以為？」

【譯文】孔子說：「誦讀完《詩經》三百篇之後，授予他治理政事的大權，卻不知道靈活運用；被派遣出使各國，也不能獨當一面地應對得體；如此，即使讀的再多又有什麼用呢？」

【章旨】闡釋學貴致用。

【註釋】❶不達：不能通達、靈活運用。❷使：出使。❸專對：謂獨當一面應對得體。

(六)

子曰：「其身正❶，不令❷而行；其身不正，雖令不從。」

【譯文】孔子說：「在上位的執政者若本身行為合乎正道，則不必下命令人民自然遵行。若在上位的人本身行為不合乎正道，則即使下命令強迫人民，人民也不會遵從的。」

【章旨】說明為政貴在修己服人。

【註釋】❶其身正：其，指在上位的執政者。正，謂行事合乎正道。❷令：下命令。

(七)

子曰：「魯、衛之政❶，兄弟也。」

【譯文】孔子說：「魯國和衛國的政治情形，就如同兄弟般相差不多。」

【章旨】記述魯、衛兩國政治情形相似。

【註釋】❶魯、衛之政：魯國為周公旦的封國，衛國為武王弟康叔的封國。兩國本為兄弟之邦，政治情形亦多相似。朱熹說此章係孔子慨嘆魯、衛兩國政治皆陷於衰亂。

(八)

子謂衛公子荊❶善居室❷。始有，曰：「苟合❸矣。」少有❹，曰：「苟完❺矣。」富有，曰：「苟美矣。」

【譯文】孔子稱讚衛國的公子荊善於治理家室。初有一點家產器具時，他說：「這樣勉強合用了！」稍微更有一點家產器具時，他說：「這樣勉強稱得上完備了！」當他富有財產器具時，說道：「這樣可以算是十全十美了！」

【章旨】記述孔子稱讚衛公子荊具有知足的美德。

【註釋】❶衛公子荊：名荊，字南楚，為衛國大夫。公子，對諸侯之子的稱呼。❷善居室：善於治理家室。❸少有：即稍有。❹苟合：勉強合用。❺苟完：勉強稱得上完備。

(九)

子適衛❶，冉有僕❷。子曰：「庶❸矣哉！」冉有曰：「既庶矣，又何加焉？」曰：「富之。」曰：「既富矣，又何加焉？」曰：「教之。」

【譯文】孔子前往衛國，冉有為他駕車。孔子說：「衛國的人口真多啊！」冉有說：「人口已經這麼多了，接下來要怎麼做呢？」孔子說：「設法使人民富有。」冉有說：「如果人民都富有了，接下來又要怎麼做呢？」孔子說：「教化人民使他們都能明禮尚義。」

【章旨】闡述治民之道先富後教。

【註釋】❶適：往，到。❷僕：謂幫孔子駕車。❸庶：指人口眾多。

(十)

子曰：「苟有用我者，期月❶而已可也❷，三年有成。」

【譯文】孔子說：「如果有人肯重用我，則只要一年政治便略有可觀，經過三年的整治便有豐碩的成果。」

【章旨】本章係孔子慨嘆自己未能為世所用。

【註釋】❶期月：期，週年。期月，即一年。❷可也：謂政治略有可觀。

(十一)

子曰：「『善人為邦❶百年❷，亦可以勝殘去殺❸矣。』誠哉是言❹也！」

【譯文】孔子說：「『有賢德的君子相繼治理國政經過百年後，就可以使殘暴的人受感化而向善，使殺戮的刑罰廢止不用了。』這句話說得很有道理啊！」

【章旨】記述善人為政可以勝殘去殺。

【註釋】❶善人：指賢德的君子。❷為邦百年：相繼治理國政經過百年。❸勝殘去殺：謂使殘暴的人受感化而向善，使殺戮的刑罰廢止不用。❹是言：這句話。

(十二)

子曰：「如有王者❶，必世而後仁❷。」

【譯文】孔子說：「如果有聖王出來治理天下，經過三十年後即能使仁道大行。」

【章旨】記述聖王主政，三十年即可使仁道普行天下。

【註釋】❶王者：指能以王道治理天下的人，即聖王。王道即仁道，相對於霸道。❷必世而後仁：世，三十年。謂經過三十年的整治後即能使仁道大行於天下。

(十三)

子曰：「苟正其身❶矣，於從政乎何有❷？不能正其身，如正人何❸？」

【譯文】孔子說：「如果能端正自己的品德行為，那麼對於治理政事又有何困難呢？如果不能端正自身的品德行為，又如何去糾正別人呢？」

【章旨】記述為政須從端正己身做起。

【註釋】❶正其身：端正自身的品德行為。❷何有：何難之有。❸如正人何：即如何正人。

(十四)

冉子退朝，子曰：「何晏❶也？」對曰：「有政❷。」子曰：「其事❸也！如有政，雖不吾以❹，吾其與聞之❺！」

【譯文】冉有退朝後來見孔子，孔子說：「為何這麼晚才退朝呢？」冉有回答說：「有重要國政商議。」孔子說：「恐怕只是季氏的家務事吧！如果真有重要國政，我雖然未被任用，但也曾任大夫，應有資格參與討論政事啊！」

【章旨】記述孔子非議季氏專權。

【註釋】❶晏：晚，遲。❷有政：有國政商議。❸事：指家務事。❹雖不吾以：以，用也。謂我雖然不被任用。❺與聞之：之，指國政。謂參與討論國政。

▲孔子教學圖

(十五)

定公問：「一言而可以興邦，有諸[1]？」孔子對曰：「言不可以若是其幾[2]也！人之言曰：『為君難，為臣不易。』如知為君之難也，不幾乎一言而興邦乎？」曰：「一言而喪邦，有諸？」孔子對曰：「言不可以若是其幾也！人之言曰：『予無樂乎為君，唯其言而莫予違[3]也。』如其善而莫之違也，不亦善乎？如不善而莫之違也，不幾乎一言而喪邦乎？」

【譯文】魯定公問道：「有沒有因為一句話而使國家興盛的情形呢？」孔子回答說：「任何一句話都不可能有如此大的影響力。有人說：『做君王實在很難，但做人臣也不是那麼容易的事。』如果知道做君王很難，則言語必然謹慎，如此不是接近於一句話即可使國家興盛的情形嗎？」魯定公說：「有沒有因為一句話而使國家滅亡的情形呢？」孔子回答說：「任何一句話都不可能有如此大的影響力。有人說：『我覺得做君王沒有什麼樂趣可言，但沒有人敢違抗我的意思是唯一的好處。』如果君王的話是好的而人民不敢違抗，這不是很好嗎？但如果君王的話是不好的、不合乎正道的，而人民又不敢違抗，那麼豈不是接近於一句話即可使國家滅亡的情形呢？」

【章旨】記述人君應謹言慎行。

【註釋】❶有諸：即有這種情形嗎。諸，之乎，語尾疑問助詞。❷幾：幾近。❸莫予違：即莫違予。不敢違抗我的意思。

(十六)

葉公問政。子曰：「近者說❶，遠者來❷。」

【譯文】葉公問孔子為政之道。孔子說：「治理政事的道理，簡單地說，就是要使國內的人民都能悅服，並使遠方的人民也樂於歸服。」

【章旨】記述孔子告葉公為政之道。

【註釋】❶說：同悅。❷來：歸順，來歸。

(十七)

子夏為莒父❶宰，問政。子曰：「無欲速❷，無見小利❸；欲速則不達；見小利則大事不成。」

【譯文】子夏擔任莒父邑宰後，向孔子請教治理政事的方法。孔子說：「做事不要求速成，不要只顧著眼前的利益；操之過急，一味求速成則無法達成任務，只顧眼前利益則將無法成就大事。」

【章旨】記述孔子告子夏為政須循序漸進，同時不可短視近利。

【註釋】❶莒父：魯國城邑名。即今山東省莒縣。❷無欲速：無，同毋。欲速，急於儘速完成。❸小利：眼前的利益。

(十八)

葉公語孔子曰：「吾黨❶有直躬❷者，其父攘羊❸而子證❹之。」孔子曰：「吾黨之直者異於是，父為子隱❺，子為父隱，直在其中矣。」

【譯文】葉公告訴孔子說：「在我的鄉里有個行事非常正直的人，他的父親偷了別人的羊隻，他毫不猶豫地挺身出來作證。」孔子說：「在我的鄉里，那些正直的人行事卻和你說的那個人不同，做父親的會為兒子隱瞞過失醜行，做兒子的會為父親隱瞞過失醜行，直道當然是包括在這種人倫綱常之中。」

【章旨】記述孔子辨正直道之義。

【註釋】❶黨：古時五百戶為黨。即鄉里。❷直躬：行事正直不偏曲。❸攘羊：盜竊羊隻。即順手牽羊。❹證之：證，作證。之，指其父盜羊之事。❺隱：隱瞞過失醜行。

(十九)

樊遲問仁。子曰：「居處恭❶，執事敬❷，與人忠。雖之夷狄❸，不可棄也。」

【譯文】樊遲問孔子如何成為仁者。孔子說：「日常起居待人接物須恭謹有禮，處理任何事務都要敬慎小心，與人交往須忠誠信實。這二個原則，即使到了未開化的蠻夷國家，也不可以廢棄不守。」

【章旨】本章說明仁道就在日常生活中。

【註釋】❶居處：謂日常起居、待人接物之事。❷執事：處理事務。❸之：往，到。

（二〇）

子貢問曰：「何如斯可謂之士❶矣？」子曰：「行己有恥❷，使於四方，不辱君命❸，可謂士矣。」曰：「敢問其次❹？」曰：「宗族稱孝焉，鄉黨稱弟❺焉。」曰：「敢問其次？」曰：「言必信，行必果❻；硜硜然❼，小人❽哉！抑亦可以為次矣。」曰：「今之從政者何如？」子曰：「噫！斗筲之人❾，何足算也！」

【譯文】子貢問道：「怎樣才能算是讀書明禮的人呢？」孔子說：「具有羞恥心，凡事有為有守，出使於各國，能不辱沒君王所交付的使命，這樣就可算是讀書明禮的人了。」子貢說：

「再冒昧地請問您，次一等的又是怎樣呢？」孔子說：「族裡的人都說他很孝順，鄉里的人都說他能友愛兄弟。」子貢說：「再冒昧地請問您，次一等的又是怎樣呢？」孔子說：「說話很守信用，做事堅決果斷，堅持自己的原則，彷彿器量狹小的人，但這樣仍可算是次一等的人。」子貢又問：「那麼現在那些治理政事的人是屬於哪一種呢？」孔子說：「唉！像那些才氣度量淺薄的人，怎能算數呢？」

【章旨】本章說明士依其言行可分為數等次。

【註釋】❶士：指讀書明禮的人。❷行己有恥：自己行事能知恥而有所不為。❸不辱君命：不辱沒、辜負君王交付的使命。❹次：次一等者。❺弟：同悌。❻行必果：所欲行之事必然果敢而為。❼硜硜然：小石堅確貌。謂堅貞固守自己的原則。❽小人：指見識淺薄、器量狹小的人。❾斗筲之人：斗，量名，容十升。筲，竹器，容一斗二升。比喻才氣度量淺薄的人。

(二)

子曰：「不得中行❶而與❷之，必也狂狷❸乎？狂者進取，狷者有所不為也。」

【譯文】孔子說：「我找不到行事合乎中庸之道的人和他相與論道，只好和狂放不羈或個性耿介的人談論了！狂放不羈的人都是才高志大、積極進取的，而個性耿介的人都是敦品勵行、有所不為的人。」

【章旨】記述孔子慨嘆不得適當人才相與論道，只好退求其次。

【註釋】❶中行：行為適中，合乎中庸之道。❷與之：與其相處論道。❸狂狷：狂，才高志大、積極進取者。狷，性情耿介、有所不為者。

(三)

子曰：「南人❶有言曰：『人而無恆，不可以作巫醫❷。』善夫！『不恆其德，或承之羞❸。』」子曰：「不占而已矣❹。」

【譯文】孔子說：「南方人有句話說：『一個人如果沒有恆心，就不可以當巫醫。』這句話說得真有道理！《易經》卦辭也說：『一個人若不能常守其德行，便將遭受羞辱。』」孔子說：「沒有恆心的人，不用占卜就可知道他的吉凶了。」

【章旨】記述進德修業不可無恆心。

【註釋】❶南人：南方的人。❷巫醫：透過與鬼神的訊息交往而為人治病者。❸不恆其德，或承之羞：為《易經》恆卦九三爻辭。謂人若不能常守其德行，便將承受羞辱。❹不占而已矣：鄭玄以為此句是說無恆心的人《易經》也不占卜其吉凶。但此一解釋並不明確。或可解作不用占卜就可知其吉凶。

(三)

子曰：「君子和❶而不同❷，小人同而不和。」

【譯文】孔子說：「有品德修養的君子與人和睦相處，卻不與人同流合污；而心胸褊狹的小人與人同流合污，卻不與人和睦相處。」

【章旨】本章說明君子與小人之別。

【註釋】❶和：與人和睦相處。❷同：與人同流合污。

(二四)

子貢問曰：「鄉人皆好❶之，何如？」子曰：「未可也。」「鄉人皆惡❷之，何如？」子曰：「未可也。不如鄉人之善者好之，其不善者惡之。」

【譯文】子貢問孔子說：「如果鄉裡的人都喜歡他，那麼這個人怎樣呢？」孔子說：「還不能確定他是好是壞。」「如果鄉裡的人都厭惡他，那麼這個人怎樣呢？」孔子說：「也不能確定他是好是壞。不如鄉裡的好人都喜歡他，而行為不正的人都厭惡他，這樣就很容易分辨了。」

【章旨】記述明辨善惡的方法。

【註釋】❶好：喜愛。❷惡：厭惡。

(二五)

子曰：「君子易事❶而難說❷也。說之不以道，不說也。及其使人也，器之❸。小人難事而易說也。說之雖不以道，說也。及其使人也，求備❹焉。」

【譯文】孔子說：「君子，我們很容易和他共事，卻不容易討他歡喜。如果你不以正當途徑來取悅他，他絕不會高興的。但是他用人卻能量才器使。至於小人則很難和他共事，卻容易取得他的歡心，即使用不正當方法來取悅他，他也會感到高興。但是他在差派用人時卻處處苛求完善。」

【章旨】記述與君子或小人共事的差異。

【註釋】❶易事：容易與之共事。❷難說：說同悅，謂難於取悅。❸器之：因材器使，量才而用。❹求備：苛求完善。

(二六)

子曰：「君子泰❶而不驕❷，小人驕而不泰。」

【譯文】孔子說：「有品德修養的人態度安適舒泰而不驕矜傲慢；心胸狹隘的小人態度卻是驕矜傲慢，而缺乏安適舒泰的氣度。」

【章旨】記述君子和小人態度之差異。

【註釋】❶泰：舒泰，安適。心中無所罣礙自然安適。❷驕：驕矜傲慢。

(二七)

子曰：「剛毅木訥❶，近仁。」

【譯文】孔子說：「正直無私，果敢堅定，樸實無華，言語謹慎而遲鈍，可以說是接近於仁德了。」

【章旨】記述剛毅木訥四種特質與仁相近。

【註釋】❶剛毅木訥：剛，正直無私。毅，果敢堅決。木，樸實無華。訥，言語謹慎而遲鈍。

(二八)

子路問曰：「何如斯可謂之士矣？」子曰：「切切偲偲❶，怡怡如❷也，可謂士矣。朋友切切偲偲，兄弟怡怡。」

【譯文】子路問道：「怎樣才算是一個有修養的讀書人呢？」孔子說：「與人相互砥礪切磋，態度和悅恭順，就可以算是個有修養的讀書人了。和朋友之間要相互勉勵切磋，與兄弟相處要和悅恭順。」

【章旨】記述士與人相處之道。

【註釋】❶切切偲偲：偲，關切責備。謂相互砥礪切磋。❷怡怡如：和順貌。

(元)

子曰：「善人❶教民❷七年，亦可以即戎❸矣。」

【譯文】孔子說：「若有賢人出來治理國政，教化人民七年，就可以使人民上戰場作戰，以保衛國家了。」

【章旨】記述善人主政即可使國固兵強。

【註釋】❶善人：指具賢德的人。❷教民：謂教人民孝悌忠信之行，務農講武之法。❸即戎：即，就也。戎，兵也。謂可使上陣作戰，保衛疆土。

(三)

子曰：「以不教民戰❶，是謂棄之❷。」

【譯文】孔子說：「用未受過軍事訓練的人民去作戰，只有徒增犧牲而已，這等於是棄置他們的生命不顧。」

【章旨】諷喻執政者不應驅使農民上陣作戰。

【註釋】❶以不教民戰：用未受過軍事訓練的人民上陣作戰。❷棄之：謂棄置他們的生命不顧。

憲問第十四

㈠

❶憲問恥。子曰：「邦有道穀，❷邦無道穀，恥也。」

【譯文】原憲問孔子什麼是可恥的。孔子說：「國家政治清明時毫無建樹只知食俸祿，國家政治混亂時既無建樹又不能隱居獨善其身，只知食俸祿，這就是可恥。」

【章旨】論恥並勉人當有為有守。

【註釋】❶憲：即原憲，字子思，又稱原思。❷邦有道穀：有道，指政治清平、綱紀伸明時。穀，俸祿。古時百官俸祿皆以米穀計算。此句謂國家政治清明時毫無建樹只知食俸祿。

㈡

「克、伐、怨、欲，❶不行焉，可以為仁矣？」子曰：「可以為難❷矣，仁則吾不知也。」

【譯文】原憲問：「好勝、矜誇、怨恨、貪欲，這四種缺點都能克制不行，就可以行仁了嗎？」孔子說：「可以說是難能可貴了，但是否可以行仁我就不知道了。」

【章旨】何晏《論語集解》將此章和前章併為一章，以為係原憲所記。朱熹則將它分為兩章。表明去克伐怨欲之難能。

【註釋】❶克伐怨欲：克，好勝。伐，矜誇。怨，怨恨。欲，貪欲。❷難：難能可貴。

(三)

子曰：「士而懷居❶，不足以為士矣！」

【譯文】孔子說：「一個讀書人如果貪戀居住生活的享受，就不配做為一個讀書人了。」

【章旨】記述讀書人應努力向道，不宜貪圖享受。

【註釋】❶懷居：貪戀居住生活的享受。

(四)

子曰：「邦有道，危言危行❶；邦無道，危行言孫❷。」

【譯文】孔子說：「在國家政治清明時，應不畏危難地直言不諱，並堅毅正直地去做；在國家政治混亂時，應不畏危難地去實行，但言詞應謹慎謙遜。」

【章旨】本章乃教人處世之道。

【註譯】❶危言危行：不畏危難而直言不諱，不畏危難而堅毅實行。❷言孫：孫同遜。謂言詞應謹慎謙遜。

(五)

子曰：「有德者必有言❶，有言者不必有德，仁者必有勇，勇者不必有仁。」

【譯文】孔子說：「有品德修養的人必然有正直的言論，但是有正直言論的人未必有品德修養。心地仁厚的人必然有勇氣，但是有勇氣的人未必心地仁厚。」

【章旨】記述不宜根據言行來評斷一個人的操守。

【註釋】❶言：指正直的言論。

(六)

南宮适❶問於孔子曰：「羿❷善射，奡❸盪舟，俱不得其死然❹。禹稷❺躬稼❻而有天下。」夫子不答。南宮适出，子曰：「君子哉若人❼！尚德哉若人！」

【譯文】南宮适問孔子說：「后羿善於射箭，奡擅長水戰，這兩個人雖擁有一身才藝，但結果都不得好死。夏禹和后稷親自下田教導人民耕種，結果反而擁有天下。」孔子聽了他的話並未作答。待南宮适離開後，孔子才說：「這人真是個君子啊！這個人真是重視品德啊！」

【章旨】記述孔子讚美南宮适之崇德尚義。

【註釋】❶南宮适：即南容。魯國人。原姓仲孫，名閱，為孟僖子之子，孟懿子之兄。❷羿：即后羿。為有窮國國君，善於射箭。夏朝太康時篡位自立，不修民事，後為丞相寒浞所殺。❸奡：寒浞之子，天生神力，擅長水戰，被封於過，後為少康所滅。❹不得其死然：即不得好死。然，語尾助詞。❺禹稷：大禹和后稷。❻躬稼：親自教導人民耕田播種。❼若人：這個人。若，通偌。

(七)

子曰：「君子而不仁者有矣夫❶！未有小人而仁者也！」

【譯文】孔子說：「有品德修養的人偶爾也會違背仁道啊！但是我從未見過心胸狹隘的小人能夠行仁的。」

【章旨】記述行仁之難。

【註釋】❶矣夫：語尾感嘆助詞。

(八)

子曰：「愛之，能勿勞❶乎？忠焉，能勿誨❷乎？」

【譯文】孔子說：「愛護他，能不使他從事勞動而任他玩樂嗎？忠於他，能不規勸他改過向善而讓他順著自己的意思去做嗎？」

【章旨】記述真心的愛與忠誠。

【註釋】❶勿勞：不使從事勞動而任其逸樂。❷勿誨：不規過勸善而任其率性而為。

(九)

子曰：「為命❶，裨諶❷草創之❸，世叔❹討論之，行人❺子羽❻修飾之，東里❼子產潤色❽之。」

【譯文】孔子說：「鄭國製作的外交文書，是由裨諶起草，再由世叔審議，然後由外交官子羽修飾，最後再由宰相子產加以潤色才完成。」

【章旨】記述鄭國對於外交文書之慎重。

【註釋】❶為命：為，辦理、製作。命，外交文書。❷裨諶：春秋時鄭國大夫，善於謀劃。❸草創之：之，指外交文書。謂草擬外交文書。❹世叔：鄭國大夫，姓游，名吉。❺行人：官名。周代有大小行人之官，大行人掌大賓之禮，行大客之儀，以待諸侯。小行人掌邦國賓客之禮，以待四方使者。即所謂的外交官。❻子羽：複姓公孫，名揮，字子羽。為鄭國大夫。❼東里：為子產所居之地。❽潤色：增添文采使之更為出色。

(十)

或問子產。子曰：「惠人也。」❶問子西。❷曰：「彼哉彼哉！」❸問管仲。曰：「人也，奪伯氏駢邑三百，❹飯疏食，沒齒，❺無怨言。」

【譯文】有人問孔子關於子產的為人。孔子說：「他能廣施恩惠於人。」問到子西。孔子說：「他嘛……他嘛……」問到管仲。孔子說：「這個人啊！齊桓公把從駢邑奪來的三百戶人家封賞給他，而伯氏雖然吃著粗茶淡飯，即使到死，也沒有什麼怨言。」

【章旨】記述孔子評子產、子西和管仲的為人。

【註釋】❶惠人：施惠於民。❷子西：即楚公子申。楚平王死後，眾人擁子西即位，子西謙遜不就，讓位予昭王，並修明政教綱紀，是個賢大夫。❸彼哉：猶言他嘛，為推託之辭。謂子西雖賢，但未能革去楚僭王之號，故孔子推託不予置評。❹奪伯氏駢邑三百：伯氏，齊國大夫。駢邑，地名。齊桓公奪取伯氏駢邑三百戶予管仲。❺沒齒：終其一生。

▲ 公孫僑（子產）

(十一)

子曰：「貧而無怨，難；富而無驕，易。」

【譯文】孔子說：「貧窮而不怨天尤人，是很難辦到的事，富貴而不驕縱傲慢，卻是很容易辦到的事。」

【章旨】孔子期勉人不可因貧而怨，因富而驕。

(十二)

子曰：「孟公綽❶，為趙魏老❷則優❸，不可以為滕薛❹大夫。」

【譯文】孔子說：「孟公綽若讓他當晉國重卿趙、魏兩大家族的家臣是綽綽有餘的，但他能力有限，無法擔當滕、薛兩個小國的大夫。」

【章旨】本章評論孟公綽廉潔寡欲但缺乏才幹。

【註釋】❶孟公綽：魯國大夫。❷趙魏老：趙、魏是晉國重卿姓氏。老，指家臣之長。❸優：寬綽有餘。❹滕薛：兩小國名。在今山東省滕縣附近。

(十三)

子路問成人❶。子曰：「若臧武仲之知❷，公綽之不欲❸，卞莊子之勇❹，冉求之藝❺，文之以禮樂❻，亦可以為成人矣！」曰：「今之成人者，何必然❼？見利思義，見危授命❽，久要不忘平生之言❾，亦可以為成人矣！」❿

【譯文】子路問孔子怎樣才算是個人格完備的人。孔子說：「像臧武仲那樣具有智慧，像孟公綽那樣廉潔寡欲，像卞莊子那樣的勇武，像冉求那樣的多才多藝，若再用禮樂來修飾薰陶，也可以成為人格完美的人了。」又說：「但是現在所謂人格完美的人，那裡須一定要達到如此的境界呢？只要看到利益時能考慮是否合於義，看到危急的事能不惜犧牲生命，與人有舊約能不忘平日的承諾，如此也可算是人格完美的人了。」

【章旨】闡述完人的標準。

【註釋】❶成人：人格完備的人。即完人。❷臧武仲之知：臧武仲，即魯國大夫臧孫乾。知，同智。謂其學識淵博具有智慧。❸公綽之不欲：公綽，即替國大夫孟公綽。不欲，廉潔寡欲。❹卞莊子之勇：卞莊子，魯國卞邑大夫，勇武有力，曾刺虎，一舉兩獲，致使齊國畏而不敢伐魯。❺藝：有才能。❻文：當動詞用，修飾之意。❼然：如此。

❽見危授命：遇見危急的事能不惜犧牲生命。❾久要：舊約。❿平生之言：平日的承諾。

(十四)

子問公叔文子❶於公明賈❷，曰：「信乎？夫子❸不言不笑不取乎❹？」公明賈對曰：「以告者過也❺！夫子時❻然後言，人不厭其言；樂然後笑，人不厭其笑；義然後取，人不厭其取。」子曰：「其然？豈其然乎❼？」

【譯文】孔子問公明賈有關公叔文子的為人說：「真的像傳言這樣嗎？公叔文子真的是不苟言笑不貪求嗎？」公明賈回答說：「這樣告訴您的人實在是太誇張了。公叔大夫在應該說話的時候才說話，因此別人都不討厭他說的話；在高興的時候才笑，所以別人都不討厭他的笑；在合於義的時候才去取得，所以別人都不討厭他的取得。」孔子說：「是這樣嗎？難道真是這樣嗎？」

【章旨】記述孔子懷疑傳言公叔文子之為人而問於公明賈。

【註釋】❶公叔文子：即衛國大夫公叔發，諡文。❷公明賈：複姓公明，名賈，衛國人。❸夫子：指公叔發。因其位居大夫，故以此尊稱之。❹不言不笑不取：不言不笑，即不苟言笑。不取，不貪求。❺以告者過：過，過甚其詞。謂以此告訴你的人實在是誇張了些。❻時：合乎時宜。即在適當時機。❼豈其然：謂公叔發雖廉潔有賢名，卻未必能達到如此境界。

(十五)

子曰：「臧武仲以防❶，求為後於魯❷，雖曰不要君❸，吾不信也。」

【譯文】孔子說：「臧武仲據守他的封地防邑，然後向魯國國君要求立他的兒子為繼承人，雖然有人說他不是要挾國君，我卻不相信。」

【章旨】記述孔子指責臧武仲要挾國君。

【註釋】❶防：地名，在今山東省費縣東北。為臧武仲的食邑。❷求為後於魯：魯襄公二十三年，臧武仲因罪奔亡邾國，後自邾國潛返食邑防，然後派人到魯國，請求襄公立其後，以守先祀。襄公應許，乃立其子臧為為承繼食邑。武仲才離開防邑奔亡齊國。❸要：要挾，威脅。

(十六)

子曰：「晉文公❶譎而不正❷，齊桓公❸正而不譎。」

【譯文】孔子說：「晉文公詭詐而行事不由正道，齊桓公行事多合於正道而不使用詭詐的手段。」

【章旨】評論晉文公與齊桓公之為人。

【註釋】❶晉文公：名重耳，春秋五霸之一。❷譎而不正：譎，詭詐。正，正直、合乎正道。謂為人詭詐而行事不合乎正道。❸齊桓公：名小白。亦春秋五霸之一。

(十七)

子路曰：「桓公殺公子糾❶，召忽死之，管仲不死。曰未仁乎！」子曰：「桓公九合諸侯❷，不以兵車❸，管仲之力也。如其仁❹！如其仁！」

【譯文】子路問孔子說：「齊桓公殺了公子糾，召忽殉節而死，管仲卻不願死，這樣可算是有仁德的人嗎？」孔子說：「齊桓公曾多次會盟諸侯國，但都不是借助於強勢的兵力去威脅別的國家，而是得力於管仲的謀劃。這就是他能行仁道的最好證明啊！這就是他能行仁道的最好證明啊！」

【章旨】記述管仲具有仁德。

【註釋】❶桓公殺公子糾：桓公與公子糾兩人皆為齊襄公之弟。齊襄公暴虐無道，眾人恐遭殺身之禍，鮑叔牙乃擁護公子小白奔往莒國，管仲與召忽擁護公子糾奔往魯國。後公子無知弒襄公自立為君。不久無知被殺，公子小白入齊為君，並使魯國殺公子糾，引渡管仲、召忽回國。召忽殉節而死，管仲則自甘為階下囚。由於鮑叔牙的大力推薦，桓公遂不記前嫌，拜管仲為相。❷九合諸侯：九，謂其次數之多。即多次會盟四方諸侯。❸不以兵車：謂不借助於強勢的兵力。❹如其仁：如，乃也。謂其能成就如此功業，乃由於具有仁德之故。

(六)

子貢曰：「管仲非仁者與？桓公殺公子糾，不能死，又相之❶。」子曰：「管仲相桓公，霸諸侯，一匡天下❷，民到于今受其賜；微❸管仲，吾其被髮左衽❹矣！豈若匹夫匹婦❺之為諒❻也，自經於溝瀆❼，而莫之知❽也！」

【譯文】子貢說：「管仲大概不是個有仁德的人吧？桓公殺了公子糾，管仲身為公子糾的太傅，不但不能守節殉死，反而當了桓公的宰相。」孔子說：「管仲輔佐桓公，稱霸諸侯，使天下歸於正道，人民到現在還深受他的恩惠。如果沒有管仲，我們恐怕早就披散著頭髮，衣襟往左邊開，成了野蠻人了！他豈能像一般人一樣固守著小信義，毫無意義地自殺在溝瀆那個地方，而沒有人知道他是誰呢？」

【章旨】評述管仲不拘小節而能成就大業。

【註釋】❶不能死又相之：不能為主殉死，反而當了桓公的宰相。相，作動詞用。之，指桓公。❷一匡天下：匡，正也。謂尊周室，攘夷狄，使天下走上正軌。❸微：沒有。❹被髮左衽：被，同披。衽，衣襟。披散著頭髮，衣襟向左開，意即變成野蠻人。❺匹夫匹婦：一般百姓。❻諒：假借為勍ㄑㄧㄥˊ，固執之意。❼自經於溝瀆：自經，自縊而死。溝瀆，田間水道。但劉氏《論語正義》說溝瀆為地名，即公子糾被殺之處。《左傳》作生竇，《史記》作笙瀆。此一說法較為確切。❽莫之知：無人知道。

▲齊桓公與管仲

（十九）

公叔文子之臣大夫僎❶，與文子同升諸公❷。子聞之曰：「可以為文矣❸！」

【譯文】公叔文子的家臣大夫僎，與公叔文子同朝為官。孔子聽到這件事後說：「公叔文子諡號文，可以說是名副其實了。」

【章旨】記述公叔文子薦賢之德。

【註釋】❶僎：公叔文子的家臣。家臣爵秩不同，尊者為大夫，次為士。❷同升諸公：諸，之於。公，指公朝。謂推薦僎與自己同進為公朝大臣。❸可以為文：《周書．謚法》諡文有六等：經天緯地、道德博厚、勤學好問、慈惠愛民、愍民惠禮、錫民爵位。公叔文子薦舉大夫僎，合於「錫民爵位」，故孔子說「可以為文矣」，謂名符其實。

（二十）

子言衛靈公之無道也。康子❶曰：「夫如是，奚而不喪❷？」孔子曰：「仲叔圉❸治❹賓客，祝鮀治宗廟，王孫賈治軍旅。夫如是，奚其喪？」

【譯文】孔子談到衛靈公無道的事。季康子聽了之後說：「既然如此，為何他沒有失去君位呢？」

孔子說：「有仲叔圉為他處理外交的事務，有祝鮀能為他處理宗廟祭祀的事務，有王孫賈為他處理軍政事務，如此善於重用人才，他怎會失去君位呢？」

【章旨】記述衛靈公雖無道猶能任用賢臣。

【註釋】❶康子：即季康子。❷奚而不喪：奚，為何。喪，喪失君位。言何以沒喪失君位呢。❸仲叔圉：即衛國賢臣孔文子。❹治：掌理，承辦。

(二)

子曰：「其言之不怍❶，則為之也難❷！」

【譯文】孔子說：「一個人對於自己所說的大話若一點也不感到慚愧，則要他實現所說過的話很困難。」

【章旨】本章乃教人勿大言不慚。

【註釋】❶怍：慚愧。❷為之也難：為，實行。之，指所說的話。也，語中助詞，無義。此句謂欲其實現所說的話很困難。

(三)

陳成子❶弒簡公❷。孔子沐浴而朝❸，告於哀公曰：「陳恆弒其君，請討之。」公曰：「告夫三子❹。」孔子曰：「以吾從大夫之後❺，不敢不告也！君曰：『告夫三子』者！」之三子告❻，不可。孔子曰：「以吾從大夫之後，不敢不告也！」

【譯文】陳成子殺了齊簡公，孔子聽到這件事後即齋戒沐浴，然後上朝覲見魯哀公，對哀公說：「陳恆殺了自己的國君，請君上發兵討伐他吧！」哀公說：「這件事你去告訴孟孫、叔孫、季孫三家吧！」孔子退朝後說：「只因為我忝列大夫末座，所以不敢不將這件事告訴君王，但君王卻對我說：『你去告訴孟孫、叔孫、季孫三家吧！』」孔子前去通知三家，三家卻不同意出兵討伐，孔子於是很感慨地說：「只因為我忝列大夫末座，所以不敢不將這件大事告訴三家啊！」

【章旨】記述孔子為維護君臣之義而主張討伐陳恆，但其建議卻不被採納。

【註釋】❶陳成子：齊國大夫，名恆，謚成。❷簡公：齊國國君，名壬。❸沐浴而朝：齋戒沐浴之後才上朝覲見君王，以示慎重其事。❹三子：指孟孫、叔孫、季孫三家。時魯國政權落於三家之手，故哀公不敢自專。❺從大夫之後：謂忝列大夫末座。孔子雖為大夫，卻有官無職，故說「從大夫之後」。❻之三子告：之，前往。即前去告知三家。

(二三)

子路問事君。子曰：「勿欺也❶，而犯之❷。」

【譯文】子路向孔子請教侍奉君王的方法。孔子說：「對君王要忠誠不貳，不可欺瞞君王，當君王有過失時，應冒死直言極諫。」

【章旨】記述事君之道。

【註釋】❶欺：欺瞞，蒙蔽。❷犯之：冒犯君上。謂君王有過失應冒死直言極諫。

(二四)

子曰：「君子上達❶，小人下達❷。」

【譯文】孔子說：「君子依循正道而行，不斷向上求進步，小人卻自甘墮落，日趨於下流。」

【章旨】記述君子與小人之別。

【註釋】❶上達：謂不斷向上求進。❷下達：謂日趨下流。

(二五)

子曰：「古之學者為己❶，今之學者為人❷。」

【譯文】孔子說：「古時候的讀書人是為了修養自身品德，使德業日益精進而讀書，現在的讀書人卻是為了使別人知道自己有才學而讀書。」

【章旨】記述古今學者求學態度之不同。

【註釋】❶為己：為修養己身並使德業日益精進。❷為人：為見知於人而不務實際，只求虛名。

(二六)

蘧伯玉❶使人於孔子，孔子與之坐而問焉，曰：「夫子❷何為？」對曰：「夫子欲寡其過而未能也。」使者出。子曰：「使乎❸！使乎！」

【譯文】蘧伯玉派人前來拜訪孔子，孔子和使者一同坐下來談話。孔子問使者說：「蘧大夫近來都做些什麼呢？」使者回答說：「蘧大夫努力想減少自己的過失卻無法做到。」使者離開後，孔子稱讚說：「好一個使者啊！好一個使者啊！」

【章旨】記述孔子稱讚蘧伯玉的使者應對得體，不辱使命。

【註釋】❶蘧伯玉：衛國大夫，姓蘧，名瑗，字伯玉。❷夫子：稱蘧伯玉。❸使乎：稱讚語。謂真是個能言善道、應對得體的使者啊。

(二七)

子曰：「不在其位，不謀其政。」

【譯文】【章旨】【註釋】本章重覆，見〈泰伯第八〉第十四章（197頁）。

(二八)

曾子曰：「君子思不出其位❶。」

【譯文】曾子說：「一個從政者平日所思應不超越自己的本份。」

【章旨】本章論君子應各專其職。

【註釋】❶君子思不出其位：本為《易經》艮卦的象辭。謂君子為政應專注於職務，不可逾越本份，侵權枉法。何晏《集解》及皇侃《疏》將此章與前章併為一章，以為係曾子引述孔子的話而予闡釋。今從朱注。

（二九）

子曰：「君子恥其言而❶過其行。」

【譯文】孔子說：「一個有品德修養的人務求言行一致，若所說的話過於誇張而無法達到，則會自覺得十分可恥。」

【章旨】本章乃勉勵人言行合一。

【註釋】❶而：猶「之」。

（三〇）

子曰：「君子道者三，我無能焉：仁者不憂，❶知者不惑，勇者不懼。」

子貢曰：「夫子自道❷也！」

【譯文】孔子說：「君子有三種品德，我卻一種也未能達到。那就是有仁德的人不會感到憂慮，有智慧的人不會感到迷惑，果敢有決斷的人不會感到畏懼。」子貢說：「這是在說您自己啊！」

【章旨】本章乃孔子自謙語。

【註釋】❶知：同智。❷自道：自述。謂孔子具有此三種德行。

(三)

子貢方人❶。子曰：「賜也，賢乎哉❷？夫❸我則不暇！」

【譯文】子貢喜歡評論別人的長短。孔子說：「賜啊！你自以為很賢德沒有缺點了嗎？若是我的話，則沒有這種閒工夫來議論別人的長短。」

【章旨】記述孔子指責子貢不可隨便批評別人。

【註釋】❶方人：評論，比較別人的長短。❷賢乎哉：謂自以為賢德無缺點了嗎。❸夫：發語辭，無義。

(三二)

子曰：「不患❶人之不己知❷，患其❸不能也。」

【譯文】孔子說：「不要擔憂別人不知道自己的才能，而應該擔憂自己是否有才能。」

【章旨】本章乃勉人勤於進德修業。

【註釋】❶患：憂慮，煩惱。❷不己知：不知道自己的才能。❸其：自己。

(三三)

子曰：「不逆詐❶，不億不信❷，抑❸亦先覺者，是賢乎！」

【譯文】孔子說：「不可預先認定別人將行詐術來欺騙我，也不可猜測別人將不信任我，雖然有時這樣的確能洞察先機，而不致遭人欺騙，但這種居心能算是賢德嗎？」

【章旨】記述為人應存心誠正，不可以小人之心度君子之腹。

【註釋】❶逆詐：逆，預先。逆詐，預先認定別人將行詐術來欺騙自己。❷億不信：億，同臆。謂臆測別人將不信任我。❸抑亦先覺者：抑，然、但是。此句謂逆詐、億不信有時也能洞察先機。

(三四)

微生畝❶謂孔子曰：「丘何為是栖栖❷者與？無乃為佞❸乎？」孔子曰：「非敢為佞也，疾固❹也。」

【譯文】微生畝批評孔子說：「那個孔丘為什麼總是這樣忙碌而居無定所呢？恐怕是想藉口才取悅別人，以獵取功名利祿吧？」孔子聽了這話說：「我怎敢以口才來取悅別人，只是痛恨那些頑固無知的人罷了。」

【章旨】記述孔子為自己辯駁之語。

【註釋】❶微生畝：魯國武城人，複姓微生，名畝。為魯國隱士。❷栖栖：不安貌。謂忙碌而居無定所。❸無乃為佞：無乃，猶言恐怕。佞，以口才取悅於人。❹疾固：疾，痛恨、厭惡。固，固陋無知。謂痛恨世人之頑固無知而欲教導之。

（三五）

子曰：「驥不稱❶其力，稱其德也。」

【譯文】孔子說：「日行千里的駿驥，並非以其力量受人稱道，而是因為具有忍耐的品德故為世人稱頌。」

【章旨】本章乃勉人勤修德業。

【註釋】❶稱：稱揚。

（三六）

或曰：「以德❶報怨，何如？」子曰：「何以報德？以直❷報怨，以德報德。」

【譯文】有人問說：「別人有怨於我，我卻以恩惠來回報他，這樣做如何呢？」孔子說：「那麼，又要用什麼來回報別人對你的恩德呢？所以應該本著公正無私的心來回報別人的怨仇，以恩德來回報別人對你的恩德。」

【章旨】記述與人相處之道。

【註釋】❶德：恩德，恩惠。❷直：正直無私。

(三七)

子曰：「莫我知也夫❸！」子貢曰：「何為其莫知子也？」子曰：「不怨天，不尤人❹，下學而上達❺，知我者其天乎！」

【譯文】孔子說：「大概沒有人能夠了解我吧！」子貢說：「為什麼沒有人了解您呢？」孔子說：「我既不怨責上天，也不怪罪別人，從基本的道理努力學起以通達天理，能夠了解我的大概只有上天吧！」

【章旨】本章乃孔子概嘆己道不能行。

【註釋】❶莫我知也夫：莫我知，即莫知我。謂沒有人能了解我。也夫，語尾感嘆助詞。❷尤人：怨恨、怪罪別人。❸下學而上達：謂從基本的道理學起而通達天理。

（三八）

公伯寮❶愬❷子路於季孫，子服景伯❸以告，曰：「夫子❹固有惑志於公伯寮，吾力猶能肆諸市朝❺。」子曰：「道之將行也與❻，命也。道之將廢也與，命也。公伯寮其如命何？」

【譯文】公伯寮在季孫氏面前說子路的壞話，子服景伯為子路抱不平而跑去告訴孔子說：「季孫氏雖然被公伯寮的讒言迷惑心志，但我還有能力使季孫氏明白真相，而讓公伯寮受懲處棄屍於市。」孔子說：「如果正道能夠實行，那是天意；如果正道被嚴棄，那也是天意啊！公伯寮又怎能違逆天意呢？」

【章旨】記述正道之興廢蓋由天意，非人力所及。

【註釋】❶公伯寮：魯國人，複姓公伯，名寮。《史記．仲尼弟子列傳》作公伯僚。❷愬：進讒言。❸子服景伯：魯國大夫，複姓子服，名何，諡景。❹夫子：指季孫氏。❺肆諸市朝：肆，處死刑陳屍示眾。諸，之於。市朝，市中官治之所。❻也與：語助詞，無義。

(三九)

子(ㄗˇ)曰(ㄩㄝ)：「賢(ㄒㄧㄢˊ)者(ㄓㄜˇ)辟(ㄅㄧˋ)世(ㄕˋ)❶，其(ㄑㄧˊ)次(ㄘˋ)辟(ㄅㄧˋ)地(ㄉㄧˋ)❷，其(ㄑㄧˊ)次(ㄘˋ)辟(ㄅㄧˋ)色(ㄙㄜˋ)❸，其(ㄑㄧˊ)次(ㄘˋ)辟(ㄅㄧˋ)言(ㄧㄢˊ)❹。」

【譯文】孔子說：「有賢德的人遇天下正道不行，綱紀無常時則隱避不出；較次一等的人，遇某處政治混亂時即避往他處；再次一等的人，遇到執政者不以禮相待即引退離去；再次一等的人，遇到在上位者不聽忠諫，與自己意見相左時即引退離去。」

【章旨】記述賢者處世的態度。

【註釋】❶辟世：辟，古同避。避世，謂天下正道不行時即隱避不仕。❷辟地：謂某地局勢紛亂、綱紀無常即避而前往他處。❸辟色：謂執政者不以禮相待則可離開。❹辟言：謂在上位者不聽忠諫、與自己意見相左則可離開。

(四〇)

子(ㄗˇ)曰(ㄩㄝ)：「作(ㄗㄨㄛˋ)者(ㄓㄜˇ)七(ㄑㄧ)人(ㄖㄣˊ)❶矣(ㄧˇ)。」

【譯文】孔子說：「避世隱居的賢人現在已有七位了。」

【章旨】此章意義難詳。何晏《集解》將此章與前章併為一章。朱熹因有「子曰」兩字而另作一章。

【註釋】❶作者七人：作者，指起而隱去的人。七人，《集解》引包咸注以為指長沮、桀溺、丈人、石門、荷蕢、儀封人、楚狂接輿。皇侃《疏》引王弼注謂指伯夷、叔齊、虞仲、夷逸、朱張、柳下惠、少連等人。宦懋庸《論語稽》附注則謂指堯、舜、禹、湯、文、武、周公等七個聖人。此句亦有解釋為孔子說作者已有七人，故自己只述而不作。但學者多採前說，以為與前章相關。

(四)

子路宿於石門❶。晨門❷曰：「奚自❸？」子路曰：「自孔氏。」曰：「是知其不可而為之者與？」

【譯文】子路夜宿於魯城的石門外。第二天清晨，負責開啟城門的小吏問他：「你從那裡來的？」子路回答說：「從孔家來。」守門人說：「是那個明知不能做卻執意去做的人嗎？」

【章旨】記述守城小吏對孔子的譏評。

【註釋】❶石門：魯城外門。❷晨門：專司清晨開啟城門者。❸奚自：從何處來。

(四)子擊磬❶於衛。有荷蕢❷而過孔氏之門者，曰：「有心哉，擊磬乎！」既而曰：「鄙哉，硜硜乎❸！莫己知也，斯已而已矣❹！『深則厲，淺則揭❺。』」子曰：「果哉！末之難矣❻！」

【譯文】孔子在衛國有一天正在擊磬時，有個挑著盛土器具的人經過孔子的住處，聽到孔子擊磬的聲音不禁嘆說：「這個擊磬的人，真是個有心人啊！」一會兒又說：「真是鄙陋啊！真是頑固不知變通啊！既然沒有人了解自己，就乾脆放棄算了吧！《詩經》上說：『水深則和衣渡水，水淺則撩起衣裳涉水而行。』」孔子說：「若是如此，那麼就沒有什麼難為的事了。」

【章旨】記述隱者對孔子的譏評。

【註釋】❶磬：用玉石製成的樂器。❷荷蕢：荷，擔負。蕢，草製的盛土器具。荷蕢老人為一隱居者。❸硜硜乎：堅硬貌。謂人頑固不知變通。❹斯已而已矣：已，停止。而已矣，感嘆詞，猶言算了吧。❺深則厲，淺則揭：出自《詩經．邶風．匏有苦葉》。厲，本作濿，和衣渡水之意。謂水深則和衣渡水，水淺則撩衣涉水而行。❻果哉，末之難矣：果哉，果然如此。末，同莫。謂若真如此，就沒什麼難為的事了。

（四三）

子張曰：「書云：『高宗諒陰，三年不言❶。』何謂也？」子曰：「何必高宗？古之人皆然。君薨❷，百官總己❸以聽於冢宰❹，三年。」

【譯文】子張問孔子說：「《書經》上說：『高宗居喪三年不施政令。』這句話是什麼意思呢？」孔子說：「何只是高宗而已呢？古時候的人都是如此。國君去世，朝廷百官都會專心致力於自己的職務，聽從冢宰的命令，時間長達三年之久。」

【章旨】記述天子、諸侯居喪之禮。

【註釋】❶高宗諒陰，三年不言：出自《尚書．無逸篇》，原文作「其在高宗，時舊勞于外，爰暨小人。作其即位，乃或亮陰，三年不言」。高宗，即殷王武丁。諒陰，居喪之禮。劉氏《論語正義》謂諒陰亦作梁闇，即王者喪服中所居之倚廬。此句謂武丁居喪三年謹言慎行，不施政令。❷薨：國君死稱為薨。❸總己：總攝自己的職務。❹冢宰：百官之長。即後世的宰相。

（四四）

子曰：「上好禮❶，則民易使❷也。」

【譯文】孔子說：「在上位的人若崇尚禮法，事事遵照禮法而行，則自然容易差使人民做事了。」

【章旨】記述執政者須以身作則。

【註釋】❶好：崇尚，愛好。❷易使：易於差使。

(四五)

子路問君子❶。子曰：「修己以敬❷。」曰：「如斯而已乎？」曰：「修己以安人❸。」曰：「如斯而已乎？」曰：「修己以安百姓。修己以安百姓，堯舜其猶病諸❹！」

【譯文】子路問為政之道。孔子說：「修養自己以敬慎從事公務。」子路說：「這樣就可以了嗎？」孔子說：「修養自己的品德，進而使別人都能安於其職。」子路說：「這樣就可以了嗎？」孔子說：「修養自己的品德，更進而使百姓都能安居樂業。但是修養自己的品德，更進而使百姓都能安居樂業這件事，連堯舜兩位聖王都還擔心做不到呢！」

【章旨】記述為政之道在修己安人。

【註釋】❶君子：指在上位的人。此處謂為政之道。❷修己以敬：修養自己以敬慎地從事公務。❸安人：使人安於職守。❹病諸：病，憂患、擔心。諸，代名詞，指修己以安百姓。

(四六)

原壤❶夷俟❷。子曰：「幼而不孫弟❸，長而無述焉❹，老而不死，是為賊❺。」以杖叩其脛❻。

【譯文】原壤歪斜地蹲在地上等待孔子。孔子見他蹲相很難看，就說：「年少的時候不懂得謙遜禮讓，友愛兄弟，長大後又沒有什麼值得稱頌的地方，現在年紀一大把了還不死，真可說是傷風敗德的賊啊！」說著，就用手杖輕敲了一下他的小腿。

【章旨】記述孔子指責原壤的放蕩無禮。

【註釋】❶原壤：為周文王第十六子原伯的後裔。性格放蕩，不拘小節。❷夷俟：夷，蹲踞。俟，等待。❸孫弟：孫，同遜。弟，同悌。孫弟，即謙遜孝悌。❹無述：沒有值得稱道的事。❺賊：謂戕害風紀，敗壞倫常之人。❻叩其脛：叩，輕敲。脛，小腿意。

(四七)

闕黨❶童子❷將命❸。或❹問之曰：「益者與❺？」子曰：「吾見其居於位❻也，見其與先生❼並行也，非求益者也，欲速成者❽也。」

【譯文】有個闕里的童子專門負責為賓主傳話。有人問起這件事說：「這樣對他的學業有幫助嗎？」孔子說：「我看他坐在室中的正位，與年長的人並肩而行，一點也不懂得禮讓，實在不是想在學問上求長進的人，而是想趕快變成大人的人啊！」

【章旨】記述闕里童子之不知禮讓，但求速成。

【註釋】❶闕黨：闕，黨名。黨，鄉里。闕黨猶言闕里，為孔子的故居，在今山東省曲阜縣境。❷童子：未滿二十歲的人。❸將命：為賓主傳話。❹或：某人。❺益者與：益，增進、助益。與，同歟。謂對學業有幫助嗎。❻居於位：坐在室中的正位。謂其不知禮讓。古禮，童子只能坐在角落以隨侍。❼先生：指年長者。❽欲速成者：想要趕快長大與成人同行並坐。

衛靈公第十五

(一)

衛靈公問陳❶於孔子。孔子對曰：「俎豆❷之事，則嘗聞之矣；軍旅❸之事，未之學也。」明日遂行。在陳絕糧。從者病，莫能興❹。子路慍❺見曰：「君子亦有窮❻乎？」子曰：「君子固窮❼，小人窮斯濫❽矣。」

【譯文】衛靈公向孔子請教作戰佈陣的方法。孔子回答說：「若是宗朝祭祀的禮制，我倒曾聽說過，至於軍隊作戰的事，我就從未學過了。」孔子見衛靈公不能共事，第二天就離開了衛國。他們一行人走到陳國時，陳蔡兩國派兵圍困住孔子，使得他們糧食斷絕。隨從的許多人都餓病了，連站都站不起來。子路滿臉怨怒地來見孔子說：「一個有品德修養的人也有窮困的時候嗎？」孔子說：「有品德修養的人雖然窮困，仍能固守本份，而小人一陷於窮困就胡作非為，不守本份了。」

【章旨】記述孔子在陳絕糧之事。

【註釋】❶陳：同陣。指戰術、陣法。❷俎豆：宗廟祭祀所用的兩種禮器，用以盛放祭品。喻宗廟祭祀的禮節。❸軍旅：即軍隊。此處指作戰殺伐。❹興：起立。❺慍：生氣，怨怒。❻窮：窮困，困窘。❼固窮：窮困時猶能固守本份。❽窮斯濫：斯，就也。謂一陷窮困就胡作非為不守本份。

▲孔子在陳遭兵困幾至斷糧

(二)

子曰：「賜❶也，女以予為多學而識❷之者與❸？」對曰：「然，非與？」曰：「非也！予一以貫之❹。」

【譯文】孔子說：「賜啊！你以為我是個博學強記的人嗎？」子貢回答說：「是呀！難道不是這樣嗎？」孔子說：「不是這樣的，我是以一種根本的道理將所學的各種道理貫串起來啊！」

【章旨】記述治學當前後融會貫通。

【註釋】❶賜：子貢名。❷識：記住。❸與：同歟，語尾疑問詞。❹一以貫之：貫，貫串。謂以一種根本的道理推衍出萬事萬物的道理。

(三)

子曰：「由❶，知德者鮮❷矣！」

【譯文】孔子說：「仲由啊！懂得修養品德的人實在太少了。」

【章旨】孔子教誨子路應在品德修養上多下工夫。

【註釋】❶由：子路名。❷鮮：稀少。

(四)

子曰：「無為而治者❶，其舜也與❷！夫何為哉？恭己正南面❸而已矣。」

【譯文】孔子說：「只以德行教化人民而無其他施政措施，就能使天下安治的，大概只有舜帝吧！他做了些什麼事呢？只有恭敬自守而端正坐在君位上罷了。」

【章旨】記述執政者只須以德化民，天下自然安治。

【註釋】❶無為而治：治，治理天下。謂聖人以德化民，無須制訂其他刑罰典章來約束人民，而天下自然安治。❷與：同歟，語尾感嘆助詞。❸恭己而正南面：恭敬自守而端居在君位上。古代帝王皆南面而治，故言正南面。

(五)

子張問行。子曰：「言忠信，行篤敬❶，雖蠻貊之邦❷行矣。言不忠信，行不篤敬，雖州里❸行乎哉？立，則見其參於前❹也。在輿❺，則見其倚於衡❻也。夫然後行。」子張書諸紳❼。

【譯文】子張問孔子怎樣做才能行得通。孔子說：「說話能夠忠誠信實，行事能夠篤厚敬慎，如此，即使到了邊遠蠻荒的民族國家也能行得通。說話不忠誠信實，行事不能篤厚敬慎，即使在自己居住的鄉里難道能行得通嗎？站著的時候，則看到它彷彿參列在眼前，坐在車上時，則看見它彷彿倚在車衡上。能夠如此，則到那裡都行得通。」子張聽了這番話後；就立刻將忠信篤敬四字寫在衣帶上。

【章旨】記述孔子以忠信篤敬教誨子張。

【註釋】❶行篤敬：行事須篤厚敬慎。❷蠻貊之邦：南方未開化民族稱為蠻，北方未開化民族稱為貊。謂四方異族之地。❸州里：即鄉里，自己居住的地方。❹見其參於前：其，指忠信篤敬。參，參列、顯現。謂忠信篤敬如影隨形，彷彿參列顯現在眼前般。❺輿：車輛。❻衡：車前的橫木。❼書諸紳：紳，衣帶。謂將忠信篤敬四字寫在衣服下垂的大帶上以警惕自己。

(六)

子曰：「直哉史魚❶！邦有道，如矢❷；邦無道，如矢。君子哉蘧伯玉！邦有道，則仕；邦無道，則可卷而懷之❸。」

【譯文】孔子說：「史魚真是個耿直的賢臣啊！在國家政治清明時，如箭般的耿直，在國家政治混亂時，也如箭般的耿直極諫。蘧伯玉真是個有品德修養的君子啊！國家政治清明時，則出來做官，國家政治混亂時，則將自己的才華隱藏起來。」

【章旨】記述孔子讚美衛國的兩位賢臣史魚和蘧伯玉。

【註釋】❶史魚：姓史，名鰌，字子魚。為衛國大夫。因衛靈公不用蘧伯玉而任用幸臣彌子瑕，史魚屢諫不從，臨終時以生不能進賢，退不肖，故囑咐其子置屍於室內窗下，不可置於正堂。史魚死後，衛靈公往弔，受其感動，於是進用蘧伯玉而黜退彌子瑕。史魚生以身諫，死以屍諫，故孔子稱揚其正直。❷如矢：如箭般耿直。❸卷而懷之：卷，同捲。謂將自己的才華隱藏起來，如捲起來藏在懷中般。

(七)

子曰：「可與言，而不與之言，失人❶；不可與言而與之言，失言❷。知❸者不失人，亦不失言。」

【譯文】孔子說：「可以和他談論卻不和他談論，就會失去可與交談的對象。不可以和他談論卻和他談論，就會說錯話。有智慧的人既不會失去可與交談的對象，也不會說錯話。」

【章旨】記述與人言談須謹慎。

【註釋】❶失人：失去可與交談的人。即失去彼此交誼的機會。❷失言：謂找錯對象，說錯話。❸知：同智。

(八)

子曰：「志士❶仁人❷，無求生❸以害仁，有殺身❹以成仁❺。」

【譯文】孔子說：「一個有志氣、有仁德的人，絕不可為了保全自己的生命而損害仁道，卻應犧牲自己的生命以成全仁道。」

【章旨】本章乃勉勵人應有殺身成仁之德。

【註釋】❶志士：有志氣的人。❷仁人：具有仁德的人。❸求生：企求生存，保全生命。❹殺身：犧牲生命。❺成仁：成全仁道。

(九)

子貢問為仁。子曰：「工欲善其事，必先利其器❶。居是邦也，事其大夫之賢者，友❷其士之仁者。」

【譯文】子貢問孔子如何行仁。孔子說：「一個工匠要把事情做好，必須先使工具銳利。同樣的，居住在這個國家裡，必須先追隨、侍奉這個國家裡那些有賢德的大夫，結交有仁德的士人。」

【章旨】記述行仁的途徑。

【註釋】❶工欲善其事，必先利其器：工匠要把事情做好，必先要有銳利的器具。謂欲行仁必須經由完善的途徑。❷友：結交。

(十)

顏淵問為邦❶。子曰：「行夏之時❷，乘殷之輅❸，服周之冕❹，樂則韶舞❺。放鄭聲❻，遠佞人❼。鄭聲淫，佞人殆❽。」

【譯文】顏淵問孔子如何治理邦國。孔子說：「行夏朝的曆法，乘坐商朝的大木車，戴周朝的禮帽，奏舜帝時的韶樂。禁絕鄭國的音樂，疏遠諂媚的小人。因為鄭國音樂多淫靡，會腐蝕人的心志，善於諂媚的小人，將使國家陷於危險。」

【章旨】記述孔子告顏淵治國之根本大法。

【註釋】❶為邦：治國之道。❷行夏之時：即採行夏曆。夏曆即現在的農曆。❸乘殷之輅：輅，王者所乘的木製大車。殷朝的木車較樸素堅實，至周代則在車上裝飾金玉，孔子覺其過於奢華，故不用。❹服周之冕：冕，大夫以上所戴的禮帽。周代禮帽華而不奢，故孔子贊成戴周時的禮帽。❺韶舞：韶是舜時的舞樂，古時舞樂合一，故稱為韶舞。孔子認為韶樂盡善盡美，故主張採用韶舞。❻放鄭聲：放，驅逐、禁絕。鄭聲即鄭國音樂，為靡靡之音，故孔子主張禁絕。❼遠佞人：遠，疏遠。佞人，善於諂媚的人。❽殆：危險。

▲春秋時代的輅（河南省三門峽出土）

（十一）

子曰：「人無遠慮❶，必有近憂。」

【譯文】孔子說：「一個人若沒有長遠的謀劃考慮，必然會有眼前的憂患。」

【章旨】本章乃勉人眼光須放遠，不可短視近利。

【註釋】❶遠慮：長遠的考慮。即謂眼光須放得遠。

（十二）

子曰：「已矣乎！吾未見好德如好色者也！」

【譯文】【章旨】【註釋】本章重覆，見〈子罕第九〉第十七章（219頁）。此處只多感嘆詞而已。

（十三）

子曰：「臧文仲❶其竊位❷者與？知柳下惠❸之賢，而不與立❹也。」

【譯文】孔子說：「臧文仲大概是個竊取官位的人吧？他明知柳下惠具有賢才，卻不薦舉他與他同朝為官。」

▲展獲（子禽・柳下惠）

【章旨】記述孔子譴責臧文仲不能薦賢。

【註釋】❶臧文仲：即臧孫辰，謚文仲。為魯國大夫。❷竊位：謂不稱其位，如竊取而來般。❸柳下惠：姓展，名獲，字子禽。魯國賢大夫，因食邑柳下，門人私謚惠，故稱柳下惠。官至士師，掌理訟獄之事。三次出仕三次被罷黜，仍處之泰然，毫無憂色。❹不與立：謂不薦舉人使與自己同立於朝。

(十四)

子曰：「躬自厚❶，而薄責於人❷，則遠怨矣！」

【譯文】孔子說：「對自己要求很嚴格，而對別人很寬厚，不刻薄地要求別人，如此即可避免別人對你有所怨恨了。」

【章旨】記述待人處世之道。

【註釋】❶躬自厚：躬，自身。謂厚責於己，即對待自己很嚴格。❷薄責於人：薄，少也。謂對待別人很寬厚。

(十五)

子曰：「不曰『如之何，如之何❶』者，吾末❷如之何也已矣！」

【譯文】孔子說：「在做事之前如果不先考慮清楚，嘴裡喃喃唸著『怎麼辦？怎麼辦？』的人，我也不知道該對他怎麼辦了。」

【章旨】本章教人行事前應慎思熟慮。

【註釋】❶如之何：猶言怎麼辦。謂慎思熟慮，努力思索問題並設法解決。❷末：古通莫。

(十六)

子曰：「群居終日❶，言不及義❷，好行小慧❸，難矣哉❹！」

【譯文】孔子說：「和一群人整天泡在一起，所說的話沒有一句是正經事，而又喜歡賣弄些小聰明，這樣的人很難和他講道理。」

【章旨】本章勉人應努力進德修業，不宜渾噩度日。

【註釋】❶群居：群集一處。❷言不及義：所說的話都與正道義理無關。即沒有一句正經話。❸小慧：小聰明。❹難矣哉：很難和他講道理。

(十七)子曰：「君子義以為質❶，禮以行之❷，孫❸以出之，信以成之，君子哉！」

【譯文】孔子說：「有品德修養的人應以義為做人的根本，用禮節來實踐它，用謙讓的態度來表現它，用誠實信用來完成它，這樣就可以成為一個有品德修養的君子了。」

【章旨】記述君子之道在於義。

【註釋】❶質：本質。❷之：指義。❸孫：謙遜。

(十八)子曰：「君子病❶無能焉，不病人之不己知❷也。」

【譯文】孔子說：「有品德修養的人只擔憂自己沒有才能，而不擔憂別人不知道自己的才能。」

【章旨】本章乃勉人勤修德業。

【註釋】❶病：憂患。❷不己知：即不知己，不知道自己的才能。

(十九)

子曰：「君子疾❶沒世❷而名不稱❸焉。」

【譯文】孔子說：「有品德修養的人只擔心身後名聲不能顯揚。」

【章旨】本章仍勉人勤修德業。

【註釋】❶疾：擔心，憂慮。❷沒世：沒，同歿。謂去世。❸稱：稱顯。

(二十)

子曰：「君子求諸己❶，小人求諸人❷。」

【譯文】孔子說：「有品德修養的人凡事只責求於自己，而心胸狹隘的小人則事事苛求於別人。」

【章旨】記述君子與小人居心的差別。

【註釋】❶求諸己：諸，之於。謂凡事責求於自己，而不過份苛求別人。❷求諸人：謂凡事苛求別人。

(二)

子曰：「君子矜❶而不爭，群而不黨❷。」

【譯文】孔子說：「有品德修養的人能夠莊重自持而不與人爭執，與人和睦相處而不結黨營私。」

【章旨】記述君子處世之道。

【註釋】❶矜：矜持，莊重。❷群而不黨：群，與人和睦相處。黨，朋比為奸。

(三)

子曰：「君子不以言舉人❶，不以人廢言。」

【譯文】孔子說：「有品德修養的人不會因為別人善於說話而舉用他，也不會因為這個人不是自己喜歡的人而抹殺他所說的話。」

【章旨】記述君子存心正直不徇私。

【註釋】❶以言舉人：舉，薦舉、推薦。謂因為對方善於說話而舉用他。❷以人廢言：廢，廢棄、抹殺。謂因為對方不是自己喜歡的人，而將他所說的話一概抹殺掉。

(三)

子貢問曰：「有一言❶而可以終身行之者乎？」子曰：「其恕乎❷！己所不欲，勿施於人。」

【譯文】子貢問孔子說：「有一個字可以讓我做為終身奉行的準則嗎？」孔子說：「大概就是『恕』這個字了吧！這個字的意思是說，自己不想要別人加於自己身上的事物，也絕對不要加於別人身上。」

【章旨】本章說明恕為一切道理的根本。

【註釋】❶一言：一個字。❷其恕乎：其，大概。恕，推己及人之心。乎，語尾感嘆助詞。

(二四)

子曰：「吾之於人也，誰毀誰譽❶？如有所譽者，其有所試❷矣。斯民❸也，三代❹之所以直道❺而行也。」

【譯文】孔子說：「我對於人完全公正無私，有誰曾被我惡意貶損的？有誰曾被我過份讚揚的？如果曾經被我讚揚過的，都是經過我審慎的求證，絕沒有虛誇不實的情形。現在的人都是承繼了夏、商、周三代聖王的教化，所以行事都能秉持公平正直的心啊！」

【章旨】記述孔子以直道待人。

【註釋】❶誰毀誰譽：謂對人公正無私，沒有不當的貶損或稱譽。❷試：驗證。❸斯民：現在的人。❹三代：指夏、商、周三朝。❺直道：正直無私。朱注：「言吾之所以無所毀譽者，蓋以此民即三代之時，所以善其善、惡其惡而無所私曲之民，故我今亦不得而枉其是非之實也。」但「斯民也」以下文句與上文意義無法貫串。

(二五)

子曰：「吾猶及❶史之闕文❷也，有馬者借人乘之❸，今亡矣夫❹！」

【譯文】孔子說：「我曾經看過史官記事，遇有不明白的地方就空著不寫，有馬不能馴服的，則請別人代為馴服。這種不知即空著不寫，不能則請教於能者的敬事態度，現在已經看不到了！」

【章旨】本章乃慨嘆時人多浮誇不實。

【註釋】❶猶及：還趕得上，還看得到。❷闕文：即缺文。古代史官記事遇有疑惑不知者即空下不寫。❸有馬者借人乘之：謂有馬不能馴服，則藉助於他人來馴服之。即自己不能做的則請教於別人。❸亡矣夫：亡，同無。矣夫，語尾感嘆助詞。

(二六)

子曰：「巧言亂德❶，小不忍❷，則亂大謀❸。」

【譯文】孔子說：「花言巧語能迷亂人的品德操守，小處不能忍耐，則會破壞整個大計畫。」

【章旨】本章乃勸人應謹慎忍耐。

【註釋】❶巧言亂德：巧言，花言巧語。亂德，敗壞人的品德操守。❷小不忍：小處不能忍耐。❸大謀：大計畫，大事業。

(二七)

子曰：「眾惡之❶，必察焉❷；眾好之，必察焉。」

【譯文】孔子說：「如果一個人眾人都厭惡他，必定要仔細觀察他是否真的如此可惡。如果眾人都喜歡他，也必定要仔細觀察他是否真的如此令人喜愛。」

【章旨】記述觀人之術。

【註釋】❶惡：厭惡。❷必察焉：必定詳細考察是否真如人所言。焉，語尾助詞，無義。

(二八)

子曰：「人能弘道❶，非道弘人。」

【譯文】孔子說：「只有人能使正道發揚光大，而不是藉助於正道可使人變得偉大。」

【章旨】本章勉人勤修德行，勿投機取巧。

【註釋】❶弘道：弘，光大。弘道，即使正道發揚光大。

(二九)子曰：「❶過而不改，❷是謂過矣！」

【譯文】孔子說：「有了過失而不肯改正，這才是真正的過失啊！」

【章旨】本章乃勉人勇於改過。

【註釋】❶過：過錯，過失。❷是：此，這。

(三〇)子曰：「吾嘗終日不食，終夜不寢，❶以思，無益，不如學也。」

【譯文】孔子說：「我曾經整天不吃飯，整夜不睡覺地盡心思考，結果一點收益也沒有，還不如踏實去學習的好。」

【章旨】本章乃勉人勤求學問。

【註釋】❶以思：謂不廣博學習研讀而一味空思妄想。

(三)

子曰：「君子謀道不謀食❶。耕也，餒在其中矣❷；學也，祿在其中矣❸。君子憂道不憂貧。」

【譯文】孔子說：「君子只求作人的道理，而不求如何獲取衣食俸祿。雖然耕種可以獲得食物，但遇到荒年也難免挨餓。努力勤求學問，進德修業，祿位自然就在其中。君子應該只擔憂不能近於道，而不須擔憂生活貧困。」

【章旨】本章乃勉人勤學向道。

【註釋】❶謀道不謀食：謀，求取。謂只求作人的道理而不求如何獲得衣食祿位。❷餒在其中：餒，飢餓。謂耕種本為謀食，但若遇荒年也將挨餓。❸祿：爵位俸祿。

(三)

子曰：「知及之❶，仁不能守之，雖得之❷，必失之。知及之，仁能守之，不莊以涖之❸，則民不敬。知及之，仁能守之，莊以涖之，動之不以禮❹，未善也。」

【譯文】孔子說：「一個人若才智足以治理國政，卻沒有足夠的仁德來持守住，即使已得到權勢地位，也必將失去它。如果其才智足以治理國政，又能本著豐厚的仁德來守住本位，卻不能以莊重的態度來對待人民，則人民必然不會敬服。如果其才智足以治理國政，也能本著豐厚的仁德來守住本位，又能以莊重的態度來對待人民，卻不依循禮法頒佈法令使人民從事勞務，也不能算是完善啊！」

【章旨】記述治民之法。

【註釋】❶知及之：知，同智。之，指治民之道。謂才智足以治理政事。❷之：指權勢地位。❸莊以涖之：涖，蒞臨。謂以莊重的態度來對待人民。❹動之不以禮：不依禮法發佈政令使人民從事勞務。

(三)

子曰：「君子不可小知❶，而可大受❷也。小人不可大受，而可小知也。」

【譯文】孔子說：「一個有品德修養的人不一定能因為某方面的才能而受人稱讚，卻能夠擔負重責大任。心胸狹隘的小人必不能擔負重責大任，卻可能因某方面的才能而受人讚賞。」

【章旨】本章記述用人之術。

【註釋】❶小知：謂因某方面的才能而受人稱讚。❷大受：謂擔負起重大責任。

(三四)

子曰：「民之於仁也，甚於水火❶。水火，吾見蹈而死者矣，未見蹈仁而死者也。」

【譯文】孔子說：「人民對於仁德的需求，較之對於水火的需求更甚。水和火這兩件民生必需物質我看過有人因為踐踏之而被溺斃或燒死，卻從未見過有人因踐行仁德而死。」

【章旨】本章乃勉人力行仁道。

【註釋】❶民之於仁也，甚於水火：謂人民對於仁德的需求較之對於水火的需求更甚。

(三五)

子曰：「當仁❶不讓於師❷。」

【譯文】孔子說：「遇到應該行仁的時候，即須勇於行仁，即使師長在場也不必謙讓。」

【章旨】本章乃勉人勇於行仁。

【註釋】❶當仁：面臨踐行仁道的時機。❷不讓於師：即使師長在場也不必謙遜。謂應勇於行仁。

(三六)

子(ㄗˇ)曰(ㄩㄝ)：「君(ㄐㄩㄣ)子(ㄗˇ)貞(ㄓㄣ)而(ㄦˊ)不(ㄅㄨˋ)諒(ㄌㄧㄤˋ)❶。」

【譯文】孔子說：「一個有品德修養的人志操堅定，卻不會顯得固執不通情理。」

【章旨】記述君子雖固守正道卻不冥頑不化。

【註釋】貞而不諒：貞，正也。志節操守堅定，固守不渝稱為貞。諒：假借為勍(ㄑㄧㄥˊ)，固執之意。

(三七)

子(ㄗˇ)曰(ㄩㄝ)：「事(ㄕˋ)君(ㄐㄩㄣ)敬(ㄐㄧㄥˋ)其(ㄑㄧˊ)事(ㄕˋ)❶而(ㄦˊ)後(ㄏㄡˋ)其(ㄑㄧˊ)食(ㄕˊ)❷。」

【譯文】孔子說：「侍奉君王的道理，須以敬謹努力地從事本份內職務為先，而將俸祿升遷等事放在後頭。」

【章旨】記述事君之道在敬守本位。

【註釋】❶敬其事：敬謹的從事其職務。❷後其食：食，指俸祿。謂將俸祿升遷等事放在後頭，而以忠心盡職為要務。

(三十八)

子(ㄗˇ)曰(ㄩㄝ)：「有(ㄧㄡˇ)教(ㄐㄧㄠˋ)無(ㄨˊ)類(ㄌㄟˋ)❶。」

【譯文】孔子說：「凡來求教的，我都會盡心指導，不會因為他出身的尊卑貴賤或賢愚不肖，而有等級的差別。」

【章旨】記述孔子教育學生一視同仁。

【註釋】❶有教無類：類，等級。謂凡來求教的都盡心予以指導，不因為其出身尊卑貴賤或賢愚不肖，而不予指導。

(三十九)

子(ㄗˇ)曰(ㄩㄝ)：「道(ㄉㄠˋ)不(ㄅㄨˋ)同(ㄊㄨㄥˊ)❶，不(ㄅㄨˋ)相(ㄒㄧㄤ)為(ㄨㄟˊ)謀(ㄇㄡˊ)❷。」

【譯文】孔子說：「若彼此的理想或意見不同，則不必勉強在一起共同研議謀劃。」

【章旨】記述與人共事之道。

【註釋】❶道不同：謂理想或所持的意見不相同。❷不相為謀：不共同研議謀劃。

(四)

子（ㄗˇ）曰（ㄩㄝ）：「辭（ㄘˊ）❶，達（ㄉㄚˊ）❷而（ㄦˊ）已（ㄧˇ）矣（ㄧˇ）！」

【譯文】孔子說：「言語或文字，只要能表達自己的意思就可以了。」

【章旨】記述言語文字只求達意，不必求富麗工巧。

【註釋】❶辭：言辭或文辭。❷達：通達。謂能表達自己的意思。

(四)

師冕見❶。及階❷，子曰：「階也！」及席❸，子曰：「席也。」皆坐，子告之曰：「某在斯❹，某在斯。」師冕出，子張問曰：「與師言之道與❺？」子曰：「然，固相❻師之道也。」

【譯文】樂師冕前來拜訪孔子。他走到臺階前時，孔子告訴他說：「這裡是臺階。」走到坐位前時，孔子告訴他：「這裡是坐位。」眾人都坐下後，孔子告訴他說：「某人在這裡，某人在那裡。」樂師冕離開後，子張問孔子說：「這是與樂師談話的方式嗎？」孔子說：「對，這就是扶助樂師的方法呀！」

【章旨】記述扶助盲者之道。

【註釋】❶師冕：師，指樂師，古代樂師多為盲者。冕，為樂師名。❷及：到達。❸席：坐位。❹某在斯：斯即此。謂告知所有在坐者。❺與：通歟，語尾疑問助詞。❻相：幫助，扶助。

季氏第十六

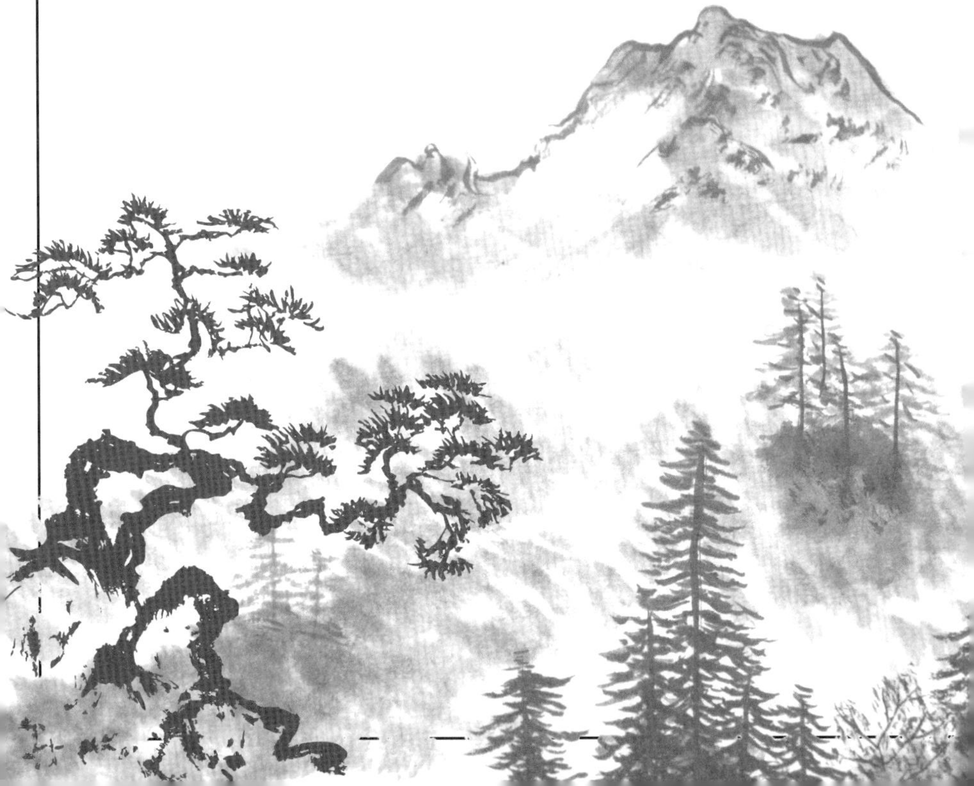

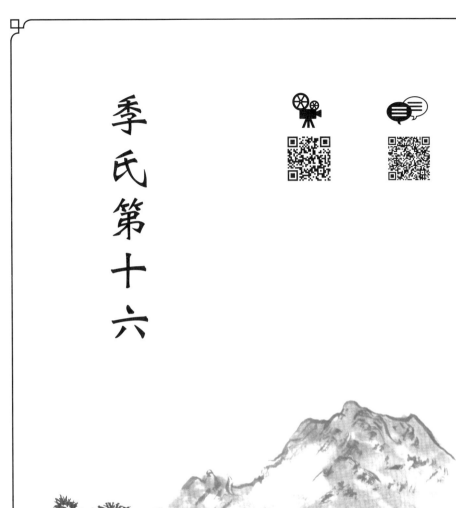

(一)

季氏將伐顓臾❶。冉有、季路見於孔子曰：「季氏將有事❷於顓臾。」孔子曰：「求，無乃❸爾是過與？夫顓臾，昔者先王以為東蒙❹主，且在邦域之中❺矣，是社稷之臣❻也，何以伐為❼？」冉有曰：「夫子❽欲之，吾二臣者皆不欲也。」孔子曰：「求！周任❾有言曰：『陳力就列，不能者止❿。』危而不持，顛⓫而不扶，則將焉用彼相⓬矣？且爾言過矣！虎兕出於柙⓭，龜玉毀於櫝⓮中，是誰之過與？」冉有曰：「今夫顓臾，固⓯而近於費⓰；今不取，後世必為子孫憂。」孔子曰：「求！君子疾夫舍曰欲之⓱而必為之辭⓲。丘也聞，有國有家者⓳，不患寡而患不均，不患貧而患不安⓴。蓋均無貧，和無寡，安無傾。夫如是，故遠人不服，則修文德以來之㉑。

既來之，則安之。今由與求也相夫子，遠人不服而不能來也，邦分崩離析㉒，而不能守也，而謀動干戈㉓於邦內，吾恐季孫之憂，不在顓臾，而在蕭牆之內也㉔！」

【譯文】季康子將派兵攻伐顓臾。冉有和季路進見孔子說：「季氏將要對顓臾發動軍事。」孔子說：「求啊！這恐怕是你的過錯吧！顓臾這個國家，以前先王封它在東蒙，主祭蒙山，而且就在魯國境內，是國家的屬臣，為何要攻伐它呢？」冉有說：「這是季康子想要攻伐它，我們兩個家臣並不主張攻伐它呀！」孔子說：「求啊！以前的良史周任曾經說：『一個人應盡其才力努力做好職務內的事，若自己的才力不足則應辭官離去。』走到危險的地方不予扶持引導，顛仆的時候不予扶助，則那些引導盲人走路的人又有何用呢？而且你的話實在是錯誤。讓老虎和犀牛這樣兇猛的野獸逃出柵欄，讓龜甲寶玉在匣子內損毀，這是誰的過失呢？」冉有說：「現在的顓臾，城池堅固而且離費邑很近，如果現在不奪取下來，以後必然會為子孫帶來困擾。」孔子說：「求啊！一個有品德修養的人最痛恨的就是心裡分明想要嘴上卻說不要，而巧言隱飾的人。我聽說一個諸侯或卿大夫，並不擔憂貧窮而只擔憂財富不均，並不擔憂人民少而只擔憂上下不能和睦協調。因為財富平均就沒有貧窮的情形，上下和諧就不會覺得人民少，人民生活安定就不必擔憂國家將傾覆。其胸襟如此，故遠方的人若不能歸服，則修明禮樂教化以廣招徠。遠方人民既來歸順我，則又盡力安撫他們。現在仲由、冉求你們兩人輔佐季康子，遠方的人民不願歸服，又不能修明禮樂教化以廣招徠，國家四分五裂，民心思去，又不能固守本位竭力盡心，卻計畫在國內發動戰事，我深恐季氏應憂慮的並不在顓臾，而在自家門屏內啊！」

【章旨】記述孔子斥責冉有、季路不能勠ㄌㄨˋ力職守，勸阻季氏，反而巧言隱飾。

【註釋】❶顓臾：國名，為魯附庸國。故城在今山東省費縣西北。❷有事：有戰事。指攻伐之事。❸無乃：恐怕，未免。❹東蒙主：蒙，山名。在魯國東，故稱東蒙。謂周代先王封伏羲後裔顓臾於蒙山下，使主其祭。❺在邦域之中：即在魯國境內。❻社稷之臣：謂為國家的屬臣。朱注：「是時四分魯國，季氏取其二，孟孫、叔孫各有一，獨附庸之國尚為公（魯公）臣，季氏又欲取以自益。」❼何以伐為：為何要攻伐它呢。為，語尾助詞。❽夫子：指季康子。❾周任：古代良史。江永《群經補義》疑為《書經．盤庚》所引的遲任。❿陳力就列，不能者止：陳力，盡其才力。列，所任職位。止，辭官離去。兩句言盡其才力做好份內的事，若不能施展自己的才力則罷官離去。⓫顛：仆倒。⓬相：扶助盲者的人。⓭虎兕出於柙：兕，雌犀牛。虎兕，指凶猛的野獸。柙，柵欄。⓮龜玉毀於櫝：龜，龜殼，古人用來祭祀占卜。櫝，收藏珍寶的匣子。⓯固：堅固。謂城郭堅牢。⓰費：地名，為季氏封邑。⓱疾夫舍曰欲之：疾，痛恨。舍，同捨。舍曰欲之，謂心裡分明貪求嘴上卻說不要。⓲必為之辭：必為巧飾的言辭。⓳有國有家者：有國，指諸侯而言；有家，指卿大夫而言。⓴不患寡而患不均，不患貧而患不安：俞樾《古書疑義舉例》以為當作「不患貧而患不均，不患寡而患不和」，下文「均無貧，和無寡」即為明證。貧和均指財而言，寡與和指人而言。不均謂貧富懸殊，不和謂上下不協和。㉑修文德以來之：文德，指禮樂教化。來，通徠，安撫使歸順之意。㉒分崩離析：謂人民都懷有異心而欲離去，國家四分五裂即將瓦解。㉓干戈：喻戰爭。㉔蕭牆之內：蕭，肅敬。牆，門屏。古代君臣相見，至門屏而加肅敬，故稱蕭牆。蕭牆之內，即指宮廷門禁內。喻有內亂之憂。

(二)

孔子曰：「天下有道，則禮樂征伐自天子出❶。天下無道，則禮樂征伐自諸侯出。自諸侯出，蓋十世希不失矣❷。自大夫出，五世希不失矣。陪臣執國命❸，三世希不失矣。天下有道，則政不在大夫。天下有道，則庶人不議❹。」

【譯文】孔子說：「天下政治清明，正道施行時，則一切的禮樂征伐等大事都是由天子頒佈命令。天下政治混亂，正道不行時，則一切的禮樂征伐等大事都是由諸侯發佈命令。由諸侯發佈命令，則大概經過十代以後沒有不滅亡的。由大夫發佈命令，則大概經過五代以後沒有不滅亡的。若由家臣把持國政，則大概經過三代以後沒有不喪失其爵位的。天下政治清明，正道施行時，則不會讓大夫把持政權。天下政治清明，正道施行時，則百姓不會隨意濫批評國政。」

【章旨】本章乃論天下治亂。

【註釋】❶禮樂征伐自天子出：古制，諸侯不得變更禮樂，擅自出兵征伐。❷希不失矣：希，通稀，少也。失，指喪失權位。❸陪臣執國命：陪臣，大夫的家臣。謂家臣把持國政。❹庶人不議：庶人即百姓。謂百姓不私下議論國政。

(三)孔子曰：「祿之去公室❶，五世❷矣，政逮❸於大夫，四世❹矣。故夫三桓❺之子孫，微矣。」

【譯文】孔子說：「爵祿賞罰之事不出於國君之手，已歷經五代了。政權落於大夫之手，已歷經四代了。所以季孫、叔孫、仲孫三家的子孫現在都已衰微了。」

【章旨】記述孔子以事實引證前文。

【註釋】❶祿之去公室：公室，指國君。謂爵祿賞罰之事不出於國君之手。❷五世：指魯宣、成、襄、昭、定公等五世。❸逮：及於。❹四世：指季孫氏文子、武子、平子、桓子四代。❺三桓：謂季孫、叔孫、仲孫三家，因皆出於桓公，故稱三桓。

(四)孔子曰：「益者三友，損者三友：友直❶，友諒❷，友多聞，益矣；友便辟❸，友善柔❹，友便佞❺，損矣。」

【譯文】孔子說：「對我們有益的朋友有三種，對我們有所損害的朋友也有三種。結交正直的人，結交誠實守信的人，或結交見識廣博的人，對於我們的品德能有所增益。若結交過份恭敬的人，結交善於逢迎的人，或結交巧言善辯的人，對於我們的品德將有損害。」

【章旨】本章乃論交友之道。

【註釋】❶友直：友，當動詞用，結交的意思。直，正直。❷諒：誠信。❸便辟：過份恭敬。❹善柔：柔順，善於逢迎。❺便佞：巧言善辯。

(五)孔子曰：「益者三樂，損者三樂❶：樂節禮樂❷，樂道人之善❸，樂多賢友，益矣；樂驕樂❹，樂佚遊❺，樂宴樂❻，損矣。」

【譯文】孔子說：「對人有益的僻好有三種，對人有害的僻好也有三種。喜愛以禮樂來節制自己的言行舉止，喜愛談論別人的長處或善行，或喜愛廣結賢德的朋友，對我們都有所增益。喜愛驕縱奢侈，喜愛偷懶遊蕩，或喜愛享受宴飲，對我們都有所損害。」

【章旨】記述個人習僻嗜好不可不慎。

【註釋】❶樂：愛好。❷節禮樂：一切言行皆以禮節來節制。❸道人之善：說別人的善行或優點。❹驕樂：以驕縱奢侈為樂。❺佚遊：怠惰遊蕩。❻宴樂：以酒食征逐為樂。

(六)

孔子曰：「侍於君子❶有三愆❷：言未及之而言❸，謂之躁❹；言及之而不言，謂之隱❺；未見顏色❻而言，謂之瞽❼。」

【譯文】孔子說：「陪侍於君上身邊時，很容易犯下列三種過失：不到說話的時機卻搶著說話，便是浮躁；到了該說話的時候卻不說話，便是隱匿不實；不先察看君上的臉色就隨便說話，可以說是個瞎子。」

【章旨】記述侍奉君上言語須謹慎。

【註釋】❶君子：指在上位的執政者。❷愆：過錯，過失。❸言未及之而言：不到說話的時機卻搶著說話。❹躁：急躁，浮躁。❺隱：隱瞞，隱匿。❻顏色：即臉色。❼瞽：瞎子。

(七)

孔子曰：「君子有三戒：少之時，血氣未定❶，戒之在色。及其壯也，血氣方剛❷，戒之在鬥；及其老也，血氣既衰，戒之在得❸。」

【譯文】孔子說：「君子有三件事必須戒絕。少年的時候，生理發育尚未成熟，情竇初開，此時必須戒絕色欲。等到壯年時，體力旺盛，易好勇鬥狠，此特必須戒絕與人爭鬥。等到年老時，體力衰弱，此時必須戒絕貪求無厭的心理。」

【章旨】記述人生自少至老所須戒絕的三件事。

【註釋】❶血氣未定：謂生理發育尚未成熟。❷血氣方剛：謂體力旺盛，而情緒不甚穩定。❸得：貪得無厭。

(八)

孔子曰：「君子有三畏❶：畏天命❷，畏大人❸，畏聖人之言。小人不知天命而不畏也，狎❹大人，侮❺聖人之言。」

【譯文】孔子說：「君子所敬畏的事有下列三項：敬畏天意，敬畏長上，敬畏聖人的言論。小人不能參悟天意，故不知敬畏，對長上態度輕慢，聽到聖人的言論則故意加以褻瀆。」

【章旨】記述君子敬天畏人，小人則無所忌憚。

【註釋】❶畏：敬畏。❷天命：即天意、天理。❸大人：指在上位的人。❹狎：輕慢。
❹侮：侮辱，褻瀆。

(九)

孔子曰：「生而知之者❶，上也。學而知之者，次也。困而學之❷，又其次也。困而不學，民斯❸為下矣！」

【譯文】孔子說：「生下來就能明白事理的，是資質最上等的人。經過學習才能明白事理的，是次一等的人。因為困惑而發憤苦學才得明白事理的，是更次一等的人。雖然困惑不解卻不願發憤苦學的，這種人可說是最下等的了。」

【章旨】本章乃勉人勤學向上。

【註釋】❶生而知之者：指聖人而言。❷困而學之：指資質遲鈍的人因為困惑無法通曉而發憤苦學。❸斯：即此，猶言這種人。

(十)

孔子曰：「君子有九思❶：視思明，聽思聰，色思溫，貌思恭，言思忠，事思敬，疑思問，忿思難❷，見得思義❸。」

【譯文】孔子說：「君子對九件事會慎重地加以思慮：觀察事物時務求其是非分明，聽人談論時務求清楚明白，表情臉色務求溫婉可親，容貌態度務求恭敬謙遜，言語務求忠誠無欺，處事務求虔敬謹慎，心裡有疑惑時務求探究清楚，忿怒時則考慮是否會帶來禍患，見到利益時則考慮是否合於義。」

【章旨】記述君子時刻都在自我反省。

【註釋】❶思：思慮，思求。❷忿思難：難，災難、禍患。謂忿怒時應仔細思慮是否會帶來禍患。❸見得思義：即見利思義。

(十一)

孔子曰：「『見善如不及❶，見不善如探湯❷。』吾見其人矣，吾聞其語矣！『隱居以求其志❸，行義以達其道❹。』吾聞其語矣，未見其人也！」

【譯文】孔子說：「『看到別人的善行，就好像自己趕不上似的努力行善；看到別人的惡行，就好像用手試探熱湯似的惟恐避之不及。』我看過這樣的人，也聽過這樣的話。『隱遯幽居以保全志節，踐行仁義以達成仁道。』我聽過這樣的話，卻從未看過這樣的人啊！」

【章旨】本章乃慨嘆守節行義之難。

【註釋】❶不及：趕不上。❷如探湯：彷彿用手試探熱湯般，避之惟恐不及。❸隱居以求其志：隱遯幽居以求保全自己的志節。❹行義以達其道：踐行仁義以達成仁道。

(十二)

(「誠不以富，亦祇以異。❶」)「齊景公有馬千駟❷，死之日，民無德而稱焉。伯夷、叔齊餓於首陽❸之下，民到于今稱之。其斯之謂與？」

【譯文】(《詩經》上說：「一個人之所以受人稱讚並非因為他富有，而是因為他的志行特異於人。」) 齊景公雖然擁有四千匹馬，但死的時候，卻沒有留下任何德行值得人民稱頌。伯夷、叔齊雖餓死在首陽山下，但直到現在仍受人稱頌。《詩經》上的這句話大概就是這個意思吧！

【章旨】記述人之所以受人稱揚乃在志行而不在財富。

【註釋】❶誠不以富，亦祇以異：此句原在〈顏淵第十二〉第十章，朱熹認為係錯簡，應置此處。意為一個人之所以受人稱揚，實非因為他的富有，而是因為他的志行特異故值得稱揚。

❷ 駟：四匹馬。古時用來拉一輛車的四匹馬稱為駟。故千駟亦即千乘。

名。在今山西省永濟縣南。

▲孔林入口「至聖林」

❸ 首陽：山

(十三)

陳亢❶問於伯魚❷曰：「子亦有異聞❸乎？」對曰：「未也。嘗獨立❹，鯉趨❺而過庭。曰：『學詩乎？』對曰：『未也。』『不學詩，無以言！』鯉退而學詩。他日，又獨立，鯉趨而過庭。曰：『學禮乎？』對曰：『未也。』『不學禮，無以立！』鯉退而學禮。聞斯二者。」陳亢退而喜曰：「問一得三：聞詩，聞禮，又聞君子遠其子❻也。」

【譯文】陳亢問伯魚說：「你有什麼特別的見聞嗎？」伯魚回答說：「我從未有什麼特別的見聞。有一回父親獨自站在庭上，我從他的面前快步走過。他對我說：『你學過《詩》沒有？』我回答說：『還沒有。』他說：『不學《詩》，與人交談就不能應對得體。』我離開後就遵照他的話開始讀詩。有一天，他又獨自站在庭上，我快步的走過他面前。他對我說：『你學過《禮》沒有？』我回答說：『還沒有。』他說：『不學《禮》，就無法立身處世。』我離開後就遵照他的話開始學禮。我只聽過這兩個教誨而已。」陳亢離開後很高興地說：「我問伯魚一個問題卻得到了三個收穫：一是知道讀詩的好處，二是知道學禮的作用，三是知道有品德修養的君子對自己的兒子並沒有特別優厚偏私的地方。」

【章旨】記述孔子教育弟子毫無私心。

【註釋】❶陳亢：字子亢，一字子禽。錢穆《論語新解》以為陳亢即孔廟另一先賢原亢。陳國人，為孔子學生。❷伯魚：即孔鯉，字伯魚，為孔子之子。❸異聞：特殊的見聞。陳亢疑孔子有私心，對自己的兒子予以特別教誨，故有此一問。❹嘗獨立：謂孔子曾一個人站著，身旁沒有其他學生侍立。❺趨：疾行。古禮，經過長者面前必須急行而過。❻遠其子：謂對自己的兒子無特別優厚偏私。

(十四)

邦君❶之妻，君稱之曰「夫人」，夫人自稱「小童❷」。邦人稱之曰「君夫人」，稱諸異邦曰「寡小君❸」。異邦人稱之，亦曰「君夫人」。

【譯文】國君的妻子，國君稱她為「夫人」，夫人對國君自稱為「小童」。國人稱呼她為「君夫人」，對於其他國家的人則稱呼她為「寡小君」。其他國家的人稱呼她，也稱「君夫人」。

【章旨】何晏《集解》引孔安國注說：「當此之時，諸侯嫡妾不正，稱號不審，故孔子正言其禮也。」亦即此章的意旨乃在正名分。但此章與其他各章頗不相稱，顯得不倫不類，故學者多疑係後人於書後所作筆記而被誤為正文。清崔述《洙泗考信錄》即懷疑係後人羼入。

【註釋】❶邦君：即國君。❷小童：夫人對國君自稱之詞。為一種謙暱的稱呼。❸寡小君：謙稱之詞。

陽貨第十七

(一)

陽貨❶欲見孔子，孔子不見，歸❷孔子豚❸。孔子時其亡也❹，而往拜之，遇諸塗❺。謂孔子曰：「來，予與爾言。」曰：「懷其寶而迷其邦❻，可謂仁乎？」曰：「不可。」「好從事而亟失時❼，可謂知❽乎？」曰：「不可。」「日月逝矣！歲不我與❾！」孔子曰：「諾❿，吾將仕矣！」

【譯文】陽虎欲見孔子，孔子不願見他，後來陽虎派人送來一隻蒸熟的乳豬給孔子。孔子受饋贈不得不回禮，於是故意等陽虎不在家的時候前往拜訪，不巧在路上碰面了。陽虎對孔子說：「你過來，我想和你談談。」又說：「懷藏著一身的學識才華，見國家紛亂而不予挽救，可算是仁德嗎？」孔子說：「不可以。」陽虎說：「喜好從政卻屢次失去時機，可以算是聰明嗎？」孔子說：「不可以。」陽虎說：「歲月不停地流逝，它是不會等待我們的；你年紀也大了，應該及早出來做官啊！」孔子說：「嗯，我是想要出來做官了！」

【章旨】記述孔子疏遠小人及不見利忘義。

【註釋】❶陽貨：魯國人，名虎，字貨。為季氏家臣。魯定公時，陽虎已掌握季氏實權。季平子死後，陽虎囚禁季氏的兩個兒子，逐去其他家臣，並舉兵攻伐三桓，事敗而逃往他國。❷歸：饋贈。❸豚：小豬。指蒸熟或烤熟的小豬。❹時其亡：時，伺時機。亡，同無。謂伺陽虎不在家時。❺塗：同途。路上。❻懷其寶而迷其邦：謂懷藏著一身的學識才華，見國家紛亂而不挽救。❼好從事而亟失時：謂喜好從政而屢次失去時機。亟，屢次。❽知：同智。❾日月逝矣，歲不我與：逝，過往。與，等待。謂孔子年紀已老，歲月已去，不能再等待了，宜及早出來做官。❿諾：應答承諾之詞。

(二)

子曰：「性相近也❶，習相遠也❷。」

【譯文】孔子說：「人的本性都是很接近的，只因為習僻的不同以致相差很遠。」

【章旨】記述習僻對人的本性有深遠影響。

【註釋】❶性相近：性，人的本性。性相近，謂人的本性都是相近的，沒有什麼差別。❷習相遠：習，習僻。謂由於各人習僻的不同，致人與人之間相差很遠。

(三)

子曰：「唯上知與下愚❶，不移❷。」

【譯文】孔子說：「唯有天生異稟的聖人和資質魯鈍的人，本性是不會改變的。」

【章旨】本章乃承上章而言，謂習僻雖可改變人的本性，但上智和下愚者卻不受其影響。何晏《集解》將此章與前章合為一章，朱熹則將它分為兩章。

【註釋】❶唯上知與下愚：唯，只有。上知，即上智，指天生異稟的聖人。下愚，指資質魯鈍的人。❷不移：不改變。

(四)

子之❶武城❷，聞弦歌之聲❸，夫子莞爾❹而笑曰：「割雞焉用牛刀❺？」子游❻對曰：「昔者，偃也聞諸❼夫子曰：『君子❽學道則愛人，小人❾學道則易使也。』」子曰：「二三子❿！偃之言是也，前言戲之耳！」

【譯文】孔子到了武城，處處聽到人民彈奏琴弦吟唱詩歌的聲音，不禁微笑說：「殺雞何必用牛刀呢？」子游回答說：「以前我聽您說過：『在上位的執政者若能學習禮樂之道則能愛護人民，在下面的人民若能學習禮樂之道則易於差使。』」孔子說：「你們這幾個小夥子啊！子游的話說得一點也沒錯，我剛才說的話只是開玩笑罷了。」

【章旨】記述孔子欣見子游以禮樂教化人民。

【註釋】❶之：往，到。❷武城：魯國城邑，在今山東省費縣西南。❸弦歌之聲：弦，樂器。歌，詩歌。謂子游能以禮樂詩教治民，故得聞弦歌之聲。❹莞爾：微笑貌。❺割雞焉用牛刀：焉，何必。謂治理武城這樣一個小地方何必用禮樂這種大道理來教化人民。喻大材小用。❻子游：姓言，名偃。為孔子學生。當時子游任武城宰。❼諸：之於。❽君子：指在上位的執政者。❾小人：指人民。❿二三子：猶言你們。指與孔子前往武城的學生。

(五)

公山弗擾❶以費畔❷，召，子欲往。子路不說❸，曰：「末之也已❹，何必公山氏之之也❺？」子曰：「夫召我者，而豈徒哉❻？如有用我者，吾其為東周乎❼！」

【譯文】公山弗擾據費邑叛變，召請孔子前去，孔子準備應召前往，子路很不高興說：「難道沒有別的方法了嗎？何必一定要去公山弗擾那兒呢？」孔子說：「凡是肯召用我的人，豈會白費力氣呢？如果有人肯重用我，我將重振周道於東方啊！」

【章旨】記述孔子不避危亂而欲興周道。但崔述《洙泗考信錄》稱為此章所記甚為可疑，因弗擾據費邑叛變時，孔子正為魯國司寇，曾派申句須、樂頎討伐，敗之於姑蔑（今山東省泗水縣東），弗擾奔亡齊國。此章所記與事實不合。

【註釋】❶公山弗擾：複姓公山，名弗擾，字子洩。季氏家臣，為費邑宰，後據費邑叛變。《左傳》作公山不狃。❷以費畔：費，邑名。故城在今山東省費縣西北。畔，同叛。謂據費邑叛變。❸說：同悅。❹末之也已：難道沒有別的方法嗎。也已，語尾助詞，無義。❺之之也：上一個「之」為介系詞，無義。下一個「之」為動詞，往或到之意。

❻而豈徒哉：而，承接詞，則、又之意。徒，徒然、白費力。❼吾其為東周乎：謂我將重振周道於東。

(六)

子張問仁於孔子❶。孔子曰：「能行五者於天下，為仁矣。」「請問之？」曰：「恭、寬、信、敏❷、惠❸。恭則不侮，寬則得眾，信則人任❹焉，敏則有功，惠則足以使人。」

【譯文】子張向孔子請教如何行仁。孔子說：「能夠把五種美德推行於天下，就是行仁了。」子張問：「請問是哪五種美德呢？」孔子說：「恭敬、寬厚、誠信、敏捷、仁惠。待人恭敬則不會遭人輕視侮慢，待人寬厚則可得眾人愛戴，待人誠信則別人亦會信任你仰重你，做事迅速敏捷則容易成功，廣施恩惠於人則將使人樂於為你效力。」

【章旨】本章乃勉人力行仁道。

【註釋】❶子張問仁於孔子：按《論語》的體例，記與君大夫問答，則稱「孔子」，與弟子間的問答則稱「子」，此章記與弟子問答卻稱「孔子」，與各章體例頗不符合。朱注引李郁說：「此章與六言六蔽、五美四惡之類，皆與前後文體大不相似。」❷敏：敏捷。謂行事敏捷，不拖延敷衍。❸惠：仁惠。謂廣施恩惠於人。❹任：倚仗，仰重。

(七)

佛肸❶召，子欲往。子路曰：「昔者由也聞諸夫子曰：『親於其身為不善者，君子不入也。』佛肸以中牟畔❷，子之往也如之何？」子曰：「然，有是言也。不曰堅乎？磨而不磷❸。不曰白乎？涅而不緇❹。吾豈匏瓜❺也哉？焉能繫而不食❻！」

【譯文】佛肸派人召請孔子，孔子有意前往，子路說：「以前我聽您說過：『凡是一個人本身做過壞事的，有品德修養的君子絕不會接近他。』現在佛肸據守中牟叛變，您卻想應召前往，這又怎麼說呢？」孔子說：「是的，我是說過這話。但是，我不是說過最堅硬的東西是怎麼磨都磨不薄磨不壞嗎？我不是說過最潔白的東西是用黑礬怎麼染都染不黑嗎？我怎能像那中看不中用的匏瓜一樣，只能懸掛在那兒卻不能吃！」

【章旨】記述孔子為申其志，即使明知不可亦竭力而行。崔述《洙泗考信錄》認為此章甚可疑，因佛肸佔據中牟叛變，係在魯哀公二十年，而此時孔子已去世五年了。

【註釋】❶佛肸：魯國人，仕於晉。為晉國大夫趙鞅的家臣，出任中牟宰。後因趙鞅伐范中行，范中行逃往中牟，佛肸不服，於是據中牟叛變。或說中牟為范中行的食邑，而佛肸為范中行家臣。❷以中牟畔：中牟，邑名。畔，同叛。謂據守中牟背叛趙鞅。❸磨而不磷：磷，薄也。謂磨之卻不損不薄。❹涅而不緇：涅，黑礬石。緇，黑色。謂用黑色礬石染之也不變黑。❺匏瓜：葫蘆的一種，乾後挖空可作瓢。❻繫而不食：只能懸掛一處卻不能食用。喻毫無用處。

(八)

子曰：「由也，女❶聞六言六蔽❷矣乎？」對曰：「未也。」「居❸！吾語❹女：好仁不好學，其蔽也愚。好知不好學，其蔽也蕩❺。好信不好學，其蔽也賊❻。好直不好學，其蔽也絞❼。好勇不好學，其蔽也亂。好剛不好學，其蔽也狂❽。」

【譯文】孔子說：「仲由啊！你聽說過『六言六蔽』這句話嗎？」子路回答說：「沒有。」孔子說：「你坐下來，我告訴你。愛好仁德卻不努力進德修業，其蔽害就是愚昧無知。愛好智慧卻不努力進德修業，其蔽害就是放蕩不羈。愛好信義卻不努力進德修業，其蔽害就是傷身害義。愛好正直卻不努力進德修業，其蔽害就是急切偏激。愛好勇氣卻不努力進德修業，其蔽害就是生事作亂。愛好剛毅卻不努力進德修業，其蔽害就是狂傲不馴。」

【章旨】本章乃勉人勤學。

【註釋】❶女，同汝。❷六言六蔽：六言，指仁、智、信、直、勇、剛。六蔽，指愚、蕩、賊、絞、亂、狂。❸居：坐下。❹語：告訴。❺蕩：放逸，放蕩不羈。❻賊：

傷身害義。❼絞：急切。❽狂：狂傲不馴。

(九)

子曰：「小子❶！何莫學夫詩❷？詩可以興❸，可以觀❹，可以群❺，可以怨❻。邇❼之事父，遠之事君。多識❽於鳥、獸、草、木之名。」

【譯文】孔子說：「小夥子們！你們何不研讀《詩經》呢？讀詩可以振奮人的心志，可以考察時政的得失，可以與人和睦相處，可以抒發內心的憂怨。近者可以懂得侍奉父兄的道理，遠者可以懂得侍奉君上的道理。而且還可廣泛地認知各種鳥、獸、草、木的名稱。」

【章旨】本章乃勸人勤讀《詩經》。

【註釋】❶小子：謂其學生。猶言小夥子們。❷何莫學夫詩：何莫，即何不。詩，指《詩經》。❸興：振奮人的心志。❹觀：考察時政的得失。❺群：與群眾和睦相處。❻怨：發抒內心的憂怨。❼邇：近處。❽識：認知。

(十)

子謂伯魚曰：「女為❶周南召南❷矣乎？人而不為周南召南，其猶正牆面而立❸也與！」

【譯文】孔子對伯魚說：「你讀過〈周南〉和〈召南〉兩篇詩嗎？一個人如果沒有讀過〈周南〉和〈召南〉兩篇詩，就好像面對著牆壁站立一樣，什麼也看不到，怎麼也行不通啊！」

【章旨】本章乃勸伯魚學詩。

【註釋】❶為：研讀之意。❷周南、召南：為《詩經》首兩篇篇名。❸正牆面而立：面對著牆壁站立。喻什麼都看不到，怎麼也無法往前走。

(十一)

子曰：「禮云禮云，玉帛❶云乎哉？樂云樂云，鐘鼓❷云乎哉？」

【譯文】孔子說：「所謂的禮，難道只是送些金玉布帛等禮品就是了嗎？所謂的樂，難道只是敲敲鐘打打鼓就是了嗎？」

【章旨】孔子慨嘆當時的禮樂已失去本義而徒具虛文。

【註釋】❶玉帛：往來相敬之禮。禮主敬，玉帛只是形式上的客套。❷鐘鼓：兩種樂器名稱。樂主和，鐘鼓只是傳達和樂的工具。

(十二)

子曰：「色厲而內荏❶，譬諸小人❷，其猶穿窬之盜也與❸！」

【譯文】孔子說：「外表嚴厲而內心軟弱無能的人，如果以見識短淺、行為不正的下流人物來比喻，就好比穿牆洞進入別人家室的小偷一樣。」

【章旨】本章乃慨嘆時人表裡不一，欺世盜名。

【註釋】❶色厲而內荏：色厲，外表嚴厲。內荏，內心柔弱。❷小人：見識短淺、行為不正的人。❸穿窬之盜：窬，通踰。穿窬，穿牆踰壁。盜，指小偷。

(十三)子曰：「鄉原❶，德之賊也！」

【譯文】孔子說：「鄉里中外貌忠厚的好好先生，根本就是戕害道德的賊啊！」

【章旨】記述孔子痛斥一般媚世偽善者。

【註釋】❶鄉原：原，同愿。謂鄉里中外貌忠厚，處處得人緣的好好先生，雖貌似君子其實乃偽善者。

(十四)子曰：「道聽而塗說❶，德之棄也！」

【譯文】孔子說：「在路上聽到傳言不辨真假，就照樣在路上傳說出去，這無異是自毀德行啊！」

【章旨】本章乃勸人言語須謹慎。

【註釋】❶道聽而塗說：塗，同途。謂傳聞不實的話。馬融說：「聞之於道路，則傳而說之。」

(十五)

子曰：「鄙夫❶！可與事君也與哉？其未得之也，患得之❷；既得之，患失之。苟❸患失之，無所不至❹矣！」

【譯文】孔子說：「庸俗鄙陋的人，可以和他共同侍奉君主嗎？當他還沒有得到名位時，就處心積慮地想得到它；既已得到名位，又擔心會失掉它。如果擔心失去名位，就會無所不用其極。」

【章旨】記述不可與小人共事。

【註釋】❶鄙夫：庸俗鄙陋的人。❷患得之：擔心如何得到它。朱注謂患不能得之。❸苟：如果。❹無所不至：謂無所不用其極。

(十六)

子曰：「古者民有三疾❶，今也或是之亡❷也。古之狂也肆❸，今之狂也蕩❹。古之矜也廉❺，今之矜也忿戾❻。古之愚也直❼，今之愚也詐而已矣。」

【譯文】孔子說：「古時候的人有三種毛病，現在也許沒有這些現象了。古時候所謂的狂人只是不拘小節而已，現在所謂的狂人卻是放蕩不檢點。古時候所謂矜持嚴肅的人只是有所不取而已，而現在所謂矜持嚴肅的人卻顯得忿怒暴戾。古時候所謂憨愚魯鈍的人顯得正直坦率，而現在所謂憨愚魯鈍的人卻顯得奸詐陰險。」

【章旨】本章乃慨嘆世風日下，人心不古。

【註釋】❶疾：毛病，缺點。❷或是之亡：是，即此。亡，同無。謂或許沒有這些毛病。❸肆：不拘小節。❹蕩：放蕩不檢點。❺廉：有所不取。❻忿戾：忿怒暴戾。❼直：正直坦率。

(十七)

子曰：「巧言令色，鮮矣仁。」

【譯文】【章旨】【註釋】本章重覆，見〈學而第一〉第三章（11頁）。

(六)

子曰：「惡紫之奪朱也❶，惡鄭聲❷之亂雅樂❸也，惡利口❹之覆❺邦家者。」

【譯文】孔子說：「我最厭惡紫色，因為它篡奪了紅色的光彩；最厭惡鄭國淫靡的音樂，因為它擾亂周朝正統的音樂；最厭惡伶俐巧辯的言辭，因為它會使國家傾覆。」

【章旨】記述孔子斥責當時不良的社會風氣。

【註釋】❶惡紫之奪朱：惡，厭惡。紫，藍與紅攙雜而成的顏色，謂其非正色。朱，紅色。❷鄭聲：鄭國的音樂。謂淫靡不正的曲樂。❸雅樂：周朝正統的音樂。❹利口：伶俐巧辯的言辭。❺覆：顛覆。

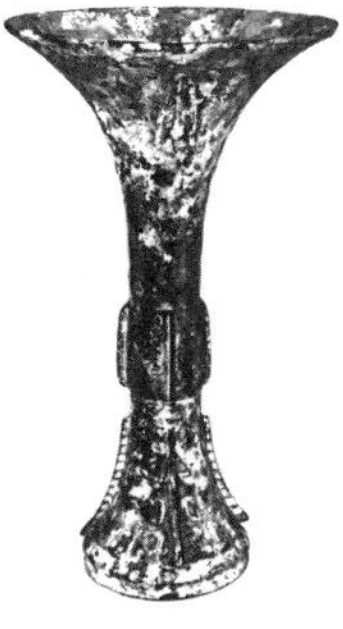

(十九)

子曰：「予欲無言！」子貢曰：「子如不言，則小子何述焉❶？」子曰：「天何言哉？四時行焉❷，百物生焉❸，天何言哉？」

【譯文】孔子說：「我不想多說了！」子貢說：「您如果不說，那麼我們要以什麼為根據來遵行呢？」孔子說：「上天又說了什麼呢？但是春、夏、秋、冬四季仍然運行不已，萬物依舊滋生不息，一點也沒有改變啊！上天又說了些什麼呢？」

【章旨】本章乃勉人力行。

【註譯】❶小子何述焉：小子，猶言我們，乃弟子自稱之詞。何述，何所遵循。焉，語尾疑問助詞。❷四時行焉：四時，指春、夏、秋、冬四季。行，運行不已。❸百物生焉：百物，即萬物。生，滋生不息。喻凡事只須力行，多說無益。

(二〇)

孺悲❶欲見孔子，孔子辭以疾❷，將命者❸出戶，取瑟而歌，使之聞之❹。

【譯文】孺悲想見孔子，孔子以生病為由拒絕接見他。傳達孔子意思的人走出門外後，孔子即取出琴瑟，伴著瑟聲唱起歌來，故意讓孺悲聽到他鼓瑟而歌的聲音。

【章旨】記述孔子拒絕接見孺悲，其原因如何已難考知。據《儀禮．士相見禮．疏》謂孺悲未經人介紹而貿然求見，故孔子辭之以疾。朱熹說：「當是時必有以得罪者，故辭以疾。而又使知其非疾，以警教之也。」

【註釋】❶孺悲：魯國人，為魯哀公臣子。由於經年動亂，禮儀舊規多散佚，故哀公差派孺悲向孔子學士喪禮。❷辭以疾：辭，拒絕。謂以疾病為由拒絕接見。❸將命者：將，作動詞用，傳達之意。將命者，傳達命令的人。❹使之聞之：使孺悲聽到鼓瑟而歌的聲音，知道孔子並非生病，只是不想見他而已，進而反省自己的過失。

（三）

宰我問：「三年之喪❶，期❷已久矣！君子三年不為禮，禮必壞❸，三年不為樂，樂必崩❹；舊穀既沒❺，新穀既升❻，鑽燧改火❼，期可已❽矣。」子曰：「食夫稻，衣夫錦❾，於女安乎？」曰：「安！」「女安，則為之！夫君子之居喪，食旨不甘❿，聞樂不樂，居處不安⓫，故不為也。今女安，則為之！」宰我出。子曰：「予⓬之不仁也！子生三年，然後免於父母之懷⓭。夫三年之喪，天下之通喪也⓮。予也，有三年之愛於其父母乎？」

【譯文】宰我問孔子說：「三年的喪期未免太久了吧！一年就已經夠久了。君子如果三年不習禮法，禮必然敗壞，如果三年不學樂，樂必然荒廢。而且舊的穀子都已吃完了，新的穀子這時已成熟了，取火的木頭也都已換用過了，所以只守一年喪就可以結束了吧！」孔子說：「吃著稻米，穿著華麗的衣服，你能安心嗎？」宰我說：「當然安心。」孔子說：「如果你能安心就那麼做吧！凡是君子在居喪時，即使吃到美味的食物也不覺可口，聽到音樂也不覺快樂，住在舒適的地方也不覺安適，所以他不會那麼做的。現在你既然覺得安心，那麼就隨你的意思做吧！」宰我離開後，孔子說：「宰我實在一點仁心都沒有啊！一個嬰兒出生三年後，經過父母的細心呵護，然後才離開父母的懷抱。對父母守三年的喪期，這是天下通行的喪禮啊！宰我對自己的父母可曾感念過他們三年的關愛呢？」

【章旨】記述孔子與宰我論三年之喪，並斥責宰我的不孝。

【註釋】❶三年之喪：指父母的喪期。鄭玄說：「聖人雖以三年為文，其實二十五月而畢。」❷期：周年。❸三年不為禮，禮必壞：謂居喪三年不習禮制，禮必然荒廢敗壞。❹崩：崩壞，墜失。❺沒：盡。❻升：登也。成熟之意。❼鑽燧改火：鑽燧，鑽木取火。改火，古人用以取火的木頭四時更換，春用榆柳，夏用棗杏桑柘（ㄓㄜˋ），秋用柞（ㄗㄨㄛˋ）楢（ㄧㄡˊ），冬用槐檀，故稱改火。❽已：停止。❾食夫稻，衣夫錦：衣，作動詞用，穿的意思。北方以稻米為貴，故居喪時不食。錦衣為華服，居喪時穿素，故不衣錦。❿食旨不甘：旨，美味。甘，甜。謂心中憂戚即使吃到美味也不覺甘甜可口。⓫居處不安：居住在舒適的地方也不覺安適。⓬予：指宰我。⓭免於父母之懷：離開父母的懷抱。⓮通喪：謂自天子以至庶人通行的父母之喪。

(三) 子曰：「飽食終日，無所用心❶，難矣哉！不有博弈❷者乎？為之猶賢乎已❸！」

【譯文】孔子說：「整天只顧著吃，卻無所事事，不用點心思在其他事情上，這樣的人實在很難成材啊！不是有各種棋戲嗎？下下棋也比整天無所事事要好啊！」

【章旨】本章乃勸人不可無所事事。

【註釋】❶無所用心：謂無所事事。❷博弈：博，是一種棋戲，擲采行棋，用十二顆子，六白六黑，所以又稱六博或雙陸。弈，即圍棋。❸賢乎已：賢，勝過。乎已，語尾助詞。謂博弈雖非正事，但較之無所事事更勝。

(三) 子路曰：「君子尚勇❶乎？」子曰：「君子義以為上❷。君子有勇而無義為亂，小人有勇而無義為盜❸。」

【譯文】子路說：「在上位的執政者應注重勇氣嗎？」孔子說：「在上位的執政者應注重義。若在上位的人只重勇氣而不重義，則將會作亂；在下面的老百姓如果只重勇氣而不重義，則將成為擾亂安寧的盜賊。」

【章旨】記述執政者須以義為重。

【註釋】❶君子：指在上位的執政者。❷義以為上：上，通尚。謂注重義。❸小人：指在下面的百姓。

㈣

子貢曰：「君子亦有惡乎？」子曰：「有惡。惡稱❶人之惡者，惡居下流❷而訕❸上者，惡勇而無禮者，惡果敢而窒❹者。」曰：「賜也亦有惡乎？」「惡徼❺以為知者，惡不孫❻以為勇者，惡訐❼以為直者。」

【譯文】子貢問孔子說：「君子也有厭惡的人嗎？」孔子說：「有的。君子最厭惡那些專說別人醜事的人，厭惡那些地位在下面的人毀謗地位在上面的人，厭惡那些好逞勇氣卻不懂得禮法的人，厭惡那些做事果敢卻不通情理的人。」接著反問：「賜啊！你也有厭惡的人嗎？」子貢說：「我最厭惡那些抄襲別人的言論意見卻自以為聰明的人，厭惡那些不懂得謙讓的道理卻自以為勇敢的人，厭惡那些專門攻擊揭發別人的陰私卻自以為正直的人。」

【章旨】說明為聖賢所厭惡的人，並用以勉人行事須光明正大。

【註釋】❶稱：說到。❷下流：下層職位的人。❸訕：毀謗。❹窒：不通情理。❺徼：抄襲。❻孫：同遜。謙讓之意。❼訐：攻擊揭發別人的陰私。

（二五）

子曰：「唯女子與小人❶為難養❷也！近之則不孫❸，遠之則怨。」

【譯文】孔子說：「只有侍妾和僕隸是最難以教養的，你若是親近他們，他們就不懂得謙遜恭敬地對待你，若是疏遠他們，他們就會埋怨你，而對你懷恨。」

【章旨】記述僕妾之難以教養。

【註釋】❶唯女子與小人：唯，只有。女子，指侍妾而言。小人，指僕隸而言。❷難養：難以教養。❸孫：謙遜。

（二六）

子曰：「年四十而見惡❶焉，其終也已！」

【譯文】孔子說：「一個人到了四十歲的年紀還被別人厭惡，那麼他的一生大概就完了！」

【章旨】本章乃勉人勤修德業。

【註釋】❶見惡：被人厭惡。

微子第十八

(一)

微子去之❶，箕子為之奴❷，比干諫而死❸。孔子曰：「殷有三仁焉！」

【譯文】紂王暴虐無道，微子屢諫不聽，遂離開國家。箕子披髮佯狂，而紂王仍將他下獄囚禁。比干屢諫觸怒了紂王，遂遭剁腹挖心致死。孔子說：「殷朝有三個人可算是仁人了！」

【章旨】本章乃讚揚微子、箕子和比干之忠貞謀國。

【註釋】❶微子：名啟，又作開。因食采於微（今山西省潞城縣），故稱微子啟。為殷帝乙的長子，紂王的庶兄，帝乙死後，紂王繼位，以微子為卿。紂王淫亂無道，微子屢勸不聽，為避免災禍，於是離開國家。周武王滅殷，微子自縛於武王面前，武王釋放微子並復其爵位。❷箕子：名胥餘，食邑於箕，故稱箕子。馬融等說他是紂王的伯叔，《史記》說他是紂王的親戚，杜預則說他是紂王的庶兄。被封為太師。紂王無道，箕子屢勸不聽，於是披髮佯狂，但紂王仍將他下獄囚禁。武王滅紂，釋放箕子，並封他於朝鮮。❸比干：紂王的伯叔，《史記》說他是紂王的親戚。被封為少師。因屢諫觸怒紂王，被剁腹挖心而死。

(二)

柳下惠為士師❶，三黜❷。人曰：「子未可以去乎？」曰：「直道❸而事人，焉❹往而不三黜？枉道❺而事人，何必去父母之邦❻？」

【譯文】柳下惠擔任獄官，曾三次被免職。有人對他說：「你還不想離開此地另謀發展嗎？」柳下惠說：「我是以正道來為人做事，如此到哪兒去能不被人數度免職呢？若是以邪曲不正的方法來為人做事，那麼又何必離開自己的祖國呢？」

【章旨】記述柳下惠之中和正直。

【註釋】❶士師：獄官。掌理訟獄之事。❷三黜：黜，免職。三次被免職，一次是為岑鼎（鼎名）的事被魯君免職；一次是因為與臧文仲意見相左而被臧文仲免職；一次是因為與夏父弗忌意見不合而被弗忌免職。❸直道：即正道。❹焉：何也。❺枉道：邪曲不正的方法。❻父母之邦：指祖國。

(三)

齊景公待孔子❶曰：「若季氏則吾不能；以季、孟之間❷待之。」曰：「吾老矣。不能用也❸。」孔子行。

【譯文】齊景公對群臣說他將要如何重用孔子，他說：「要像魯國上卿季氏那樣賦予他全部實權，那是不可能的；我只能以介於季氏和孟孫氏之間的官爵來任用他。」後來他又說：「我已經老了，恐怕不能用他了。」孔子聽到了這些話之後馬上就離開齊國。

【章旨】記述孔子不為齊國所用故而離開。

【註釋】❶齊景公待孔子曰：乃齊景公將重用孔子而對群臣所說的話。❷季、孟之間：季，指魯國上卿季氏，握有實權。孟，指魯國下卿孟孫氏，無實權。謂齊景公欲以介於季氏和孟孫氏之間的官爵聘任孔子。❸吾老矣，不能用也：乃齊景公事後反悔所說的話。時齊景公年將六十，老固老矣，但不能用只是推託之詞。

(四)

齊人歸女樂❶，季桓子❷受之，三日不朝❸，孔子行。

【譯文】齊國送給魯國一批擅長歌舞的美女，季桓子促使魯君欣然接受，一連三天不問朝政，君臣上下無不沉緬(ㄇㄧㄢˇ)於歌舞女色中，孔子於是離開了魯國。

【章旨】記述魯國君臣沉溺女色，孔子乃離開魯國。

【註釋】❶齊人歸女樂：孔子任魯國司寇時，齊國害怕魯國強盛，乃遣送女樂於魯君。歸，通饋，贈送之意。女樂即擅長歌舞的美女。❷季桓子：魯國上卿，姓季孫，名斯，諡桓。❸不朝：謂君臣皆沉迷於歌舞女色中而不問朝政。

(五)

楚狂接輿❶歌而過孔子❷，曰：「鳳兮！鳳兮❸！何德之衰❹！往者不可諫❺，來者猶可追❻。已而！已而❼！今之從政者殆而❽！」孔子下❾，欲與之言。趨而辟之，不得與之言。

【譯文】楚國狂人接輿唱著歌從孔子的坐車前經過，他唱道：「鳳鳥啊！鳳鳥啊！現在道德風氣已敗壞到這種地步了，你為何還不隱退呢？已經過去的事就不必再去提它了，但以後的事現在開始著手還來得及。算了吧！算了吧！現在從政的人都是很危險的！」孔子下車想要和他談論。他卻快步走開，有意避開孔子，孔子遂不能和他交談。

【章旨】記述楚狂接輿以歌諷諫孔子隱退。

【註釋】❶楚狂接輿：接輿，姓陸，名通，字接輿。因感楚國政令隳墮，乃佯狂不仕，時人稱他為楚狂。❷歌而過孔子：時孔子正想前往楚國，接輿歌而過其車前。❸鳳兮：傳說鳳為靈鳥，有道則現，無道則隱。此處以鳳比喻孔子，謂其宜及身隱退。兮，語助詞，無義。❹何德之衰：謂今道德風氣已衰敗至此，為何你還不隱退。❺往者不可諫：已經過去的事就不必再提它了，即使想勸阻也來不及了。謂孔子過去栖栖皇皇周遊各國而不知隱退這件事就不必再說了。❻來者猶可追：未來的事現在開始著手還來得及。喻現在隱退還來得及。❼已而：猶言算了吧。已，止也。而，語尾助詞。❽殆：危險。❾下：下車。

▲楚狂歌而過孔子（出自《孔子世家圖》）

(六)

長沮、桀溺❶耦而耕❷。孔子過之，使子路問津焉❸。

長沮曰：「夫執輿❹者為誰？」子路曰：「為孔丘。」曰：「是魯孔丘與？」曰：「是也。」曰：「是知津矣❺！」

問於桀溺，桀溺曰：「子為誰？」曰：「為仲由。」曰：「是魯孔丘之徒與❻？」對曰：「然。」曰：「滔滔❼者，天下皆是也，而誰以易之❽？且而與❾其從辟人之士❿也，豈若從辟世之士⓫哉？」耰而不輟⓬。

子路行以告，夫子憮然⓭曰：「鳥獸不可與同群！吾非斯人之徒與而誰與⓮？天下有道，丘不與易也⓯。」

【譯文】長沮和桀溺兩人一起在田裡耕作。孔子從田邊經過時，叫子路向他們請教渡口在哪兒。

長沮問子路說：「那個執轡繩駕著馬車的人是誰？」子路說：「是孔丘。」長沮說：「是魯國的孔丘嗎？」子路說：「不錯。」長沮說：「那麼他一定知道渡口在哪兒。」

子路見長沮愛理不理，於是轉向桀溺詢問。桀溺說：「你是誰？」子路回答：「我叫仲由。」桀溺說：「是魯國孔丘的學生嗎？」子路回答說：「是的。」桀溺說：「如今天下到處都動亂不定，有誰能改變這混亂的局勢呢？而且你與其追隨一個專躲避壞人的人，倒不如跟著我們避世隱居起來的好。」說罷，就繼續耕田覆土，不再理會子路。

子路回來將經過情形報告孔子，孔子悵然若有所失地說：「怎可以和鳥獸為伍呢？我不與世人在一起還與誰在一起呢？如果天下太平，政治上軌道，那麼我也不必如此辛苦地想挽回混亂的局勢了。」

【章旨】記述孔子周遊列國，倡行仁道，為隱者所譏。

【註釋】❶長沮、桀溺：為楚國葉邑的隱者。❷耦而耕：耦，同偶。謂兩人一起耕作。❸問津：津，渡口。問津即詢問渡河處。❹執輿：執轡繩駕著馬車。此時子路下車問津，故暫由孔子自己執轡駕車。❺是知津矣：謂孔子往來奔波各國，必然熟知各地山川水陸，何必多此一問。❻徒：弟子，門徒。❼滔滔：洪水氾流貌。喻時勢混亂。❽誰以易之：誰能夠改變混亂的局勢呢。之，指時局。❾而：你。指子路。❿辟人之士：辟，同避。指孔子。⓫辟世之士：謂隱居者。乃桀溺自謂。⓬耰而不輟：耰，用土覆蓋種子。輟，中止。謂繼續耕作覆土不理會子路。⓭憮然：感慨失意貌。⓮吾非斯人之徒與而誰與：謂我不與世人在一起還與誰在一起呢。乃諷刺長沮、桀溺棄世人不顧。⓯不與易也：謂不用出來努力改變時勢。

▲子路問津（出自明・萬曆版《聖蹟圖》）

(七)

子路從而後❶，遇丈人❷，以杖荷蓧❸。子路問曰：「子見夫子乎？」丈人曰：「四體不勤，五穀不分❹，孰為夫子？」植❺其杖而芸❻。子路拱而立❼。止子路宿❽，殺雞為黍而食❾之，見其二子❿焉。明日，子路行以告。子曰：「隱者也。」使子路反見⓫之。至，則行⓬矣。子路曰：「不仕無義⓭。長幼之節，不可廢也，君臣之義，如之何其廢之？欲潔其身，而亂大倫⓮。君子之仕也，行其義也。道之不行，已知之矣！」

【譯文】子路隨孔子同行卻因事而落在後頭。他在路上遇到一個老人，用手杖挑著除草的竹器。子路向他詢問：「您有沒有看到我的老師？」老人說：「你們這些人四肢不肯勞動，連五穀都分辨不清楚，我怎知你的老師是誰呢？」說罷，把手杖插在地上就開始除草了。

子路雙手互抱恭敬地站在原處。由於天色已晚，老人乃留子路在家裡過夜，殺雞煮飯來招待子路，並叫他的兩個兒子出來拜見。

第二天，子路找到了孔子，將經過情形報告他。孔子說：「這必是個隱士。」叫子路回去拜訪他。子路到了那裡，老人已出去了。

於是子路對他的兩個兒子說：「有能力卻不出來做官有失君臣之義。既然知道長幼有序的禮節不可廢棄，那麼君臣之義又怎能廢棄呢？想要保持自身的廉潔品德，卻不知敗壞了倫常關係。君子出來做官從政，只是為了實踐君臣之義。至於正道之不能實行，那是早已知道的事了。」

【章旨】記述荷蓧丈人與子路的相互譏評。

【註釋】❶從而後：謂追隨孔子同行，卻因事落於後頭。❷丈人：老人。❸荷蓧：荷，肩負。蓧，除草的竹器。❹四體不勤，五穀不分：責其不事生產。四體，即四肢。五穀，即稻、黍、稷、麥、菽。不分，不能辨明。但劉寶楠《論語正義》引宋翔鳳的《論語發微》謂為丈人自述其不遑暇及，怎知子路所問何人。分，包咸訓為「分植」。❺植：樹立。❻芸：除草。❼拱而立：雙手互抱恭敬地站立著。❽止子路宿：止，挽留。宿，過夜。❾食：作動詞用，謂請子路吃飯。❿見其二子：使他的兩個兒子前來拜見子路。⓫反：同返。⓬行：走了。謂不在家。⓭不仕無義：不出來做官有失君臣之義。⓮大倫：指君臣之義。按五倫為：父子有親，君臣有義，夫婦有別，長幼有序，朋友有信。

（八）

逸民❶：伯夷、叔齊、虞仲❷、夷逸、朱張❸、柳下惠、少連❹。子曰：「不降其志，不辱其身，伯夷、叔齊與？」謂柳下惠、少連：「降志辱身矣，言中倫❺，行中慮❻，其斯而已矣！」謂虞仲、夷逸：「隱居放言❼，身中清❽，廢中權❾。」「我則異於是，無可無不可❿。」

【譯文】有志行德操的隱逸之士，計有伯夷、叔齊、虞仲、夷逸、朱張、柳下惠、少連等人。孔子說：「不肯降低自己的志節，不肯使自己受到屈辱的，大概只有伯夷和叔齊吧？」又評論柳下惠和少連說：「肯降低自己的志節，使自身受到屈辱，但是他們的言論都合乎倫常義理，行事都經過慎重的考慮，大概只是如此而已。」又評論虞仲和夷逸說：「隱居起來對於國家政事不予置評，自身品格合乎清廉端正，放棄仕途的作法則合乎權變的道理。」又說：「至於我的作法則與他們不同，我沒有絕對可以或絕對不可以的，只要合乎時宜我就去做。」

【章旨】本章乃論先賢之志行操守。

【註釋】❶逸民：有德操的隱逸之士。❷虞仲：即仲雍。周太王次子，和長兄泰伯因知太王有意傳位季歷，乃相偕逃往荊蠻。❸夷逸、朱張：夷逸，姓夷名逸，周大夫詭諸之後，因食采於夷，而以夷為姓。或說逸非其本名，乃指隱逸之人。朱張，生平不詳。❹少連：東夷人。《禮記．雜記下》：「孔子曰：『少連、大連善居喪，三日不怠，三月不懈(解)，期悲哀，三年憂，東夷之子也。』」❺中倫：合乎義理倫常。❻中慮：合乎思慮。謂行事都經過慎重的考慮。❼放言：不談論世事。❽中清：合乎清高的品德。❾廢中權：放棄仕途乃合乎權變之道。❿無可無不可：孟子謂：「孔子可以仕則仕，可以止則止，可以久則久，可以速則速。」

(九)

大師摯❶適齊，亞飯干❷適楚，三飯繚❸適蔡，四飯缺❹適秦，鼓方叔入於河❺，播鼗武入於漢❻；少師陽❼、擊磬襄❽，入於海❾。

【譯文】由於魯國政治衰頹，太師摯離開前往齊國謀生，職司亞飯的樂師干也跟著離開前往楚國，職司三飯的樂師繚也離開前往蔡國，職司四飯的樂師缺離開前往秦國，職司擊鼓的樂師方叔則離開至黃河以北謀生，職司搖鼓的樂師武則離開至漢中謀生，少師陽和職司擊磬的樂師襄，則飄洋渡海到朝鮮謀生。

【章旨】記述魯國政治衰頹，樂師紛紛離開前往他處謀生。

【註釋】❶大師摯：大師，樂官之長。摯為其名。❷亞飯干：亞飯，古時帝王進食每有樂師獨奏助食，稱為「侑」。第二次進食所奏的樂章稱為亞飯。干，負責亞飯演奏的樂師名。❸三飯繚：三飯，即第三次進食所奏的樂章。繚，為樂師名。❹四飯缺：四飯，即第四次進食所奏的樂章。缺，樂師名。❺鼓方叔入於河：鼓，謂負責擊鼓者。方叔，樂師名。河，指河內。謂至黃河以北謀生。❻播鼗武入於漢：播，搖動。鼗，兩邊有耳的小鼓，即撥浪鼓。武，樂師名。漢，指漢中，即今陝南一帶。❼少師陽：少師，地位次於太師。陽，樂官名。❽擊磬襄：擊磬，職可擊磬者。襄為其名。❾入於海：謂至海外謀生。

(十)

周公謂魯公❶曰：「君子不施其親❷，不使大臣怨乎不以❸，故舊無大故❹，則不棄也，無求備於一人❺。」

【譯文】周公告誡魯公說：「一個執政者絕不可重用自己的親戚，不可使大臣埋怨自己不受重用，以前的老臣舊臣若無大逆不道的情形，則不可廢棄他們不用，而且也不要苛求一個人十全十美。」

【章旨】記述周公訓誡魯公治國之道。

【註釋】❶魯公：謂周公旦之子伯禽。受封於魯，故稱魯公。臨行前，周公以治國之道訓誡之。❷不施其親：施，任用。謂不專用自己的親戚。❸怨乎不以：以，用也。謂因不受重用而埋怨懷恨。❹故舊無大故：故舊，指老臣舊臣而言。大故，指大逆不道之事。❺求備：責求完備。

(十一)

周有八士❶：伯達、伯适、仲突、仲忽、叔夜、叔夏、季隨、季騧。

【譯文】周朝開國之初有八位賢達的人士，他們的名字分別是：伯達、伯适、仲突、仲忽、叔夜、叔夏、季隨、季騧。

【章旨】記述周初人才鼎盛。

【註釋】❶八士：八位賢達之士。盧文弨《釋文考證》據〈晉語〉：「文王即位，詢於八虞」，而謂八士即文王時之虞官（掌理山澤之官）。孔廣森《經學卮言》以為八士姓尹，為周武王時的賢士。《論語集解》謂：「四乳八子，皆顯仕，故記之爾。」即謂某婦人生四胎皆雙生，故以伯、仲、叔、季為名。八人皆任官顯達，以此記人才之盛。

子張第十九

(一)子張曰：「士見危致命❶，見得思義❷，祭思敬，喪思哀，其可已矣。」

【譯文】子張說：「一個士人若遇見危急時能不顧自己生命的安危，奮力去做，看見有利可圖時能考慮這樣做是否合於義，祭祀時態度務求恭敬，參加喪禮時神色務求哀戚，能做到這樣就可以算是個士了。」

【章旨】記述士的德行。

【註釋】❶見危致命：遇見危急時能奉獻自己的生命。❷見得思義：得，利益。謂見到有利可圖時能考慮是否合於義。

(二)子張曰：「執德不弘❶，信道不篤❷，焉能為有？焉能為亡❸？」

【譯文】子張說：「執守道德卻不予弘揚光大，崇信正道卻不能篤實踐行，如此怎能算是有道德，怎能算是無私心的人呢？」

【章旨】記述道德貴在實踐。

【註釋】❶執：執守，固守。❷篤：篤實，切實。❸焉能為有，焉能為亡：焉，何也。亡同無。謂不足以受人稱揚。

(三)

子夏之門人，問交❶於子張。子張曰：「子夏云何？」對曰：「子夏曰：『可者與之，其不可者拒之。』」子張曰：「異乎吾所聞：『君子尊賢而容眾❷，嘉善而矜不能❸。』我之大賢與❹，於人何所不容？我之不賢與，人將拒我，如之何其拒人也？」

【譯文】子夏的學生向子張請教與人交往之道。子張說：「子夏怎麼說呢？」子夏的學生回答說：「子夏說：『做人還可以的就和他交往，做人不夠正直的就拒絕和他交往。』」子張說：「與我從老師那兒聽到的不同，我記得老師曾經說：『君子應當尊敬賢德的人並廣泛地接納別人，獎勵有善良德行的人並同情不能夠做到的人。』我若是個有賢德的人，怎會不接納別人呢？我若是個沒有賢德的人，別人將拒絕與我交往，我又怎能拒絕別人呢？」

【章旨】記述子夏與子張的交友之道。

【註釋】❶交：與人往來之道。❷容眾：廣泛地接納別人。❸嘉善而矜不能：矜，體恤、同情。謂獎勵有善良德行的人而體恤不能做到的人。❹與：同歟，語尾助詞。

(四)

子夏曰：「雖小道❶，必有可觀者焉，致遠恐泥❷，是以❸君子不為❹也。」

【譯文】子夏說：「雖然農、圃、醫、卜等都是些小技藝，也都有其可以學習的地方，但若要將這些技藝應用到治國平天下的高遠理想上，恐怕行不通，所以君子不願意學習。」

【章旨】記述君子須志向遠大，不可拘泥於小道。

【註釋】❶小道：指農、圃、醫、卜等技藝。❷泥：拘束不通。❸是以：因此。❹為：學習。

(五)

子夏曰：「日知其所亡❶，月無忘其所能，可謂好學也已矣！」

【譯文】子夏說：「每天不斷地吸取新知，並且時時溫習，到了月底能不忘記所學習的東西，這樣就可算是好學了。」

【章旨】本章乃勉人勤於求學。

【註釋】❶日知其所亡：亡，同無。謂不斷地追求新知。❷月無忘其所能：無，同毋。謂須不斷地溫習舊知。

(六)

子夏曰：「博學而篤志❶，切問而近思❷，仁在其中矣。」

【譯文】子夏說：「廣博的學習各種知識，並堅守自己的志行；遇有疑惑便急著求教於人，並從淺近的地方來思索事理，如此仁道自然就包含在其中了。」

【章旨】記述求仁的方法。

【註釋】❶博學而篤志：博學，廣泛地學習各種知識。篤志，堅守自己的志行。❷切問而近思：切問，遇有疑惑便急著求教於人。近思，從淺近的地方去思索事理，而不好高鶩遠。

(七)

子夏曰：「百工居肆❶以成其事，君子學以致❷其道。」

【譯文】子夏說：「各種工匠只有在自己的工作場所內專心致志，才能完成各種精巧的藝品；同樣的，君子必須努力學習，才能求得各種事物的道理。」

【章旨】記述求道的方法。

【註釋】❶百工居肆：百工，各種工匠。肆，官府造作之處，即工作場所。謂工匠在自己的工作場所內才能專心致志。❷致：獲致，求得。

(八)

子夏曰：「小人之過也必文❶。」

【譯文】子夏說：「小人犯了過錯，必定急於掩飾。」

【章旨】記述小人善於掩飾過錯而不知悔改。

【註釋】❶文：掩飾。

(九)

子夏曰：「君子有三變：望之儼然❶，即❷之也溫，聽其言也厲❸。」

【譯文】子夏說：「君子有三種不同的神態變化。當你遠遠觀望他時，會覺得他的神態莊重而嚴肅；可是當你和他接近時，又覺得他的神態溫婉有禮，但聽他所說的話又是那麼的嚴正而一絲不苟。」

【章旨】記述君子的神態氣度。

【註釋】❶儼然：莊重嚴肅貌。❷即：親近。❸厲：嚴正。

(十)

子夏曰：「君子信❶而後勞其民❷；未信，則以為厲❸己也。信而後諫❹；未信，則以為謗己也。」

【譯文】子夏說：「君子必須先使人民相信自己的施政，然後才能差使人民從事各種勞務。如果未得人民的信任，就使人民從事勞務，人民會以為是在虐待他們。必須先使君上相信自己的忠誠，然後才能提出諫諍。如果未得國君的信任即提出諫諍，將使國君以為是在毀謗、侮辱自己。」

【章旨】記述使民事君之法。

【註釋】❶信：使人相信。❷勞其民：使人民從事勞務。❸厲：虐待，迫害。❹信而後諫：使君王相信自己而後直言諫諍。如此方可避免觸怒對方而遭災禍。

(十一)

子夏曰：「大德❶不踰閑❷，小德❸出入可也。」

【譯文】子夏說：「只要能固守大節操而不踰越原則，則其他瑣碎的小節雖與原則稍有出入也無甚不妥。」

【章旨】記述君子應固守大節，不可因拘泥小節而壞大防。

【註釋】❶大德：即大節。謂基本的做人原則。❷閑：通闌。謂法則。❸小德：即小節。謂日常瑣碎的德行。

(十二)

子游曰：「子夏之門人小子，當洒掃應對進退❶則可矣，抑末也❷；本之則無，如之何？」子夏聞之曰：「噫！言游③過矣！君子之道，孰先傳焉？孰後倦④焉？譬諸草木，區以別⑤矣。君子之道，焉可誣⑥也？有始有卒⑦者，其惟聖人乎！」

【譯文】子游說：「子夏的學生們，灑水掃地、與人交談對答這些事都能做得很好，進退行止的儀節也學得很好，但這些都是細微末節而非做學問的根本；如果未學會根本的道理，如何能立身處世呢？」子夏聽到子游這一番批評後說：「唉！言游的話真是大錯特錯啊！君子教人之道，哪有何者應該先傳述，何者應該放於後頭慢慢教導的道理呢？譬如栽植草木，應該先區別種類後方可灌溉播種。君子教導人，怎可不問資質高低一律教以高深的道理，這無異是欺罔他們啊！能夠有始有終，由淺入深，循序教誨人的，大概只有聖人才能做到吧！」

【章旨】記述子夏辯駁子游，謂教導子弟應由淺入深，因材施教。

【註釋】❶洒掃應對進退：灑水掃地，與人交談對答和進退的儀節。❷抑末也：抑，可是。末也，指洒掃應對進退只是日常生活中的細微末節，一點也不重要。❸言游：子游，姓言，名偃，字子游，故稱言游。❹孰後倦焉：孰，誰、哪一個。倦，慵懶不做。❺譬諸草木，區以別矣：諸，之於。謂譬如栽植草木必須先予區分種類後才能知所灌溉播種。❻焉可誣也：焉，豈也。誣，欺罔。謂教人應因材施教，怎可不問資質高低一律教以高深的道理，這無異是欺蒙他們。❼有始有卒：即有始有終。謂能由淺入深，循序教誨。

(十三)

子夏曰：「仕而優則學，❶學而優則仕。❷」

【譯文】子夏說：「做官的人在公餘之暇應努力學習，充實自己的知識；求學的人在學業完成後應出來做官，為國家效力。」

【章旨】記述做官與求學問兩者不可分。

【註釋】❶仕而優則學：仕，做官。優，有餘力。謂公餘之暇當努力學習，充實知識，俾有助於其事。❷學而優則仕：學業完成後應出來做官，以應用驗證所學。

(十四)

子游曰：「喪致乎哀而止。❶」

【譯文】子游說：「居喪只要盡其哀思就可以了。」

【章旨】記述居喪只須盡其哀思，不必過於誇飾鋪張。

【註釋】❶致：盡也。

(十五)

子游曰：「吾友張也❶，為難能也，然而未仁❷。」

【譯文】子游說：「我的朋友子張做人可算是難能可貴了，但是仍未達到仁德的境界。」

【章旨】記述子張品德雖佳但未近於仁。

【註釋】❶張：指子張。❷未仁：未達到仁的境界。子張資質寬沖，待人接物平易，但平時不務仁義之行，故孔子的門人雖與他為友對他卻不甚敬重。

(十六)

曾子曰：「堂堂乎❶張❷也！難與並為仁❸矣。」

【譯文】曾子說：「子張的儀表真是堂皇啊！可惜很難與他共行仁道。」

【章旨】記述子張好高騖遠，難與行仁道。

【註釋】❶堂堂乎：儀容美盛貌。乎，語尾助詞。❷張：指子張。❸難與並為仁：謂子張儀表堂皇，過於務外自矜，難於輔人行仁，人亦難以輔其行仁。

(十七)

曾子曰：「吾聞諸夫子❶：『人未有自致❷者也，必也親喪❸乎！』」

【譯文】曾子說：「我曾經聽老師說過：『一個人對於其他的事或許未能盡其心力，但對於父母的喪事一定能盡其人子之心。』」

【章旨】記述人對於父母之喪必能盡其心意。

【註釋】❶夫子：指孔子。❷自致：竭盡自己的心力。❸親喪：父母之喪。

（六）

曾子曰：「吾聞諸夫子：『孟莊子❶之孝也，其他可能也❷，其不改父之臣與父之政❸，是難能也。』」

【譯文】曾子說：「我曾聽老師說過：『孟莊子的孝行，其他的事情別人或許也能做到，但他在父親死後，不更動父親生前所用的人和所施行的各種政治措施，這點卻是別人很難做得到的。』」

【章旨】記述孟莊子的孝行。

【註釋】❶孟莊子：魯國大夫，本姓仲孫，名速，因其先祖慶父弒君，而諱稱孟氏。自幼以勇名聞諸侯。❷其他可能也：謂其他的事情或許別人也能做到。❸不改父之臣與父之政：孟莊子之父孟獻子（仲孫蔑）有賢德，孟莊子於父親死後，對於父親所用的人及所施行的各種政事都不予變更，故孔子稱讚他能盡孝。

(十九)

孟氏❶使陽膚❷為士師❸，問於曾子。曾子曰：「上失其道，民散❹久矣！如得其情❺，則哀矜而勿喜❻。」

【譯文】孟氏派陽膚擔任典獄官，陽膚向曾子請示意見。曾子說：「在上位的人不以正道治理政事，民心背離已經很久了，如果你能查得人民犯罪的實情，千萬要以哀憐同情的態度來處理，絕不可因為破案而沾沾自喜。」

【章旨】記述曾子告誡陽膚之語。

【註釋】❶孟氏：即仲孫氏，鄭玄以為諱慶父弒君之事，故稱孟氏。❷陽膚：魯國武城人，為曾子學生。❸士師：典獄官。❹民散：民心背離。❺如得其情：查得其犯罪行為的實情。❻哀矜而勿喜：謂須對犯罪者表示同情，勿因查出實情而沾沾自喜。

(二〇)

子貢曰：「紂❶之不善，不如是❷之甚也。是以君子惡居下流❸，天下之惡皆歸焉。」

【譯文】子貢說：「紂王雖然暴虐荒淫，作惡多端，卻不如傳聞所說的那樣惡劣。所以君子最怕處在污濁卑下的境地，使天下所有的罪惡都歸於自己身上。」

【章旨】本章乃勉人不可稍有惡行。

【註釋】❶紂：殷朝亡國之君，名受辛，為帝乙之子。荒淫無道，寵幸妲己，以酒為池，以肉為林，晝夜狂歡，民心背離。周武王發兵討伐，敗殷兵於牧野，紂王兵敗登鹿臺，投火自焚。❷是：指傳聞。❸下流：江河入海處。喻人稍有不善，則惡名皆歸於其身。

(三)

子貢曰：「君子之過也，如日月之食焉❶。過也，人皆見之；更❷也，人皆仰❸之。」

【譯文】子貢說：「君子若稍為犯了一點過錯，就如同日蝕、月蝕般，他所犯的過錯人人都看得見，而當他改正過錯後，人人又都仰望他。」

【章旨】記述君子的言行為人之表率。

【註釋】❶日月之食：食，通蝕，即日蝕、月蝕。喻君子不掩飾自己的過失，其過失人人可見。❷更：改正過錯。❸仰：景仰，仰望。

(三)

衛公孫朝❶問於子貢曰：「仲尼焉❷學？」子貢曰：「文武之道❸未墜於地❹，在人❺。賢者識❻其大者，不賢者識其小者，莫不有文武之道焉。夫子焉不學，而亦何常師❼之有？」

【譯文】衛國的公孫朝問子貢說：「你的老師仲尼是從何處學得如此廣博的學問呢？」子貢說：「文王和武王的禮樂文章教化並未亡失，這都是由於有人能記存的緣故。有才德的人就記住其中重要的部分，資質較差一點的就記住其中一小部分，像這樣到處無不存有文王和武王的教化。我的老師無論大小道理何嘗不學，所以哪有固定的老師呢？」

【章旨】記述孔子學識之淵博，並謂聖人無常師。

【註釋】❶公孫朝：衛國大夫，複姓公孫，名朝。當時鄭國子產之弟亦名公孫朝，魯楚兩國亦有大夫名公孫朝者，故冠以衛來區別。❷焉：何也。❸文武之道：指文王、武王的禮樂文章教化。❹未墜於地：謂尚未亡失。❺在人：謂由於有人能記存故不致亡失。❻識：記住。❼常師：固定的老師。此由孔子學樂於萇弘，學禮於老聃，學琴於師襄，問官於郯子，即可證明。

(三)

叔孫武叔❶語❷大夫於朝曰：「子貢賢於仲尼。」子服景伯❸以告子貢。子貢曰：「譬之宮牆❹，賜之牆也及肩，窺見室家之好；夫子之牆數仞❺，不得其門而入，不見宗廟❻之美，百官之富。得其門者或寡矣！夫子❼之云，不亦宜乎？」

【譯文】叔孫武叔在朝廷上對其他的大夫說：「我認為子貢比他的老師仲尼還賢能。」子服景伯把這件事告訴子貢。子貢說：「如果以房屋外的圍牆來比喻的話，我的圍牆僅及肩膀而已，所以外人都能窺見我屋內擺設佈置的美好；而我的老師的圍牆有數十尺之高，外人若不是從正門走入，就看不到祭祀祖先的宗廟裝飾佈置的富麗堂皇，文武百官的眾多。但能夠從正門進入的人實在太少了！叔孫武叔無法從正門進入，他之所以這樣說，其實也沒什麼不對啊！」

【章旨】記述子貢讚揚孔子之德。

【註釋】❶叔孫武叔：魯國大夫，複姓叔孫，名州仇，謚武。❷語：告訴。❸子服景伯：魯國大夫，複姓子服，名何，謚景。❹宮牆：即房屋的圍牆。古時不論天子或百姓的住屋都稱為宮，自秦漢以後才成為天子居室的專稱。❺仞：古時七尺為一仞。或說八尺為一仞。❻宗廟：祭祀祖先的場所。❼夫子：指叔孫武叔。

(二四)

叔孫武叔毀❶仲尼。子貢曰：「無以為也❷！仲尼不可毀也。他人之賢者，丘陵也，猶可踰❸也；仲尼，日月也，無得而踰焉。人雖欲自絕❹，其何傷於日月乎？多見其不知量❺也！」

【譯文】叔孫武叔毀謗仲尼。子貢知道這件事後說：「這樣做是沒有什麼用的，我的老師仲尼不是任何人可以毀謗的。別人的賢德就好像丘陵般，還可以輕易地攀越過，而我的老師的賢德就好像日月般，別人是無法攀越的。人們雖想棄絕不見日月的光明，但對於日月又有什麼損傷呢？由此可見他實在是不自量啊！」

【章旨】記述孔子德行的崇高非常人所能詆毀。

【註釋】❶毀：詆毀，毀謗。❷無以為也：謂叔孫武叔如此做沒有什麼用。❸踰：跨越，攀越。❹自絕：自我棄絕於日月。謂詆毀而不與孔子往來。❺不知量：不知自己的分量。或說是不知聖人度量之寬宏。

(二五)

陳子禽謂子貢曰：「子為恭也❶，仲尼豈賢於子乎？」子貢曰：「君子一言以為知❷，一言以為不知，言不可不慎也❸！夫子之不可及也，猶天之不可階而升也❹。夫子之得邦家者❺，所謂『立之斯立❻，道之斯行❼，綏之斯來❽，動之斯和❾，其生也榮，其死也哀』。如之何其可及也？」

【譯文】陳子禽對子貢說：「你只是恭敬謙遜罷了，其實你的老師仲尼怎會比你賢明呢？」子貢說：「一個人只要說一句話別人就知道他是明智的，只要說一句話別人就知道他是愚蠢不智的，所以說話不可不謹慎啊！我的老師是別人所無法追及的，就好像天是無法用階梯一步步攀爬上去一樣。我的老師如果能做諸侯大夫，就能做到古人所謂的『以禮教導人民自立則人民無不自立；以德勸導人民則人民無不遵行；以仁安撫人民則遠方人民無不聞風來歸；以敬役使人民則人民無不和樂順從。在其生前人人都尊敬他，在其死後人人都哀悼他。』像這樣，別人怎能比得上他呢？」

【章旨】記述孔子德行之崇高不可及。

【註釋】❶恭：恭敬而謙遜。❷知：同智。❸言不可不慎也：乃指責陳子禽說話不加考慮。❹不可階而升：不能像爬樓梯一樣一步步攀爬上去。❺得邦家：得邦指為諸侯，得家指為大夫。❻立之斯立：斯，即則。謂孔子為政，立之以禮則民無不立。❼道之斯行：道，同導。謂導之以德則民無不從。❽綏之斯來：綏，安撫。謂安撫其民而遠方人民無不聞風來歸。❾動之斯和：動，役使。謂使人民服勞務而人民莫不和樂順從。

堯曰第二十

(一)

堯曰❶：「咨❷！爾舜！天之曆數❸在爾躬❹，允執其中❺！四海困窮，天祿永終❻。」舜亦以命禹❼。

曰❽：「予小子履❾，敢用玄牡❿，敢昭告于皇皇后帝⓫：有罪不敢赦，帝臣不蔽⓬，簡⓭在帝心！朕躬有罪，無以萬方；萬方有罪，罪在朕躬。」

「周有大賚，善人是富⓮。」「雖有周親，不如仁人⓯；百姓有過，在予一人。」

謹權量⓰，審法度⓱，修廢官⓲，四方之政行焉。興滅國，繼絕世，舉逸民⓳，天下之民歸心焉。所重：民、食、喪、祭⓴。寬則得眾，信則民任焉。敏則有功，公則說㉑。

【譯文】堯帝說：「唉！舜啊！天命運行的順序就要落在你身上了，希望你能執守中庸之道，行事不偏不倚。如果天下百姓生活陷於困窮，那麼上天賜給你的祿位就將永遠斷絕了！」後來舜帝也以同樣的話來任命並告誡夏禹。

湯王放逐夏桀以後，禱祭上天說：「我子履，貿然用黑色公牛為牲禮，坦誠地向偉大的上帝報告，凡是有罪的人我都不敢隨便寬赦他們，對於您的子民我也不敢有所蒙蔽；他們的罪行您的心裡都已鑒閱明瞭。如果我本身有任何過錯，請不要怪罪於天下萬民；如果天下萬民有過錯，則一切都應由我來承擔。」

周武王說：「周室得到上天的厚賜，所以品德善良賢能的人特別多。」又說：「雖然有至親之人，卻不如有仁德的人相輔助。如果百姓有什麼過錯，那麼全都該歸咎於我一個人。」

謹慎地制定度量衡，細察各種禮樂制度，把應該保存卻遭廢置的官職重新恢復，如此天下的政事便能推行了。將遭滅亡的國家復興起來，將面臨斷絕的世系接續起來，並舉用隱居四方有才德的人，如此天下的人民自然都能歸附。在上位的執政者所應重視的是人民、糧食、喪禮和祭祀這四件事。對待人民寬厚，則民眾自然擁護你，對待人民誠信，則人民自然信任你。做事敏捷迅速，不敷衍拖延，則容易成功；處事公正無私，則人民自然心悅誠服。

【章旨】記述堯、舜、禹、湯、文、武之德行政績，以示為政之道。

【註釋】❶ 堯曰：此段話為堯帝對舜帝所說的話。堯因子丹朱不肖，故將天下讓與舜。❷ 咨：

嘆息聲。❸曆數：指帝王相繼的順序。❹爾躬：爾，即你。躬，親身。❺允執其中：允，能夠。謂盼能執守中庸之道，不偏不倚。❻天祿永終：天祿，上天賜予君王的祿位。此句謂君王的祿位將永遠斷絕。❼舜亦以命禹：舜亦以同樣的話任命禹為帝，並告誡之。因舜子商均不肖，故傳位於禹。❽曰：此段話為商湯伐桀昭告天下之辭。但《呂氏春秋．順民篇》及《墨子．兼愛篇下》均以為係商湯滅夏後大旱禱天祈雨之辭。❾予小子履：予小子，為商湯自謙詞。履，湯之名。❿玄牡：黑色公牛，用以祭祀。⓫皇皇后帝：皇皇，偉大貌。后帝，即天帝。⓬帝臣不蔽：謂天下賢人皆上帝之臣，自己不敢有所蒙蔽。⓭簡：鑒閱。⓮周有大賚，善人是富：此為周朝受天命及伐紂告天之辭。賚，賜予。謂周朝受上天厚賜，富有善人。⓯雖有周親，不如仁人：周親，即至親。指紂王雖有箕子、微子、比干等至親卻不能用。仁人，指姜太公。但《集解》謂周親是指管叔、蔡叔，仁人是指箕子、微子。⓰謹權量：權，稱錘。量，斗斛。謂審慎劃定度量衡制。⓱審法度：審，細察。法度，指禮樂制度。⓲修廢官：恢復被廢置而實不可少的官職。⓳舉逸民：舉用隱逸四方有才德的人。⓴所重民食喪祭：謂人民、糧食、喪禮、祭祀四者為執政者所重視之事。或說應作「所重民：食、喪、祭」，謂食、喪、祭三事為人民所重視者。㉑公則說：說同悅。謂政教公平則人民喜悅。

▲舜

▲堯

▲湯

▲禹

（二）

子張問於孔子曰：「何如斯可以從政矣？」子曰：「尊五美，屏❶四惡，斯可以從政矣。」子張曰：「何謂五美？」子曰：「君子惠而不費，勞❷而不怨，欲而不貪，泰而不驕❸，威而不猛。」子張曰：「何謂惠而不費？」子曰：「因民之所利而利之❹，斯不亦惠而不費乎？擇可勞而勞之，又誰怨？欲仁而得仁，又焉貪？君子無眾寡，無小大，無敢慢❺，斯不亦泰而不驕乎？君子正其衣冠，尊其瞻視❻，儼然❼人望而畏之，斯不亦威而不猛乎？」子張曰：「何謂四惡？」子曰：「不教而殺❽謂之虐，不戒視成❾謂之暴，慢令致期❿謂之賊，猶之與人⓫也，出納之吝，謂之有司⓬。」

【譯文】子張問孔子說：「怎樣做才可以從政治國呢？」孔子說：「崇尚五種美德，而屏除四種惡行，如此就可以從政治國了。」子張說：「五種美德是指什麼呢？」孔子說：「在上位的執政者要廣施恩惠於民卻不浪費公帑（ㄊㄤˇ），徵調人民從事勞務卻不招致怨尤，雖有欲望卻不貪得無厭，地位安適卻不驕傲凌人，儀表威嚴卻不兇猛。」子張說：「廣施恩惠於民卻不浪費公帑，這是什麼意思呢？」孔子說：「順著人民最有利的方式而使人民獲得最大的利益，這不是廣施恩惠於民卻不浪費公帑嗎？選擇適於從事勞務的人服勞役，有誰會埋怨呢？想求仁而終能順利獲得，又何必貪求呢？在上位的執政者無論人民多或少，無論事情大或小，都不敢稍有疏忽怠慢，如此不是居位安泰而不驕恣嗎？在上位的執政者把衣冠穿戴得端正整齊，隨時注意自己的儀態，端莊威嚴的樣子使人看了就心生畏敬，如此不是威嚴而不兇猛嗎？」子張說：「那麼，四種惡行又是什麼呢？」孔子說：「不預先教導人民，待人民犯了罪便予殺戮，就是虐待人民。不預先告誡人民應如何做，卻在人民完成時加以批評責罰，就是殘暴人民。下命令很慢卻要求人民於急迫的期限內完成，就是戕害人民。總是要給別人的，卻在給予時顯得慳（ㄑㄧㄢ）吝捨不得，這就是小庫吏的作風。」

【章旨】記述為政之道。

【註釋】❶屏：除去。❷惠而不費：謂施恩惠於民卻不浪費公帑。❸泰而不驕：泰，安適。謂居位安適卻不驕傲。❹因民之所利而利之：因，順就。順天之時，順地之利，薄賦，訓農，通商，惠工，即利其所利。邢昺《論語注疏》卻說：「民居五土（山林、川澤、丘陵、墳衍、原隰），所利不同，山者利其禽獸，渚者利其魚鹽，中原利其五穀。人君因其所利，使各居所安，不易其利，則是惠愛利民，在政且不費於財也。」❺無敢慢：

慢，怠慢忽視。謂凡事必恭謹對待不敢有所怠慢。❻尊其瞻視：瞻視，指儀容態度。謂儀態莊重，使人民敬仰尊崇。❼儼然：端莊貌。❽不教而殺：不預先教導民眾待他們犯了罪便予殺戮。❾不戒視成：不預先告誡人民應如何做卻在人民完成後加以批評責罰。❿慢令致期：下命令遲緩，卻要求人民於急迫的期限內完成，毫不寬貸。⓫猶之與人：猶之，猶言總之。謂總是要給別人。⓬有司：庫吏之屬。

(三)

子曰：「不知命❶，無以為君子❷也。不知禮，無以立也。不知言❸，無以知人也。」

【譯文】孔子說：「不能透悟天命，了解窮通禍福盛衰之理，就無法成為一個有品德學識的人。不懂得禮節，就無法立身處世。不懂得如何分辨他人言語的善惡真偽，就無法知道其為人的正邪善惡。」

【章旨】記述做人的三個基本要件。

【註釋】❶知命：知天意。謂知窮通禍福盛衰之理。❷君子：指有品德學識的人。❸不知言：不能分辨別人言語的真偽善惡。《易經．繫辭傳》：「將叛者其辭慚，中心疑者其辭枝，吉人之辭寡，躁人之辭多，誣善之人其辭游，失其守者其辭屈。」

解說

《論語》如何成書

孔子是我國最受推崇的哲人及最偉大的教育家，他所建立的學說思想正代表著我國兩千餘年的文化，也是唯一足以與西方文化哲學相抗衡者。近代雖經五四新文化運動的衝擊，但打倒舊禮教束縛的口號，並未動搖根深柢固在國人觀念裡的儒家思想根本。由此可見，儒家思想雖歷經兩千餘年之久，卻未趨於迂闊陳腐，而仍具有其真理性，且隨時代變遷可隨時賦予新義。《論語》這部書所記載的即是儒家思想的精髓，亦為孔子一生學說思想的總括，其體裁既非記傳也非論述，而多半是生動活潑的對話，是由其學生及再傳學生們收集記錄孔子平日的教誨和彼此對話資料編輯而成，而非孔子本人之記述。

在西元前五世紀，書籍都是由竹簡或木簡編連而成，數量龐大且書寫麻煩，所以除政府的書庫和記錄所外，一般人並未能普遍使用。東漢班固說《論語》是孔子的學生們收集孔子所說的話及與學生們對話的記錄編輯而成。但其學生曾參的門人，在記錄曾參的言行時也尊稱他為曾子（〈里仁第四〉第十五章、〈泰伯第八〉第三章），所以這些記錄應是曾參的門人在曾參死後所寫的。由此亦可推知，不僅這些部分是由曾參的門人所寫，可能《論語》中有極大部分是由子貢、子游、子夏、子張等學生的門人，亦即孔子的再傳學生所寫的。

孔子的學生子張曾請教孔子做人應該如何才行得通：子張問行。子曰：「言忠信，行篤敬，雖蠻貊之邦行矣。言不忠信，行不篤敬，雖州里行乎哉？立，則見其參於前也。在輿，則見其倚於衡也。夫然後行。」子張書諸紳。（〈衞靈公第十五〉第五章）意即子張聽了這段話就畢恭畢敬地把它記在自己的衣帶上。若仔細推敲，孔子這段話是由四十八個字所構成，相對於其他各篇章，一般都是十到二十個字左右，因此這一章可算是例外的長篇。也許是文句較長，子張深恐遺忘，所以才把它寫在衣帶上。根據推測，《論語》中孔子所說的較短的語句，可能都是由他的學生們記在心裡，然後再口授給門人，到了這些再傳門人時才被記錄下來。因此，《論語》是在孔子死後大約五十年才被寫成書。

孔子生平

孔子姓孔名丘，字仲尼，出生於魯國曲阜附近的郰邑。（司馬遷認為他出生於西元前五五一年，而魯國史書《春秋》的記載則是西元前五五二年。）父親是位武士，叫叔梁紇（或叔紇），母親姓顏，名徵在。孔子是家中的次男，他原本有位兄長，可惜婚後早夭，留下一雙兒女由他撫養。

叔梁紇本姓孔。據說孔氏是宋國湣公弗甫何的後裔，其子宋父、孫正考父曾游學洛陽，後來整理宋國古官廷音樂樂譜，編纂成《詩經》中的商頌十二篇。在當時音樂是貴族子弟必備教養，掌管音樂的樂師之長是個相當重要職位。若孔子的祖先曾在宋國擔任此一要職，那麼家系應是相當顯貴，且當時官職多為世襲，因此，樂師之長應是孔氏的職業。但根據孔子的族譜，其中甚有可疑之處，可能是其祖防叔或叔梁紇時買下宋國孔氏的族譜而捏造的。

叔梁紇是位武士，在當時的社會，一般人民分為卿、大夫、士、庶人四個階級，士只是比庶人略高一級的貴族而已，他們居住在曲阜近郊，負有保衛國家的義務。屬於這個階層的人多半是王族與顯赫氏族鬥爭後失勢的貴族子弟，而一般庶民中勇武的軍人，及在行政、學藝上有特殊表現的人才，受到王室貴族重用而擢升為士的也逐漸增加。叔梁紇就是這新興武士階級中的一分子。

西元前六世紀中葉，北方的中原國家是以擁有山西到河南廣大土地的晉國為強，南方則以楚國為最強，雙方處於交戰中。這時在長江下游的吳國乘機迅速竄起。晉國注意到此一情勢的發展，就計畫與吳國聯合，以威脅楚國，牽制其北進。魯國當然也贊同晉國這種以夷制夷的策略，並派遣了一支軍隊與晉國聯合攻擊魯國南邊屬於楚國的偪陽，卻意外地遭到頑強的抵抗。

偪陽的軍隊詐敗，故意等魯國與晉國聯軍入城，隨即關閉城門，企圖甕中捉鱉殲滅聯軍。正在危急時，叔梁紇用力擎舉城門，使聯軍得安全退離。能在戰亂中把極其笨重的城門推舉開並努力支撐著讓己方軍隊撤出，若非臂力過人，實難辨到。由於這件事，使叔梁紇成為名聞遐邇的勇士。

七年後，魯國東北方的強鄰齊國，派高厚領軍入侵魯國，圍攻魯國望族臧紇守衛的防城。魯國中央雖派軍救援，但軍隊行至半途即不敢繼續前進。當時叔梁紇正在防城守衛，他與臧紇的兩個兒子率領部分兵士趁夜突圍，把臧紇送到援軍軍營後即調頭奔回防城拚死禦敵。叔梁紇就是這樣一位具有責任感、萬夫莫敵的勇將。

不幸在孔子三歲時叔梁紇就去世了，孔子遂由母親顏氏一手撫養長大。他回顧幼年景況時說：「吾少也賤，故多能鄙事。」（〈子罕第九〉第六章）後來孔子離開魯國晉見衛靈公，靈公問他有關戰爭的陣式，孔子回答：「俎豆之事則嘗聞之矣，軍旅之事未之學也。」（〈衛靈公第十五〉第一章）靈公認為孔子學有素養，又是名聞遐邇的勇士叔梁紇之子，必然也懂得軍旅戰陣之事。不料孔子卻回答自己未曾學過，只不過對禮略有研究罷了。

出身於武士之家，具有強健體格（傳聞身高九尺六寸）的孔子，處於內亂外患頻仍的時代，不以武技謀生卻想成為禮制專家，這是什麼原因呢？

在艱困環境中成長的孔子，深切了解在混亂的時代，要以尋常手段求取富貴很難，除非昧著良心。所以他在晚年時曾說：「富而可求也，雖執鞭之士，吾亦為之。如不可求，從吾所好。」（〈述而第七〉第十一章）意即如果不昧著良心可取得富貴，就算是卑賤的行業，自己也願意去做，若非如此，寧可放棄追求富貴的念頭，而從事自己所喜歡的事情。至於他喜好的事情是什麼呢？即「述而不作，信而好古，竊比於我老彭。」（〈述而第七〉第一章）「好古，敏以求之者也。」（〈述而第七〉第十九章）等等，亦即研究及傳述周公所制定的禮樂制度。

孔子不僅具有強烈道德觀念的理性，對於美好事物亦富有敏銳感性。他在齊國時，聽到齊國宮廷樂團演奏古韶樂，感動之餘三個月間吃肉都不知肉味，並感嘆地說：「不圖為樂之至於斯也！」（〈述而第七〉第十三章）意即想不到音樂竟能這樣感動人心。孔子崇尚古代文物制度的觀念，即是由對古代文物的欣賞而來的。他認為韶樂是：「盡美矣，又盡善也。」（〈八佾第三〉第二十五章）即美和善最終是一致的。

衛國的一位貴族向孔子的高徒子貢詢問孔子的學問從何處得來，他回答：「夫子焉不學，而亦何常師之有？」（〈子張第十九〉第二十二章）當時的貴族子弟都有家庭教師，但孔子自幼貧困當然無力聘請老師，他的學問知識都是透過各種方法學得的。

孔子回顧自己的一生說：「吾十有五而志於學。」（〈為政第二〉第四章）在孔子那個時代，社會組織結構是以五家為一比，五比為一閭，四閭為一族，五族為一黨，五黨為一州，五州為一鄉，而構成一個稱為「鄉黨」的地區性團體。同一團體居住在一定的土地，共同舉行祭祀和軍事防衛。每個團體都以長老為教師，定期集訓，對屬於該群體的年輕子弟實施有關傳統文化、祭祀和軍事等教育，這種教育機構在鄉黨裡稱為「庠」。孔子所謂的十五乃志於學，意即參加鄉學，以學習禮義。

接著他又說：「三十而立。」即到了三十歲左右才建立起一套思想體系，而運用所學以立身行事。因此，從十五到三十歲這段期間，可說是他潛心修習的階段。

孔子想學習周公所制定的禮樂，而最重要的資料即是《詩經》，現代人都把經過孔子刪訂的《詩經》當作一般文學書籍，其實《詩經》中的重要部分是採集自周初到春秋中葉的詩歌而成，它們原是流行於民間的歌謠或宮廷宴饗的餘興曲。而在當時，這些詩歌只傳襲在樂師家裡，所以孔子嘗習樂於萇弘、師襄門下，以學習這種以樂曲方式編成的詩。

每當孔子在宴席上聽到優美的歌曲時，「必使反之，而後和之」（〈述而第七〉第三十一章），意即必定請歌者再唱一遍，然後自己也跟著唱。他認為《詩經》三百篇共通之處就是：「思無邪」（〈為政第二〉第二章），即都是感情的自然流露，毫無矯柔機詐。他把美麗的詩句當作人性的表露，意欲探索隱藏其中的內涵。

除《詩經》之外，他所重視的另一部典籍就是《書經》。《書經》所記錄的是魯國祖先周公口述的訓誡。孔子可能是向負責保管這些資料的魯國記錄官員借閱，所以才看過那些資料，而從其中獲得許多有關政治方面的啟示。

此外，如前所述，孔子也很重視禮，他曾說：「不學禮，無以立。」禮不像《詩經》、《書經》般純粹是種文獻，而是在各種場合所進行的禮儀，亦即日常生活中的種種規範。他第一次參與太廟祭典時，曾敬慎地向主持各種祭典的司儀請教禮法，卻因此遭人嫌忌。（參〈八佾第三〉第十五章）

孔子到了三十歲時，大致已研習過「詩」、「書」、「禮」，可是時代的演變卻不允許他埋頭研究學問。周朝自從西元前七七〇年東遷到洛陽後，完全喪失了統禦天下的實權，各地諸侯擁兵自重，雄霸一方，所以當時的中國分成十二個國家，彼此相互攻伐。春秋中期以後，這些諸侯國常發生內亂，政權被重卿篡奪，甚至發生臣子放逐國君或予以殺害的情形。隨著政治的混亂，社會秩序遭破壞，道德權威淪喪，人心惶惶不安。

在這種局勢下，孔子提出他獨特的見解，認為政治和社會之所以陷於混亂，根本原因即在周公所制定的禮樂制度隳墮未受重視。

對於禮，孔子未曾作清楚明確的定義，不過《說文解字》說：「禮，履也，所以事神致福也。」一般而言，禮是人人都應遵守的習慣儀節。孔子認為它是起源於供物祭神的典禮，且由於祭神是人與具有靈力而不可侵犯的神祇接觸的一種儀式，所以禮也具有相當於原始人類禁忌之含意。

我國古代政治可說是一種神權政治，藉由神的力量來統治人民，天子是承奉天命來治理人民，因此在特定日子或遇及國家發生重要大事，都會祭告於宗廟或天地山川之神祇，而主祭者就是天子，他必須遵從神的旨意來決定施政。

周朝王室分封同族子弟為諸侯，形成了列國，他們經由祭拜祖先的宗廟儀式來謀求團結，並維持政局的穩定。參加宗廟祭典的人相當於以天子為宗的各分支，而各分支又衍生規模較小的本家，也就是小宗，然後再各別衍生分支，彼此血脈相連，緜延不墜，這就是宗族的組織。由於宗族長幼尊卑的關係而產生了上下的身分，禮就是從這種關係中產生的。

但是到了孔子的時代，這種體制已經淪為形式，喪失了其實質的意義，因此，孔子認為周公所制定的禮制衰頹，就是政治敗壞、社會失序、道德淪喪的根源。雖然洞悉時代的弊端，但能否力挽狂瀾，對孔子而言仍是莫大的考驗。

使滿懷理想的孔子最為憤慨的是魯國貴族的攬權專政。在春秋時代，魯國國君其實只是祭祀祖先神祇的主祭之宗教領導者，而未實際參與政治，因此國家政事都操縱在孟孫、叔孫、季孫三卿手裡，尤其季孫氏更為跋扈。在孔子十六歲時，三家把魯國上、中、下三軍全部變成私人軍隊，控制兵權，使魯國國君成為虛位傀儡。孔子當然無法忍受三家的專擅。三家在祭祖撤去祭品時僭用天子祭祖之禮儀，吹奏雍詩；季氏在祭祀家廟時甚至演出只有天子宗廟祭典才能表演的八佾舞。所以孔子憤憤不平地說：「是可忍也，孰不可忍也？」（〈八佾第三〉第一章）

當時的魯國國君昭公意圖掃除三家勢力，結果雖順利逮捕了季平子，卻被叔孫氏、孟孫氏的聯軍打敗而逃亡齊國。聽到消息的孔子也追隨昭公到達齊國。雖曾當過乘田官（飼養祭祀用牛羊的牧場管理員），卻未受特別恩賜的孔子，實無必要跟隨國君逃亡國外，但眼見三家如此專橫，他也無意繼續留在魯國。

就在孔子離開魯國的前一年，孟孫氏的當家孟息子去世，臨終時交代兒子孟懿子和南宮敬叔向孔子學禮。在魯國政府中，孔子只是個位卑職低的官員，但他對禮制有深入的研究卻是遠近皆知。

魯國是個有正統文化傳承的國家，但國力遠不及鄰近的晉國和齊國。雖然文化方面還保留著周朝傳統，但在齊國和中原諸國眼裡，仍是個落後的小國。

西元前五一七年，孔子三十五歲，隨昭公到齊國首都臨淄，見到齊都的繁華，耳目為之一新，對於齊國宮廷演奏的韶樂大為感動。不過對孔子而言，更重要的體驗是，君權衰落及豪族專橫並非只發生在魯國，而是當時各國普遍的現象。齊國的實際政權，此時也歸於新崛起的陳氏，平庸的景公顯然也無可奈何。目睹這種現狀的孔子有點灰心，打算離開齊國，泛舟海上，前往東夷。（〈公治長第五〉第七章）但轉念一想，雖然魯國政情混亂，自己仍應盡一己之力，早日回到祖國進行改革，使祖國成為能實行禮制的國家。

從齊國回來後，無論孔子如何批評三家的僭越禮制，仍無法遏阻其專權跋扈。孔子了解三家的權勢係瓜分自國君的領土和軍隊，使國土變為私有，國家的軍隊變為私人軍隊。因此，若能削減三家的經濟和軍事力量，就可以強化魯國的君權，壓制三家的專橫。

西元前五一〇年魯昭公客死齊國，魯國擁戴昭公之弟定公繼位，結束了八年無君主狀態。過了五年，迫使昭公避走國外的元凶季平子去世，季氏家族發生內鬨，家臣陽虎拘禁了繼承人季桓子，不僅霸占季氏家業且獨攬政權。陽虎掌握政權後，想籠絡德高望眾的孔子為他效力，孔子只一再地敷衍他，卻不嚴辭拒絕。（〈陽貨第十七〉第一章）不久，陽虎遭到三家的聯手反擊而逃亡國外。

後來季氏家臣公山弗擾占據費城，企圖背叛季氏，他曾邀請孔子相助，孔子似有意應允。（〈陽貨第十七〉第五章）因此，有人認為孔子為了謀求發展而不辨是非，其實他只是渴望早日削除三家的勢力而已。陽虎兵敗逃亡後，魯定公很器重孔子，起用他為中都宰，旋即擢升司空、大司寇。

雖然陽虎的臨時政權為期不久，卻為三家前途投下了陰影。陽虎並非出身名門望族，而是靠自己的才幹成為季平子的家臣，可說是新興武士階級的代表人物。這些新興武士中，也有人像公山弗擾占據季氏的要塞費城來反抗季氏般。季氏的費城、叔孫氏的郈、孟孫氏的成，都是築有堅固城牆的要塞，城內貯藏了豐富的武器糧食，並擁有眾多兵士，從軍事和經濟上而言，都是三家的命脈，卻也是三家內鬨的根源。

孔子利用這種情勢想說服三家，告知若想消除動亂根源，就必須拆除三城的城牆。於是季氏的費城首先被拆除，然而正準備拆除孟氏的要塞成城時，卻遭到強烈的阻撓，削弱三家勢力的計劃遂告失敗。計劃遭受挫敗，孔子頗感到無力，另一方面可能也受到三家施予壓力，所以不久就離開魯國到各地遊歷。

西元前四九七年，孔子離開魯國，首先訪問西鄰的衛國。他為何不到離魯國最近的齊國而到衛國呢？或許是顧慮到齊國距離魯國太近，容易受魯國干涉，且孔子曾在齊國滯留數年，對該國情形已相當熟悉。另一方面，他很可能是希望自己的理想能在中原霸主晉國實現，然後藉著晉國的強大力量影響其他諸侯，以重振周朝王室聲威。換言之，他的目的地是晉國，而欲到達該國必須經過衛國。

到了衛國後，孔子謁見了衛靈公，想向他說明自己的理想。但衛靈公無心政治，只寵愛夫人南子。而南子迷惑靈公，迫使太子蒯聵逃亡國外，且暗中擴張自己的勢力。因此，衛國此時的政局也是暗潮洶湧。孔子察覺這種情形，就在衛靈公去世後即離開衛國。衛靈公死後，南子擁立出公繼位，晉國卻幫助流亡在外的太子蒯聵潛回國內，占據要塞戚城，導致衛國與晉國斷交，雙方處於戰爭中。

前往晉國的計畫無法實現，孔子遂決意前往與中原對立的南方強國——楚國。他帶領門人子路、顏淵及其他學生南遊，經過宋國時，在野外的一棵大樹下休息，不意宋國司馬桓魋率領著一批人突然出現，砍下大樹要脅他們，孔子卻毫不畏懼，鎮定地說：「天生德於予，桓魋其如予何？」（〈述而第七〉第二十二章）孔子堅信自己負有撥亂世的神聖使命，任誰也無法改變天意而加以阻撓。然而他因為何故遭到此種危難呢？

由於孔子周遊列國，晉見各國君王和大臣，欲實現自己的理想，各國君臣雖然景仰孔子的德行，卻只是表面上歡迎，實則對他頗有戒心。因為各國君王為了鞏固實權，當然歡迎他的協助，但對他的學說主張仍半信半疑，而豪族權臣當然視他為眼中釘，想盡辦法阻止他晉見自己的國君。桓魋的事件可能就是豪族的一種自衛行動吧！在此之前，孔子一行人經過衛國領地匡（河南省長桓縣）時，孔子曾因貌似陽虎而遭到攻擊，差點丟掉性命。（〈子罕第九〉第五章）孔子貌似陽虎的說法可能是後人捏造的，由於各國豪族都對他懷有戒心，所以才到處威替他，妨礙他的行動。

更不幸的是，當他們從宋國進入陳、蔡兩國的領地時，由於該地區曾遭軍隊掠奪而陷入糧荒，孔子一行人來到這裡，受戰火影響而進退兩難，幾乎斷糧。他克服了萬難，終於到達楚國。然而當時隨軍出征的楚昭王在陣前患重病而亡，由惠王奉靈柩回國，因此孔子千辛萬苦到了楚國，卻始終沒有謁見楚君的機會。

孔子大失所望再度回到衛國。迭遭危難的南遊經驗，對他打擊很深。屈指一算，從離開祖國到此時已經十餘年，自己也年近七旬。孔子思念祖國心切，並且想念那些留在家鄉的學生們，於是放棄多年的夢想，決心回到魯國。

西元前四八四年，孔子返回曲阜，專心教育子弟，並整理《詩經》和《書經》。但是平靜的生活裡相繼發生了幾樁不幸事件。在他回到魯國後不久，長子伯魚去世。兩年後，他最鍾愛的學生顏淵也去世了，孔子接獲噩耗，悲慟地說：「噫！天喪予！天喪予！」翌年，忠心耿耿的子路也橫死衛國。個性剛直勇武的子路，只比孔子小九歲，在衛國大夫孔悝門下做事。就在此時，流亡在外的衛太子蒯聵（後來的莊公）潛回國都要脅孔悝，企圖趕走出公，子路接獲密報隨即前往救援，不幸死在混戰中。年已七十餘的孔子，怎堪這一連串精神上的重擊？因此，在第二年，西元前四七九年離開人世。

孔子亡故之後

據說孔子的學生多達三千人，但這個數字或許誇大了些。西漢時，在曲阜的孔子子孫家中還保留著孔子學生的名冊，因此《史記》把它當成一項史料，為七十七位學生寫了〈仲尼弟子列傳〉。在學生的名冊上只記載著姓名、本籍、年齡，但資料完整的僅三十八人，其餘只留下姓名、字和本籍而已。入門後不久即退學而被刪除姓名，或名冊上未記載姓名的情形，或許不少，然即使如此，加上這些人後總數也可能不會超過數百人。

孔子的教學，不分貧富貴賤賢愚不肖，凡有志向學者他都給予教導，（〈述而第七〉第二十八章、〈衛靈公第十五〉第三十八章）且根據各人的資質才能而施予教誨。他將門下分為德行、語言（辯論）、政治、文學四科。其中德行科以顏淵、閔子騫、冉伯牛四人為代表。（〈先進第十一〉第三章）由於在孔子的思想觀點中，實踐比口頭的辯論更重要，（〈憲問第十四〉第二十九章）因此，德行被列為首要科目並非偶然。在德行一門中，孔子認為最根本而重要的就是「仁」。仁是由「二」「人」所組成，即人與人間基於同情、互愛所流露之自然情感，就稱為仁，也是做人之基本原則。「唯仁者能好人，能惡人。」（〈里仁第四〉第三章）「己所不欲，勿施於人。」（〈顏淵第十二〉第二章、〈衛靈公第十五〉第二十三章）意即希望別人如何對待自己，自己就應先以這種態度去對待別人，只要能誠心誠意對待別人，自然能與人和睦相處，而不隨便怨憎別人。道理看似簡單，卻不容意做到。顏淵曾問孔子何謂仁，孔子回答：「克己復禮為仁。」（〈顏淵第十二〉第一章）意即能控制自己的私欲，遵行禮的規範，這就是行仁的方法。

孔子的思想經過戰國時代孟子和荀子的闡揚而大放異彩。孟子認為人性本善，主張自律的道德；荀子卻認為人性本惡，主張他律的道德。然無論自律或他律，旨在求人際和諧與社會的安定。

此外，孔子也常提到「道」這個字，他說：「朝聞道，夕死可矣！」（〈里仁第四〉第八章）「誰能出不由戶？何莫由斯道也！」（〈雍也第六〉第十五章）「道」原指人行走的道路，後轉變為人的生活方式，最後又演變為含有事物原理之意。孔子所謂的「道」，是指常道、正道、仁道，亦即不違反自然運行之法則，這也就是儒家思想的精義。

孔子年表

西元前	魯國年號	年齡	生平事紀
五五一年	魯襄公二十二年 周靈王二十一年	1	夏正八月二十七日庚子，孔子生於魯國昌平鄉郰邑。（《史記》載孔子生於此時，而《公羊傳》、《穀梁傳》載孔子生於魯襄公二十一年）
五四九年	魯襄公二十四年	3	父叔梁紇卒。 三桓勢力確立。
五四六年	魯襄公二十七年	6	孔子與童嬉戲，常陳俎豆，設禮容。 顏無繇（季路）、曾點（子晳）生。
五四四年	魯襄公二十九年	8	冉耕（伯牛）生。 吳公子季札歷聘諸侯。
五四二年	魯襄公卅一年	10	仲由（子路）生。
五四〇年	魯昭公二年	12	漆雕開（子開）生。
五三六年	魯昭公六年	16	閔損（子騫）生。
五三五年	魯昭公七年	17	母顏徵在約在此時去世。

五三三年	魯昭公九年	19	娶宋國女亓官氏。
五三二年	魯昭公十年	20	子・孔鯉（伯魚）生。 爲魯國委吏，明年爲乘田官（掌畜牧）。
五二五年	魯昭公十七年	27	郯子至魯，孔子師學古代官制。
五二二年	魯昭公二十年	30	孔子初入太廟，約在此時。 冉求（子有）生。
五二一年	魯昭公二十一年	31	顏回（子淵）生。
五二〇年	魯昭公二十二年	32	端木賜（子貢）生。
五一八年	魯昭公二十四年	34	孟釐子卒，遺命孟懿子及南宮敬叔師事孔子學禮。
五一七年	魯昭公二十五年	35	三桓合攻昭公，昭公奔齊，孔子亦因此去魯奔齊。
五一六年	魯昭公二十六年	36	孔子自齊返魯。 樊須（子遲）生。

五一五年	魯昭公二十七年	37	吳國季札長子卒，葬於嬴博間，孔子自魯往觀葬禮。 原憲（子思）生。
五一一年	魯昭公卅一年	41	陳亢（子禽）生。
五〇九年	魯定公元年	43	季氏家臣陽虎專政。 公西赤（子華）生。
五〇八年	魯定公二年	44	有若（子有）生。
五〇七年	魯定公三年	45	卜商（子夏）生。
五〇六年	魯定公四年	46	言偃（子游）生。
五〇五年	魯定公五年	47	季平子卒，陽虎囚季桓子專政。 曾參（子輿）生。
五〇三年	魯定公七年	49	顓孫師（子張）生。

五〇二年	魯定公八年	50	三桓合攻陽虎，陽虎奔陽關（今山東省寧陽縣東北）。公山弗擾據費邑，背叛季氏，召請孔子。（？）宓不齊（子賤）生。
五〇一年	魯定公九年	51	陽虎奔齊。孔子爲魯國中都宰。
五〇〇年	魯定公十年	52	孔子升任司空、大司寇。輔佐定公與齊國會盟於夾谷。仲由（子路）爲季氏宰，約在此時。
四九八年	魯定公十二年	54	孔子主張廢三都（三桓的都邑：費、郈、成），因孟懿子阻遏，削除三桓勢力之計畫遂告失敗。
四九七年	魯定公十三年	55	孔子辭大司寇之職，去魯適衛。
四九六年	魯定公十四年	56	孔子始見衛靈公，仕衛。後離衛經過匡地被困。
四九五年	魯定公十五年	57	南子召見，約在此時。
四九三年	魯哀公二年	59	衛靈公卒。孔子去衛適陳。

四九二年	魯哀公三年	60	孔子適曹，適宋。宋國司馬桓魋欲殺之。孫・孔伋（子思）生。
四九〇年	魯哀公五年	61	晉國佛肸據中牟謀叛，召請孔子。（?）
四八九年	魯哀公六年	63	孔子去陳，絕糧於陳、蔡之間。適蔡。見楚葉公。自葉返陳，自陳返衛。
四八八年	魯哀公七年	64	孔子仕衛。
四八五年	魯哀公十年	67	夫人幵官氏卒。
四八四年	魯哀公十一年	68	孔子返魯，結束十四年周遊列國之旅。冉耕（伯牛）約卒於此時。
四八三年	魯哀公十二年	69	子・孔鯉（伯魚）卒，享年五〇。
四八一年	魯哀公十四年	71	顏回（子淵）卒。齊國陳恆弒君，孔子請哀公出兵討伐不遂。魯哀公西狩獲麟，孔子完成《春秋》。

四八〇年	魯哀公十五年	72	衛太子蒯聵回國，衛出公奔魯。 仲由（子路）卒於衛國內亂。
四七九年	魯哀公十六年 周敬王四一年	73	孔子卒，葬於曲阜北郊泗水上。

孔子周遊列國圖

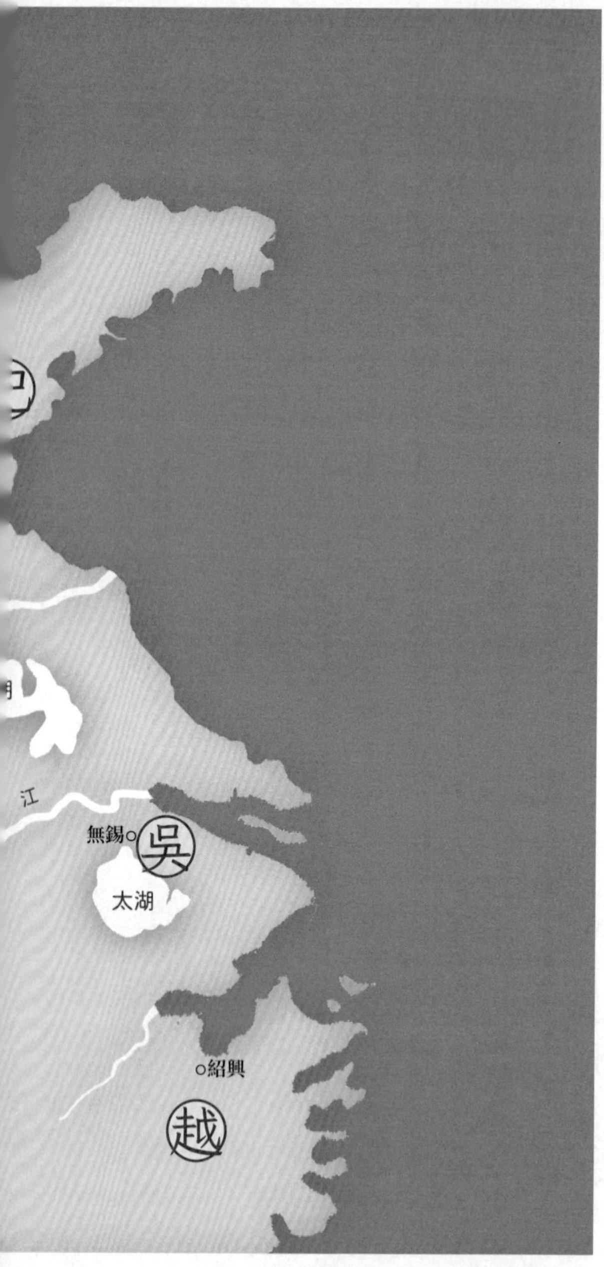
江
無錫
吳
太湖
紹興
越

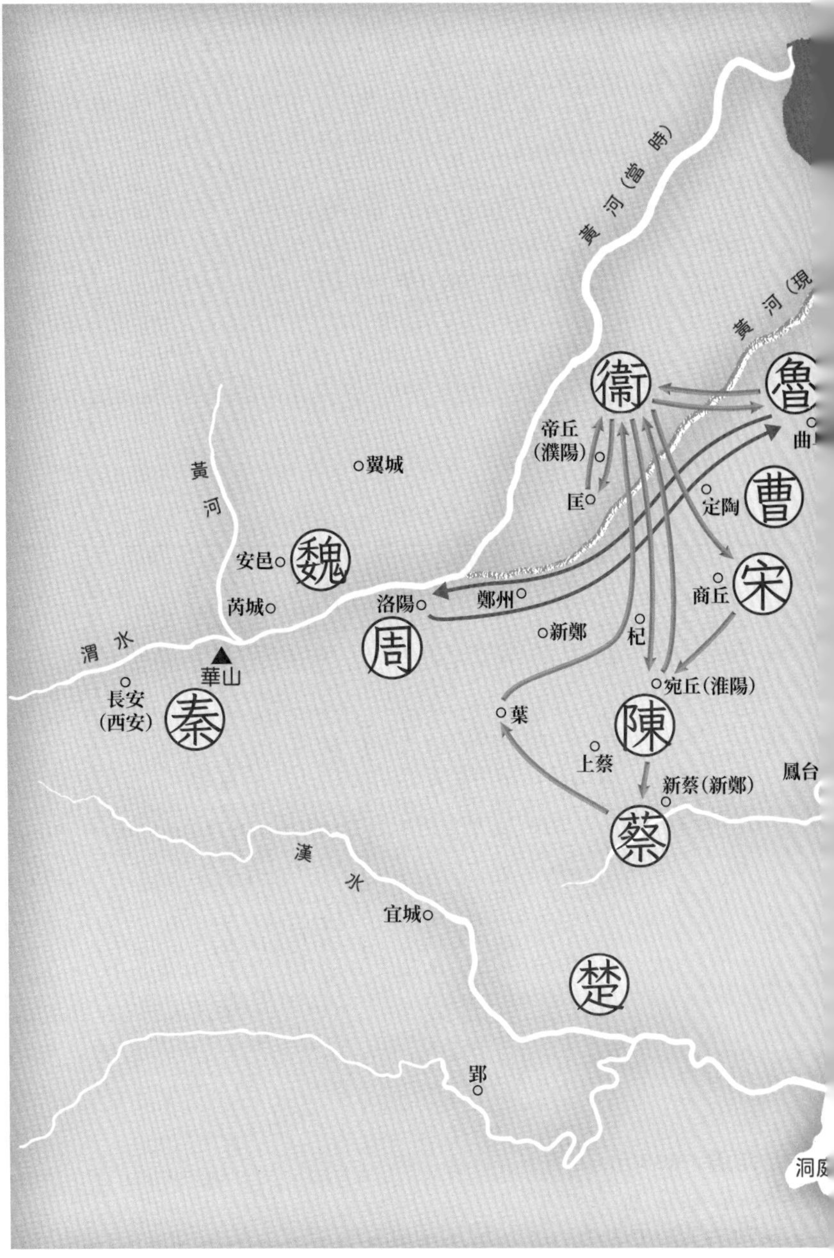
黃河(當時)
衛
魯
帝丘(濮陽)
匡
曹
定陶
宋
商丘
翼城
黃河
安邑
魏
芮城
洛陽
周
鄭州
新鄭
杞
宛丘(淮陽)
陳
葉
上蔡
新蔡(新鄭)
蔡
鳳台
渭水
華山
長安(西安)
秦
漢水
宜城
楚
郢

國家圖書館出版品預行編目資料

論語/武修文編著. -- 初版. -- 臺北市：致良出版社有限公司, 民113.01

面； 公分

影音版

ISBN 978-626-7392-11-9(精裝)

1.CST: 論語 2.CST: 注釋

121.222 113000724

D145

〈影音版〉論語

編著者 武修文
錄音 廖涵
發行人 艾天喜
發行所 致良出版社有限公司
編輯部 台北市南京西路十二巷九號五樓
業務部 台北市南京西路十二巷十九號一樓
電話 (02) 25710558 · 25216904
傳真 (02) 25231891 · 25118182
E-mail jlbooks@jlbooks.com.tw
網址 https://www.jlbooks.com.tw
郵撥帳號 1076715-5 戶名：致良出版社
(單次購書未滿一千元者，請加郵資八十元)
出版登記 局版台業字第三六四一號
印刷所 微商彩藝有限公司
初版一刷 中華民國一一三年一月
法律顧問 陳培豪律師

定價 588元

ISBN 978-626-7392-11-9
Printed in Taiwan, 2024